Plus loin, plus près

HANNAH HARRINGTON

Plus loin, plus près

Roman

MOSAÏC

Titre original :
SAVING JUNE

Traduction de l'américain par BARBARA VERSINI

Le visuel de couverture est reproduit avec l'autorisation de :
Adolescents : © SYDA PRODUCTIONS/FOTOLIA/ROYALTY FREE
Femme : © IBUSH/FOTOLIA/ROYALTY FREE

Illustration : DPCOM.FR
Réalisation graphique couverture : DPCOM

MOSAÏC, une maison d'édition de la société HARLEQUIN
83-85, boulevard Vincent Auriol, 75646 PARIS CEDEX 13
Tél. : 01 45 82 47 47

www.editions-mosaic.fr

ISBN 978-2-2803-3806-6 — ISSN 2261-4540

A Judith St. King, ma seconde mère.

1

Ma sœur June est morte exactement neuf jours avant de recevoir son diplôme de fin d'études secondaires. C'était un jeudi, comme l'indique le calendrier accroché près du téléphone de la cuisine. En mai. C'est un calendrier illustré par des photos de chiens et le chien du mois de mai, c'est le golden retriever — une portée de chiots, blottis les uns contre les autres dans une petite charrette rouge, au milieu d'un parterre de fleurs printanières. Le mot *Diplôme ! !* est noté en rouge en face de la date fatidique, ponctué de deux points d'exclamation. Si elle avait attendu un peu, ne serait-ce que deux semaines de plus, ma sœur June serait morte en juin. Juin, *June*. Elle ne semble pas avoir prêté attention à cette coïncidence.

Si je me trouve à cet instant précis dans la cuisine plutôt qu'ailleurs, c'est parce que des gens se sont mis un jour dans la tête que le meilleur moyen de consoler une famille en deuil est de lui apporter à manger. On nous apporte donc des tonnes de nourriture, ce qui est totalement inutile, puisque personne ne mange. Notre réfrigérateur est plein à craquer de ragoûts, lasagnes, jambon, pains, gâteaux, et autres victuailles. Avec tout ce stock, plus la tarte au citron que je tiens dans les mains, on pourrait ouvrir un restaurant de famille — Chez Scott —, ou au minimum devenir traiteur.

Je parviens à coincer la boîte de la tarte au citron sur une autre, à l'abricot celle-là, puis je referme la porte du réfrigérateur et m'y adosse en soupirant. Un simple moment de paix et de solitude, c'est tout ce que je demande.

— Harper ?

Apparemment, je ne vais pas y avoir droit tout de suite.

C'est Tyler qui vient d'entrer dans la cuisine, et ça me fait un drôle d'effet de le voir sapé comme ça. Il porte un costume noir aux lignes nettes et épurées, avec une cravate au nœud bien serré, ce qui doit être plutôt inconfortable et lui donne un air guindé.

— Ça te va bien, cette tenue, dit-il enfin, après ce qui doit être le silence le plus gêné de l'histoire de l'humanité.

Si je m'écoutais, je l'étranglerais avec sa cravate de débile. D'un autre côté, il me fait vaguement de la peine, même si c'est plutôt moi qui devrais lui inspirer de la pitié, vu les circonstances. J'ai l'impression d'avoir en face de moi un gamin un peu paumé, pourtant il est plus âgé que moi, et aussi plus grand de dix bons centimètres. C'est sûrement ce costume qui lui donne l'air d'un petit garçon déguisé avec les vêtements de son papa.

Je lui demande d'un ton sec :

— Je peux faire quelque chose pour toi ?

Je viens de passer une journée à débiter des platitudes — un flot ininterrompu de « merci pour votre sollicitude », « on essaye de tenir le coup », ou « ça nous a fait un choc, oui » — alors ma patience est à bout. Et je ne vais pas puiser dans mes réserves pour le type qui a brisé le cœur de ma sœur il y a quelques mois.

Tyler tripote sa cravate. J'ai toujours eu le don de le mettre mal à l'aise. Quand on choisit pour petite amie la fille qui a été élue reine du lycée au début de l'année, il est normal qu'on ait du mal à lui trouver des points communs avec sa sœur — surtout quand cette sœur, c'est moi.

— Je tenais à te donner ça, dit-il.

Il fait un pas vers moi et presse dans ma main un petit objet froid et dur.

— Tu sais ce que c'est ?

Je baisse les yeux vers ma paume ouverte. Bien sûr que je sais ce que c'est. C'est la bague de fiançailles de June. Je reconnais le saphir, monté sur or blanc, qui scintille sous l'éclairage de la cuisine.

La première fois que June me l'a montrée, c'était il y a six mois. Elle était devant la cuisinière, en train de préparer à la poêle un truc qui sentait fort les épices ; je cherchais du jus d'orange dans le réfrigérateur. Elle cuisinait souvent des plats élaborés auxquels elle ne goûtait jamais.

Elle avait tendu sa main, d'un geste théâtral, en me disant :

— Elle appartenait à sa grand-mère. Elle est belle, tu ne trouves pas ?

Et comme elle se pâmait d'admiration, je m'étais retenue de lever les yeux au ciel.

— Je trouve surtout que c'est idiot, avais-je répondu. Tu veux vraiment passer le reste de ta vie avec ce nul ?

— Tyler n'est *pas* un nul. C'est un garçon adorable. Il a envie qu'on s'installe tous les deux en Californie pour y faire nos études supérieures. On louera peut-être un appartement au bord de la plage.

La Californie… June parlait tout le temps de la Californie et d'habiter une maison face à l'océan. Je n'ai jamais compris comment elle pouvait être à ce point fascinée par cet endroit où elle n'avait jamais mis les pieds.

— Mais enfin, tu as tout juste dix-huit ans, lui avais-je rappelé. Je ne comprends même pas comment tu peux penser à te marier.

June m'avait lancé un regard qui ne laissait aucun doute sur le fait qu'elle se considérait comme beaucoup plus mûre que moi, même si nous avions moins de deux ans de différence d'âge.

— Tu comprendras quand tu seras plus grande, m'avait-elle répondu. Quand tu tomberas amoureuse.

J'avais levé les yeux au ciel, cette fois, tout en buvant mon jus d'orange au goulot, puis je m'étais essuyé la bouche du revers de la manche en ricanant.

— Ouais, j'en doute pas.

— Quoi ? Tu ne crois pas à l'amour ?

— Tu as vu ce qui s'est passé entre papa et maman ?

Deux mois plus tard, June avait surpris son merveilleux Tyler en train de peloter une pom-pom girl de première année, un vrai boudin, lors d'une opération de lavage de voitures organisée pour récolter des fonds. Ce jour-là, Tyler a surtout récolté la médaille de la grande classe pour s'être fait coincer par sa petite amie en flagrant délit de trahison.

Un mois après ce premier désastre, il y en avait eu un autre : le divorce de nos parents.

June et moi, nous n'avons jamais parlé sérieusement de l'épisode Tyler ni du divorce. Depuis longtemps, nous n'étions plus les meilleures amies du monde, comme quand nous étions petites.

N'empêche qu'aujourd'hui le simple fait de regarder cette bague me rend malade. Je m'empresse donc de la rendre à Tyler. Je la lui lance, même, tellement elle me brûle les doigts.

Je crie presque :

— Je ne la veux pas. Elle est à toi.

Il insiste en me prenant la main pour me la redonner de force.

— Elle était pour elle. On se serait réconciliés, ta sœur et moi, j'en suis certain. Cette bague, elle l'aurait portée. Garde-la.

Mais qu'est-ce qui lui prend ? J'ai envie de hurler, de lui balancer un coup de pied dans le ventre. N'importe quoi, pourvu qu'il me lâche.

— Je n'en veux pas, je te dis !

Je frôle l'hystérie. Il s'imagine peut-être que c'est beau, ce qu'il fait ? *Non*, ce n'est pas beau. C'est même le comble de la laideur.

— Tu as compris ? J'en veux pas de ta bague ! Je-n'en-veux-pas.

Notre bras de fer est interrompu par l'arrivée d'une femme corpulente, aux cheveux gris, presque bleutés, qui se plante devant Tyler, puis se jette sur moi pour me serrer au point de m'étouffer. Elle dégage cette odeur bizarre qu'ont les vieilles dames, un mélange âcre de moût, de litière pour chat et de parfum. Quand elle me relâche enfin, pour me tenir à bout de bras, j'en profite pour la détailler. Son rouge à lèvres trop rouge, presque clownesque, et son blush trop rose, contrastent singulièrement avec le blanc crayeux de sa peau. On dirait qu'on lui a étalé tout une palette de maquillage sur la figure.

J'ignore totalement qui elle est, mais ça n'a rien d'étonnant. Dans une petite ville comme la nôtre, un événement comme celui qui nous réunit fait sortir des tas d'inconnus du bois. Ce n'est pas la première fois aujourd'hui que je me fais accoster voire acculer, par quelqu'un que je n'ai jamais vu, mais qui se comporte comme si on était de vieilles connaissances.

— C'est une terrible tragédie, dit maintenant la femme. Elle était si jeune.

J'acquiesce d'un signe de tête. Je ne peux pas répondre : j'ai tout à coup la nausée, mon sang bat à mes tempes avec un grondement sourd, je n'y vois même plus clair.

— Elle était si douée !

— Oui, je parviens à bredouiller.

— C'était une jeune fille tellement épanouie. Jamais on n'aurait pu croire…

Elle laisse sa phrase en suspens et des plis d'amertume se creusent autour de sa bouche.

— Les voies du Seigneur sont impénétrables. Mes condoléances les plus sincères, ma chérie.

— Merci.

Je ne peux pas. Je n'en peux plus. J'étouffe. J'ai l'impression d'avoir une enclume sur la poitrine.

— Ah, enfin, te voilà !

Je m'apprête à subir de nouveau l'assaut d'un étranger, mais non, c'est Laney, ma meilleure amie. Laney porte une robe que je ne lui connaissais pas, noire, avec une jupe droite, très stricte, ainsi que de fines chaussures à talons hauts. Une chaîne en argent disparaît dans son décolleté. Ses épais cheveux blonds, qui d'habitude lui frôlent le milieu du dos, sont torsadés et noués en chignon. Avec une pareille tignasse, comme a-t-elle réussi à se faire un chignon aussi impeccable ?

Elle avance d'un pas décidé, en faisant claquer ses talons sur le linoléum, et croise brièvement mon regard, avant de reporter son attention sur Tyler.

— Ta mère te cherche, lui dit-elle en posant la main sur son bras.

On pourrait penser qu'il s'agit d'un geste amical, mais ce n'est pas le cas. Laney ne peut pas encaisser Tyler ; elle le considère comme un pauvre abruti.

— Ah bon, elle me cherche ? s'étonne Tyler, tandis que son regard incertain passe de Laney à moi.

Il hésite. Doit-il rejoindre sa mère, ou bien rester ici pour me convaincre de prendre cette satanée bague ? Il espère sans doute en me l'offrant expier la faute qu'il a commise envers June il y a quelques mois (ou autre chose encore).

— Evidemment qu'elle te cherche, lui répond Laney d'un

ton dégagé, tout en l'entraînant vers la porte qui donne sur le salon.

Elle ment, c'est sûr, je le devine à sa voix. Elle vient de prendre le ton qu'elle utilise pour embobiner son père — un ton qu'elle a soigneusement travaillé et qui exige une diction impeccable.

Dès que Laney et Tyler ont disparu, la femme, celle que je n'arrive pas à identifier, reprend son bavardage avec un regain d'énergie.

— Dis-moi un peu, ma petite ? Comment votre famille gère-t-elle ça ? Oh ! ta *pauvre* mère…

Laney est déjà de retour, sans Tyler. Cette fois c'est la femme qu'elle fait pivoter vers la porte et pousse d'une main ferme.

— Vous devriez aller lui parler, dit-elle en jouant la gravité.

Dans ce rôle-là, Laney est très convaincante et la plupart des nominés aux Emmy pourraient lui envier son talent de comédienne.

La femme semble réfléchir à la suggestion.

— Vous croyez ? dit-elle.

— Evidemment. Ça lui fera un bien fou. Je vous accompagne, si vous voulez.

Voilà. C'est pour ça que j'adore Laney : elle me protège. Nous sommes amies depuis que l'ordre alphabétique nous a placées l'une à côté de l'autre en primaire. Scott et Sterling. Elle est la personne la plus cool que je connaisse ; elle ne porte que des vêtements vintage ; elle cite des répliques de comédies loufoques et romantiques des années cinquante ; elle connaît par cœur des paroles de chansons de rap ; elle se fiche de ce qu'on peut bien penser d'elle. Et le plus cool de tout : elle me trouve géniale. Ce n'est pas si courant que ça d'avoir près de soi quelqu'un qui vous admire d'une manière inconditionnelle, surtout pour une fille comme moi qui n'a rien d'exceptionnel.

Tout en s'éloignant, bras dessus bras dessous avec la vieille, Laney me jette un coup d'œil par-dessus son épaule et je lui retourne un regard de gratitude absolue. Elle me répond par un sourire forcé et se dépêche de faire disparaître la femme dans le salon bondé qui résonne du brouhaha des conversations étouffées et du cliquetis des couverts. Je suis tentée de les suivre, mais je me retiens. Je ne veux pas être assaillie par toute une flopée de parents et de connaissances qui vont tous vouloir échanger quelques mots avec moi et me présenter leurs condoléances. Et moi je serai obligée de les regarder droit dans les yeux et de les remercier, tout en me demandant s'ils pensent que j'aurais dû percevoir les signes avant-coureurs de la catastrophe.

Les signes.

Comme si c'était si simple.

June ne se baladait pas avec une enseigne lumineuse « Je vais me suicider » au-dessus de la tête. Si seulement…

Stop.

Je rejette cette pensée avant que la panique ne monte de nouveau. Je m'agrippe au comptoir que je serre de toutes mes forces, à en avoir mal aux mains. Je dois tenir le coup. *Je dois tenir le coup.* Encore une heure. Je dois aller au bout de cette atroce journée. Ensuite je pourrai peut-être me permettre de craquer. Mais plus tard. Pas maintenant.

J'étouffe. Cette maison, tous ces gens m'étouffent. J'ai besoin d'air. Avant que quelqu'un d'autre n'entre dans la cuisine, je file par la porte de derrière et je la ferme tout doucement derrière moi.

Une fois dehors, je m'assieds sur les marches du porche. Ma robe noire forme une corolle autour de mes jambes. Je pose ma tête dans mes mains. Jamais de toute ma vie je ne me suis sentie aussi vidée, ce qui n'a rien d'étonnant vu que je n'ai pas dû dormir plus de dix heures au cours des cinq derniers jours. Je ferme les yeux et j'inspire à fond. Une fois. Deux fois. Puis je retiens l'air, jusqu'à ce que mes poumons me brûlent, au point que j'ai l'impression qu'ils vont exploser.

Quand j'inspire de nouveau, je me remplis de l'odeur humide de cette soirée d'été, un mélange de terre et de rosée. Mais je détecte aussi autre chose, comme une odeur de cigarette, qui me fait ouvrir les yeux. Là, sur ma gauche, j'aperçois quelqu'un. Un garçon qui m'observe, appuyé au mur de la maison.

Apparemment, il était écrit que je n'aurais pas droit aujourd'hui à mon instant de solitude.

Je toise l'intrus du regard. Il est grand — il me dépasse de plus d'une tête —, plutôt maigre, mais musclé, dense. Il a des cheveux châtain clair, en bataille, avec des mèches dans tous les sens, comme s'il avait pris une paire de ciseaux pour tailler dans la masse, à l'aveugle. Il tient une cigarette allumée dans une main et son autre main disparaît dans la poche avant de son jean noir trop large. Il n'est pas en costume, mais il a quand même fait l'effort de mettre une chemise, qu'il porte manches retroussées jusqu'au coude, ainsi qu'une cravate, nouée de travers et dont le noir jure avec celui de sa chemise.

Je remarque ses yeux, parce qu'ils sont d'un vert étrange, mais aussi parce qu'il me fixe avec intensité. Son visage me dit quelque chose, j'ai dû le croiser au lycée. Ou pas. J'ai vu défiler tant de visages depuis cinq jours qu'il ne m'en reste plus qu'un tourbillon flou dans lequel je ne reconnais plus personne.

— Alors, c'est toi, la petite sœur, dit-il, d'un ton plutôt dédaigneux.

Je le regarde froidement porter sa cigarette à ses lèvres et lui réponds d'un ton sec :

— Il paraît, oui. Tu n'aurais pas une clope pour moi ?

Il ne s'attendait sûrement pas à ça, parce qu'il reste interdit. Enfin, il se décide, fouille dans une de ses poches arrière et secoue son paquet pour en faire tomber une cigarette. Il la prend entre ses lèvres et l'allume avant de me la tendre, entre l'index et le pouce, comme s'il tenait un joint. Je n'ai jamais fumé de joint, mais j'ai vu faire, alors je sais ce que je dis.

Je me lève pour prendre la cigarette.

La première bouffée me brûle les poumons et je me mets à tousser comme une phtisique, sous le regard attentif du garçon qui ne fait pas de commentaire. Quand ça va mieux, je détourne les yeux, gênée, et j'aspire encore une ou deux prudentes bouffées avant d'avaler pour de bon.

Nous fumons en silence. On n'entend que le seul bruit du briquet qu'il actionne avec son pouce et dont il fait jaillir la flamme à un rythme régulier. Il me dévisage, tandis que j'observe ses chaussures. Il porte des Converse élimées. Drôle d'idée de venir à une veillée en baskets ! Quelque chose est écrit sur le bout en caoutchouc blanc, mais je n'arrive pas à lire à l'envers. En regardant ses chaussures, je remarque aussi qu'il se tient sur la plate-bande de ma mère. Enfin, *l'ancienne* plate-bande, à l'époque où elle jardinait encore. Elle y faisait pousser des marguerites au printemps. Quand a-t-elle laissé tomber ? Ça fait si longtemps que je ne m'en souviens pas. Plusieurs années, probablement. Aujourd'hui, le garçon ne piétine que des mauvaises herbes.

Je cherche de nouveau son regard. Il me dévisage toujours ; c'est plutôt agaçant. Il a un regard vraiment particulier, dont on a du mal à se détacher. Je me sens comme aimantée par lui.

— Tu te coupes toi-même les cheveux ? je lui demande.

Il incline la tête de côté, comme s'il réfléchissait.

— Pourquoi tu me poses cette question ?

— Je te la pose, parce que ta coupe m'intrigue.

Il me fixe un long moment en silence. Quand je comprends qu'il ne dira rien, je tire sur ma cigarette et j'enchaîne :

— Franchement, elle n'est pas terrible, ta coupe.

— Tu n'as pas plutôt envie de savoir ce que je fais ici, dans ton jardin ?

Je crache un nuage de fumée, je regarde s'envoler les volutes et je hausse les épaules.

— Pas vraiment.

Cette fois, j'ai droit à un regard furieux. Tant mieux. J'en suis un peu étonnée et presque soulagée. Je préfère son agressivité à la pitié qu'on m'a infligée toute la journée. La pitié me laisse… impuissante. Face à l'agressivité, je sais répondre. Mais ce n'est pas pour autant que j'ai envie de passer du temps avec ce type. J'étais venue ici pour être seule. Il me gâche mon moment de répit.

Tout compte fait, il vaudrait presque mieux que je rentre consoler ma mère. Tout à l'heure, elle était assise sur le canapé, à boire un verre de vin — le quatrième en une heure. Si j'étais une bonne fille, je serais près d'elle en ce moment. Mais je n'ai pas l'habitude d'être une bonne fille et je ne sais même pas comment m'y prendre. Jusque-là, c'était June qui assumait ce rôle. Moi, je suis censée être celle qui déçoit, celle qui ne fait pas assez d'efforts, celle qui n'a que des problèmes, celle « qui pourrait faire bien si seulement elle voulait s'en donner la peine ».

Maintenant que June n'est plus là, je ne sais plus trop comment je dois me comporter, qui je dois être.

J'enterre mon mégot de cigarette. J'ai le choix : affronter

la foule des importuns à l'intérieur, ou rester ici. Ça revient à jouer à pile ou face avec une pièce qui a deux faces alors qu'on veut pile. L'option numéro un n'a rien de réjouissant, mais c'est quand même celle que je préfère, parce que je n'ai pas envie de rester là, à subir les provocations d'un garçon que je ne connais même pas et à qui je n'ai rien fait. Même s'il partage volontiers ses cigarettes.

— Bon. On s'est bien marrés, mais les meilleures choses ont une fin. A un de ces jours. Ravie de t'avoir connu.

J'avance d'un pas hésitant sur le sol inégal du jardin avec mes fichues chaussures, consciente que je risque de m'étaler au moindre faux pas. J'ai déjà un pied sur la première marche de l'escalier du porche, quand le garçon me hèle :

— Hé !

Je me retourne lentement. Il envoie d'une chiquenaude sa cigarette dans l'herbe.

— Tu as filé ton truc… ton collant, dit-il enfin.

Je plie la jambe pour examiner mon collant — ah oui, il est filé, de la cheville au genou. Je lève de nouveau les yeux…

Il a disparu.

Est-ce qu'il est passé derrière la maison ? Qu'est-ce que ça veut dire de disparaître comme ça ? Il doit croire que ça le rend intéressant à mes yeux, j'imagine. Qu'il a eu le dernier mot. Eh bien, il se trompe. Il a juste réussi à se faire passer pour un crétin.

La porte de la cuisine s'ouvre — c'est Laney.

— Harper ? appelle-t-elle d'un ton vaguement inquiet. Ça va ?

Je soupire.

— Oui, ça va.

Mais rien ne pourrait être plus éloigné de la vérité.

Je défripe ma robe et grimpe les marches du porche avec précaution.

— Merci d'être venue à mon secours tout à l'heure. Tu es arrivée juste à temps. Je commençais à…

Je me tais. Les mots justes pour décrire ce que je ressens ne me viennent pas.

Laney hausse les épaules, comme pour dire que c'était tout naturel.

— N'en parlons même pas, dit-elle.

Elle me tend quelque chose — une assiette. Encore.

— C'est de la quiche, explique-t-elle sur un ton d'excuse. De la part de ma chère maman.

Nous rentrons dans la cuisine. J'essaye de réorganiser les étagères du réfrigérateur pour trouver une place à cette quiche, mais en dépit de mes efforts pas moyen de la caser. Tant pis, j'abandonne et la pose sur le comptoir. Pendant ce temps, Laney m'observe d'un air préoccupé, comme si elle craignait que je m'effondre en pleurant sur le carrelage de la cuisine. On m'a regardée de cette façon toute la journée. C'est peut-être parce que je n'ai pas versé une larme pendant la cérémonie. Ça faisait un drôle de contraste avec ma mère qui n'arrêtait pas de sangloter, au point que tante Helen a dû la faire sortir.

Je ne sais pas ce qui cloche chez moi. June était *ma sœur.* Je devrais être abattue. Désespérée. Inconsolable. Je ne devrais pas déambuler les yeux secs, avec la sensation d'être totalement vide.

— J'ai vu ton père, dehors, dit Laney. Il a l'air…

Comme elle se tait, j'achève à sa place :

— Mal à l'aise.

Elle étouffe un rire.

— Il a laissé la pétasse à la maison. C'est déjà ça, non ?

La pétasse, c'est le surnom que Laney a donné à la compagne de mon père, Melinda. Elle a dix ans de moins que lui et travaille pour un traiteur comme serveuse. Elle a rencontré papa en avril dernier, à l'occasion de la fête qu'organise chaque année son cabinet d'expertise après le bouclage des déclarations de revenus. C'était un dîner sur un bateau et ils ont fait connaissance pendant la pause de Melinda, sur le pont. Ils ont plaisanté. Mon père soutient qu'il ne s'est rien passé entre eux avant qu'il ne se sépare de ma mère. Voilà pour l'histoire officielle.

Je n'ai rien à reprocher à Melinda. Elle est plutôt mignonne, si on exclut son nez en trompette trop petit pour son visage et ces yeux de cocker toujours humides sur le point de pleurer. Autres défauts majeurs : elle ne porte que des couleurs pastel et elle est tout le temps en talons hauts, y compris quand elle fait la vaisselle ou son repassage. Bien entendu, elle est incapable de soutenir une conversation digne de ce nom. Mais tout ça, c'est secondaire. Sur le fond, je ne la rends pas responsable de ce qui est arrivé à ma famille. Elle a juste servi de catalyseur, elle a précipité une implosion de toute façon inévitable.

— Tu as l'air épuisée, dit Laney. Ne le prends pas mal…

Elle fait la grimace et ajoute.

— Désolée, ce n'était vraiment pas le truc à dire.

Comme s'il y avait un truc à dire…

— J'ai juste… envie d'aller me coucher. Je n'en peux plus de parler.

— Eh bien, ne te force pas ! Viens avec moi. On va monter à l'étage et envoyer promener tout ce cirque.

Grâce à Laney qui joue les tampons et détourne habilement l'attention de ceux qui cherchent à m'approcher, nous atteignons l'escalier sans incident notable. Ensuite, il ne nous faut que quelques secondes pour nous réfugier à l'étage. Dans le couloir, deux photos encadrées de June et de moi sont accrochées, des photos du lycée, prises cette année. Certaines personnes trouvent qu'on se ressemble, mais je ne vois pas trop en quoi. Nos cheveux sont du même brun, c'est vrai, mais les siens sont épais et ondulés, alors que les miens sont fins et raides comme des baguettes. Elle a des yeux bleus, très clairs, et moi des yeux d'un gris sombre. Ses traits sont plus doux et plus jolis que les miens, plus délicats ; je ne suis pas moche, mais comparée à elle je suis quelconque.

Autrefois, il y avait une troisième photo, sur ce mur, un portrait de famille datant du dixième anniversaire de mariage de nos parents. Ils avaient réuni tous leurs parents et amis. Il y avait un buffet, de la musique… June et moi, on avait passé la soirée à courir après les lucioles, en hurlant de rire, avec nos gobelets en plastique à la main. Je me souviens que nos parents avaient dansé sous les étoiles, sur leur chanson — *The way you look tonight,* de Frank Sinatra.

Vers la fin de la soirée, quelqu'un avait insisté pour nous photographier tous les quatre. Sur la photo, June et moi, on penche nos têtes l'une vers l'autre. Derrière nous, nos parents ne regardent pas l'objectif. Ils sont enlacés, les yeux dans les yeux. Ça m'a toujours frappée, après leur divorce, que tant de tendresse, tant d'amour, aient pu se dissoudre dans l'amertume et qu'il n'en reste rien.

Cette photo qui symbolisait notre bonheur familial est restée accrochée dans le couloir pendant des années, tandis qu'on changeait chaque année celle de June et la mienne, à mesure que nous grandissions. A présent, à la place, il y a un espace vide. Et il n'y aura plus d'autre photo de June pour remplacer celle de cette année. Seule la mienne changera.

Je m'arrête devant le portrait de ma sœur. Voilà. Je ne reverrai plus jamais son visage. Je ne la verrai plus froncer le nez quand elle est perdue dans ses pensées, ou les sourcils quand elle réfléchit. Plus jamais elle ne pincera les lèvres de cette manière bien à elle, pour s'empêcher de rire à mes blagues trop grasses et me faire croire qu'elle ne me trouve pas drôle. Il ne me restera d'elle que ce sourire figé pour l'éternité. Un sourire heureux, lumineux, aveuglant. Un mensonge éhonté.

Ça me fait mal de la regarder, mais je refuse de détourner les yeux. Je veux m'imprégner de ma sœur. Je veux l'inscrire dans mon ADN, qu'elle devienne une part de moi. Peut-être qu'alors je serai capable de comprendre pourquoi elle a fait ça. Comment elle a pu faire ça. Les gens me regardent comme s'ils attendaient de moi des réponses, parce que je suis la sœur de June, que nous avons moins de deux ans d'écart et que nous avons grandi ensemble. Ils ont raison, ce n'est pas normal que je ne m'explique pas plus qu'eux son terrible geste. Je prends soudain conscience que j'ai absolument besoin de savoir.

— Viens, me dit gentiment Laney.

Elle me prend la main et la presse dans la sienne, tout en me guidant vers ma chambre.

Je traîne les pieds, libère ma main.

— Non. Non. Attends.

Nous sommes devant la chambre de June. Je m'approche de la porte. Elle est fermée. Je pose la main sur la poignée et je réfléchis. Je ne suis pas entrée dans cette chambre depuis sa mort, mais quand y ai-je pénétré pour la dernière fois, au juste ? J'ai beau fouiller ma mémoire, je n'arrive pas à m'en souvenir. Et ça me fait l'effet d'une trahison.

Laney est plantée près de moi. Elle tente de me retenir.

— Harper…

Je l'ignore et j'ouvre la porte. La chambre est exactement

comme d'habitude. Bien sûr qu'elle est comme d'habitude ! Qu'est-ce que je croyais ? Laney allume la lumière et patiente.

— J'ai l'impression que tout ça n'est pas réel, murmure-t-elle. Tu n'as pas cette impression, toi ?

— Si.

Six jours. Ça fait déjà six jours. Ça ne fait que six jours. Le temps accélère, il ralentit, il se comporte d'une manière bizarre. On ne peut pas se fier à lui.

La chambre de June, c'est le contraire de la mienne. Chez moi, c'est la pagaille, les vêtements sales et les bouquins traînent par terre. June était une fille organisée et sa chambre a toujours été impeccable, surtout comparée au champ de bataille qu'est la mienne. N'empêche. Aujourd'hui je la trouve particulièrement propre. Faut-il y voir un « signe » ? Est-ce qu'elle a fait du rangement *avant* ? Pour ne pas laisser de désordre derrière elle…

Du désordre, elle en a laissé pourtant, et pas qu'un peu. Mais c'est un désordre qui ne se voit pas.

— Tu sais ce que ta famille va faire… des cendres ? me demande Laney.

Les cendres. Ma gorge se noue un peu plus. Je n'arrive pas à croire qu'on parle des cendres de ma sœur, même s'il ne restait d'elle depuis plusieurs jours qu'un corps qui n'était plus vraiment elle.

Y penser me rappelle le matin fatidique, six jours plus tôt, où nous avons découvert le corps dans le garage. Je ne veux surtout pas laisser cette image m'envahir. Je lève les yeux vers Laney :

— Ils vont les partager. Mon père va se procurer une urne.

— C'est sérieux ?

— Oui.

— Mais c'est…

— Je sais.

Elle allait dire : c'est lamentable, et elle a raison. Ça me donne la nausée. Comme tout à l'heure, quand tante Helen a étalé deux écharpes de soie bleue sur le manteau de cheminée, avant de disposer symétriquement à chaque extrémité deux bougeoirs et deux photos encadrées de June en noir et blanc, laissant une place au centre pour l'urne.

— Il faudra peser les urnes pour que le partage soit équitable, a-t-elle dit.

Elle considérait la cheminée d'un air pénétré, comme si elle évaluait une œuvre d'art à laquelle elle aurait mis la dernière touche. Comme s'il ne s'agissait pas de l'urne funéraire qui contient ce qui reste désormais d'un être autrefois plein de vie — ma sœur.

Laney cale son menton sur mon épaule et m'enlace par-derrière. Ça me donne la chair de poule ; j'ai du mal à supporter les contacts physiques en ce moment. Mais je ne la repousse pas. Elle a besoin de ce contact, elle.

— Elle n'a pas laissé de message ? demande-t-elle d'une voix douce et triste.

Je secoue la tête. Je ne comprends pas pourquoi Laney pose la question. Elle sait bien que non.

Pas de message. Rien du tout. Je n'ai trouvé que le corps de ma sœur, recroquevillée sur le siège arrière de sa voiture. Elle tenait un flacon de médicaments vide et le moteur tournait.

Parce que… c'est moi qui l'ai trouvée.

Je me dégage de l'étreinte de Laney. Elle ne m'a pas demandé de détails sur ce qui s'était passé ce matin-là et elle doit se douter que je ne tiens pas à en parler, mais je ne veux pas prendre le risque de lui tendre une perche.

Tout a changé, pourtant c'est comme si rien n'avait changé. Dans cette chambre, en tout cas, rien n'a changé. A part ces sacs en plastique maintenant posés sur le bureau. Nous y avons rassemblé les objets personnels de June trouvés dans sa voiture — un carnet, un bracelet de perles au fermoir cassé, le dé rose et duveteux qui pendait à son rétroviseur… Dans l'un des sacs, il y a des stylos, un tube de gloss et un CD. En me penchant pour prendre le CD, je remarque que le tiroir du bureau n'est pas bien fermé.

Je l'ouvre. Qu'est-ce qu'il y a là-dedans ? Des papiers, des formulaires de la National Honor Society, une photo de June et de Tyler qui se trouvait autrefois à l'honneur sur la coiffeuse et que June a mise au rebut après leur rupture. Et en évidence, par-dessus, une enveloppe. Vierge. A l'intérieur, il y a une feuille de papier. Je la déplie. C'est la réponse de l'université de Berkeley, qui annonce à June qu'elle est admise.

Cette réponse devrait se trouver avec les nombreuses autres réponses positives, alors pourquoi a-t-elle fini dans ce tiroir ? Je ne le saurai jamais. En plus de cette réponse, il y a une carte postale, cornée. J'examine la photo : on y voit une plage de sable doré, des gens qui flânent le long d'une mer calme, d'un bleu vert, sous un ciel sans fin. Le mot « Californie » est inscrit en lettres cursives.

La seule fois où j'ai vu ma sœur se disputer avec notre mère, c'est le jour où maman lui a annoncé qu'elle irait à State, dans l'Etat de New York, université qui lui accordait une bourse complète. Maman disait qu'elle et papa disposaient de moins d'argent depuis le divorce, qu'ils avaient payé sur leurs économies les honoraires d'avocats, que papa avait désormais un loyer et qu'ils n'avaient plus les moyens d'assumer les frais de scolarité. Et puis, il valait mieux que June ne s'éloigne pas. Il n'y avait aucune raison pour qu'elle s'en aille à l'autre bout du pays, en Californie, alors qu'elle pouvait faire ses études tout près et gratuitement dans une université tout aussi prestigieuse.

June l'avait très mal pris. Elles s'étaient mises à hurler toutes les deux, pendant plus d'une heure. Puis ma sœur avait fini par battre en retraite et elle s'était réfugiée dans sa chambre. Pendant toute une semaine, elle n'avait plus adressé la parole à notre mère. Mais elle avait accepté la bourse pour State et cessé d'évoquer Berkeley.

Je retourne la carte postale et ce que je lis me coupe le souffle.

Laney remarque que quelque chose ne va pas.

— Harper ? demande-t-elle. Qu'est-ce qu'il y a ? Harper ?

Je ne réponds pas, je suis trop absorbée par les mots écrits de la main de June. *Californie, me voilà !* Et rien d'autre.

Laney me la prend des mains et lit plusieurs fois — je vois ses yeux effectuer plusieurs allers et retours. Puis elle me regarde.

— Ça veut dire quoi, d'après toi ?

Il est possible que ça ne veuille rien dire. Seulement cette carte se trouvait dans une enveloppe placée en évidence. Comme si June l'avait mise là pour qu'on la trouve.

La Californie, c'était son rêve. Elle voulait à tout prix quitter notre ville. Je pense qu'elle étouffait, ici. Mais je ne m'en suis pas aperçue, tellement on s'était éloignées l'une de l'autre. En tout cas, je n'avais jamais pris au sérieux son histoire de Californie. Personne ne prenait au sérieux l'engouement de June pour la Californie. Et à présent, elle est morte.

— C'est pas juste, dis-je. Tout ça n'est pas jute.

Je reprends la carte d'un geste brusque et je m'écrie, en l'agitant sous le nez de Laney :

— Voilà ce qu'elle voulait ! Et pas rester coincée dans cette maison, en représentation, comme… comme un genre de *trophée*. Elle détestait cette ville, non ? Tu ne crois pas que c'est pour ça que…

Je n'arrive pas à aller au bout de ma phrase ni de ma pensée ; je glisse la carte dans l'enveloppe et l'enveloppe dans le tiroir que je referme d'un coup sec, beaucoup plus fort que nécessaire, ce qui fait trembler tout le bureau. Je suis tellement en colère ! Moi aussi je tremble ! C'est une sorte de colère abstraite, qui ne sait pas où frapper, mais irrésistible.

— Pourquoi elle a fait ça ? je murmure.

Laney ne me répond rien, parce qu'elle n'a rien à dire. Pas plus que moi, elle ne parvient à donner du sens à ce geste insensé. Normalement, les filles comme June, qui ont la vie entière devant elles, ne se suicident pas.

Nous restons debout l'une près de l'autre. Je tiens toujours à deux mains la poignée du tiroir, quand, soudain, il me vient une idée. Une idée qui me traverse comme un éclair et qui, pour l'instant, ressemble à une idée en l'air.

— On devrait disperser ses cendres en Californie.

Je n'avais pas l'intention de m'exprimer tout haut mais, une fois que c'est dit, il n'y a plus moyen de revenir en arrière. L'idée commence à s'enraciner dans mon esprit, je me dis que peut-être… peut-être qu'elle n'est pas si saugrenue que ça.

— Harper… Tu ne crois pas que c'est pousser un peu loin ? Tout ça à cause d'une carte postale ?

Laney a pris sa voix insupportable d'enjôleuse, celle qu'elle réserve à son père, et ça me donne envie de la gifler. Je ne mérite pas qu'elle s'adresse à moi de cette façon.

— Ce n'est pas seulement à cause de la carte postale.

C'est à cause des espoirs brisés de June. De tout ce qui m'échappe à son sujet. Du contenu de ce tiroir qui symbolise tout ce qui me restera d'elle : des lettres d'admission à l'université, des cartes postales, les traces de ses rêves inassouvis.

— Ta mère va devenir folle, si on part en Californie avec les cendres de ta sœur, me fait remarquer Laney.

Mais je sens déjà que le projet l'emballe, plus qu'il ne l'inquiète.

— Et je ne parle même pas de ta tante, ajoute-t-elle.

Je refuse de penser à tante Helen. Elle est comme tous ceux qui sont dans le salon, en bas, elle ne voyait en June que ce qui l'arrangeait — l'enfant parfaite, l'amie parfaite, l'élève parfaite, la jeune fille parfaite. Ils se désolent tous en ressassant des souvenirs fabriqués, une version idéalisée de ma sœur qu'ils se sont inventée, parce qu'il leur est trop dur d'affronter la vérité et d'admettre que June avait en elle une fêlure.

Et peut-être aussi d'admettre que, si une fille comme June — adorable, lumineuse, riche d'un avenir prometteur — a pu craquer aussi brutalement, alors il n'y a pas beaucoup d'espoir pour les autres.

Je rétorque sèchement :

— On se fout de tante Helen !

Laney hésite, mais je vois son expression changer. Elle vient de comprendre que j'envisage sérieusement de me rendre en Californie pour disperser les cendres de ma sœur. Et elle semble partante.

— Et comment on ferait, pour aller jusque là-bas ? demande-t-elle.

— En voiture. Avec *ta* voiture.

On peut tout juste appeler ça une voiture, mais enfin, elle roule. Le père de Laney est blindé de fric, mais comme il tient à enseigner à sa fille le sens des responsabilités, il a exigé qu'elle participe de moitié à l'achat de sa voiture. Laney a donc travaillé dans une épicerie, le temps de gagner de quoi financer sa part d'une vieille Gremlin toute cabossée.

— Ma Gremlin ne va pas tarder à rendre l'âme. Son moteur, plutôt. Il n'y a aucune chance pour qu'elle nous emmène du Michigan à la Californie.

— Ouais, je sais, mais…

Je suis de plus en plus convaincue que mon idée est géniale.

— C'était ce que June voulait, non ? Aller en Californie. Voir l'océan.

Laney me jette un regard apitoyé et je me demande si je suis désormais condamnée à ce que tout le monde me dévisage de cette façon — y compris ma meilleure amie.

Je m'en fiche. Elle peut me plaindre toute la journée si elle veut, ça ne me fera pas changer d'avis. Je suis passée à côté de la vie de ma sœur pendant bien des années, mais là, je suis décidée. Je peux le faire. Je le lui dois.

— Je vais aller en Californie avec ou sans toi. Mais je préférerais avec.

Laney va protester, c'est sûr. Répondre que c'est n'importe quoi, que je ferais mieux d'aller m'allonger parce que je commence à débloquer.

Mais non. Elle se contente de se concentrer — et quand elle lève de nouveau les yeux vers moi, elle arbore un demi-sourire.

— La Californie, tu dis ? Ça va être une longue route.

2

Tout le monde est parti, il ne reste plus que tante Helen et Laney. Laney doit rentrer chez elle — sa mère l'exige, mais elle refuse de me quitter et je dois la pousser vers la sortie.

— Je t'assure que je peux rester, me souffle-t-elle à l'oreille. Je vais m'arranger avec maman.

Elle s'accroche à moi comme à une bouée de sauvetage. Je commence à me rendre compte qu'elle a bien plus besoin de me réconforter que je n'ai besoin d'être consolée.

— Je peux rester aussi longtemps que tu voudras, répète-t-elle. Je ne veux pas te laisser.

Ce serait génial de l'avoir ici, mais un deuil, ça se gère seule. Autant que je m'y habitue tout de suite.

Je parviens enfin à la détacher de moi. Je voudrais lui sourire, mais rien à faire, c'est comme si j'avais oublié comment on s'y prend. Je soupire :

— Rentre chez toi. Sérieux, ça ne me pose pas de problème. Je te le promets.

Elle n'a pas l'air convaincue, mais elle cède. Elle me serre une dernière fois dans ses bras, m'embrasse sur la joue et se laisse entraîner par sa mère.

Juste avant, mon père aussi est parti. Il avait à peine ouvert la bouche de toute la journée mais, au moment de me quitter, il m'a serrée très fort contre lui, avec raideur. J'ai été saisie par une émotion intense, de celles qui vous prennent à la gorge. Je voulais désespérément qu'il reste, parce qu'il connaît maman beaucoup mieux que moi et qu'il aurait peut-être su quoi faire pour l'aider…

Quand il s'est écarté de moi, il m'a ébouriffé les cheveux,

comme autrefois, quand j'étais petite, la spontanéité en moins. Il n'a plus l'habitude.

Voilà. Je ne dois plus compter sur lui pour réparer notre famille.

— On reste en contact, ma chérie, m'a-t-il promis.

Tu parles… Il ne s'est jamais senti lié par ses promesses et je ne vois pas pourquoi il changerait.

Comme toujours, tante Helen ne peut pas s'en aller sans faire tout un cinéma. Elle ne cesse de répéter à ma mère qu'il faut qu'elle se repose, elle promet de passer demain, elle manifeste un enthousiasme déplacé pour le service funéraire qu'elle a trouvé *tellement* beau.

— Je sais qu'*elle* nous regardait.

Elle renifle, tout en se tamponnant les yeux avec le mouchoir froissé qu'elle serre dans son poing depuis des heures.

— Elle a dû être tellement émue…

C'est la pire banalité que j'aie jamais entendue, sans compter que c'est totalement stupide, mais apparemment ça suffit à tante Helen pour se remettre à pleurer comme une Madeleine, ce qui fait pleurer ma mère à son tour. Tante Helen m'ouvre les bras et je m'apprête à endurer une embrassade de plus. Sauf qu'elle suspend son geste et se contente au final de me presser timidement l'épaule. Il y a bien longtemps qu'elle ne m'a pas regardée avec une telle tendresse.

On ne s'est jamais vraiment entendues, toutes les deux. Tante Helen est branchée église, prière, Jésus ; elle désapprouve mes gilets noirs à capuche, mon vernis noir, et mon langage. Et depuis que j'ai annoncé en plein repas de Pâques que je doutais qu'il y ait un Dieu, elle me considère carrément comme une sauvage. D'accord, ce n'était sans doute pas le meilleur moment pour faire un tel aveu, mais je ne regrette pas : si vous aviez vu l'expression horrifiée de ma tante !

Evidemment, aujourd'hui, l'existence de Dieu et la vie après la mort sont des questions qui me concernent davantage. Tante Helen espère certainement que je vais avoir *la* révélation, annoncer que je suis une *born-again*, que la lumière de Jésus m'a touchée et fait renaître. Mais en vérité ce n'est pas le cas. Au contraire, la mort de June m'a jetée dans un brouillard encore plus dense.

— Prends soin de ta mère, d'accord ? me dit-elle à présent. Elle a besoin de toi.

J'acquiesce.

— Je reviendrai demain pour vous aider à ranger. N'hésite pas à m'appeler.

Elle marque un temps et renifle une dernière fois avant de me presser de nouveau maladroitement l'épaule.

— Je t'aime, ma chérie.

Je lui adresse un regard surpris. *Elle m'aime ?* Mon étonnement doit se lire sur mon visage car tante Helen toussote, visiblement gênée.

— Bon…

Après un bref signe de tête, elle file vers la porte de derrière. Puis, sans se retourner, elle ajoute :

— Et n'oublie pas… Avec le temps, tout passe…

A qui s'adresse-t-elle ? A moi, à ma mère, ou à elle-même ? Oh ! et après tout, ça n'a aucune importance.

D'une certaine manière, j'admire les convictions religieuses de tante Helen. Ce doit être réconfortant, d'être à ce point habitée par la foi, de croire dur comme fer qu'il y a une volonté divine. Quelqu'Un — ou Quelque Chose — qui à la fois veille sur nous, nous protège, et nous fait traverser des épreuves sur mesure. Personnellement, je n'ai jamais cru si fort en quoi que ce soit.

A présent que tout le monde est parti, je ne sais plus quoi faire de moi. J'ai l'impression que ma mère non plus ne sait pas quoi faire. Nous nous regardons en chiens de faïence un long moment.

— Bien, murmure-t-elle enfin.

J'ai d'abord l'impression qu'elle va me parler, mais elle se détourne brusquement et se traîne vers le salon. Je crois qu'elle a vraiment trop bu. La dernière fois qu'elle a bu autant, c'était le jour du départ de papa. J'espère qu'elle ne va pas de nouveau se réfugier dans l'alcool…

Je la suis et je la vois s'affaler sur le canapé. Elle ôte ses chaussures à talons. Il y a des fleurs et des cartes partout. J'enjambe une couronne en forme de cœur et je me recroqueville à l'autre bout du canapé. En allumant la télévision, je tombe sur une sitcom. Les rires en boîte qui ponctuent les dialogues m'écorchent les oreilles, alors j'éteins. Maman ne semble même pas s'en apercevoir.

Je lui demande :

— Tu as besoin de quelque chose ?

Je chuchote, comme si je craignais de l'effrayer en parlant trop fort.

— Non.

Elle ne bouge pas et s'enquiert, sans même se tourner vers moi :

— Tu as mangé ?

— Un peu.

Je n'ai avalé qu'une pomme ce matin, mais la simple idée de manger me noue l'estomac.

— Tu devrais.

— D'accord, dis-je en me levant. Et toi, tu es sûre que tu ne veux rien ?

Silence… Enfin, elle secoue la tête. J'hésite, ne sachant pas si je dois insister ou non, puis j'abandonne et vais dans la cuisine. Les assiettes et les couverts sales s'entassent sur le comptoir. Je décide de les rincer et de les ranger dans le lave-vaisselle. Au moins cette corvée me distrait. Ça me fait du bien d'avoir les mains occupées. Comme tout à l'heure, quand j'ai fumé une cigarette dans le jardin avec ce drôle de garçon.

Qui c'était, celui-là ? Et qu'est-ce qu'il faisait là ? Est-ce qu'il connaissait June ? C'était sans doute un type de sa classe. La plupart des gens de sa classe ont assisté à la cérémonie, bien que seuls ses amis proches soient venus à la maison. June était amie avec tout le monde et elle sortait tous les week-ends : elle allait au cinéma, elle faisait du shopping avec des amies, elle était invitée à des fêtes. En revanche, elle n'a jamais eu de *meilleure* amie, comme moi j'ai Laney — et rien que Laney.

Ce garçon… Il y a quelque chose de bizarre. Il ne serait pas venu jusqu'ici s'il n'avait été qu'une vague connaissance de June. Est-ce qu'il a compté pour ma sœur et je n'en ai rien su ? Cette idée me dérange. Je n'arrête pas de penser au mépris et à la franche hostilité qu'il m'a manifestés. Les amis de June qui ne sont pas venus pleurer sur mon épaule n'ont affiché aucun sentiment à mon égard ; lui, au moins, ne s'est pas donné la peine de jouer la comédie. C'était presque rafraîchissant, vraiment.

Une fois la vaisselle terminée, je retourne dans le salon où je trouve ma mère endormie. La voir ainsi, recroquevillée dans sa robe de deuil, les yeux fermés, la bouche entrouverte et barbouillée de rouge à lèvres, ça me fend le cœur. Heureusement que tante Helen était là pour la soutenir moralement, tout compte fait, même si sa manie de tout contrôler me tape sur les nerfs. Moi, je ne suis pas taillée pour affronter ce genre de situations. Les effusions, ça n'a jamais été mon truc. La seule émotion que je réussis à exprimer, c'est la colère. Pour ça, je suis douée.

Il n'y a pas très longtemps, June m'a fait remarquer qu'elle ne connaissait personne d'aussi dur à cuire que moi.

— Rien ne t'atteint, m'avait-elle dit avec admiration. Tu es un roc. Une île.

Je lui avais répondu d'arrêter de me prendre la tête avec sa poésie à deux balles… mais je n'ai pas jugé utile de lui expliquer qu'elle se trompait sur toute la ligne. Tout m'affecte, au contraire, seulement quel intérêt d'en parler ? J'ai appris très tôt que personne — à part Laney — n'accordait d'importance à mes angoisses. Me confier à ma meilleure amie suffit à me soulager.

J'ignore comment June s'y prenait pour gérer ses propres angoisses, ni même si elle en avait ; en vérité, je ne me suis jamais posé la question. Vue de l'extérieur, sa vie semblait tellement parfaite… A quel sujet aurait-elle bien pu s'angoisser ? Il m'est arrivé de la surprendre devant le miroir de sa chambre, à se regarder, comme si elle traquait des défauts imaginaires. J'ai toujours cru que c'était juste de l'orgueil. Aujourd'hui, je commence à comprendre que je faisais fausse route. June doutait de tout.

Oui, elle doutait de tout alors que tout le monde — nos parents, ses amis, ses professeurs, Tyler — ne cessait de lui répéter combien elle était la fille idéale. J'ai compris dès l'enfance que je ne pouvais pas rivaliser avec elle ; alors je me suis employée à être son opposée en tout point. June était d'une politesse exquise ; je suis sans-gêne et je ne fais aucun effort de courtoisie. June dépensait une énergie et un temps fou à soigner son apparence ; j'ai opté pour un look négligé et me limite aux jeans et aux gilets à capuche. Je ne connais pas d'autre coiffure que la queue-de-cheval et pas d'autre maquillage que mon trait d'eye-liner trop épais. June recevait tous les mois les compliments de ses profs ; moi j'ai mis le curseur autour de la moyenne, je sèche régulièrement les cours, et je collectionne les heures de colle.

Quand j'étais petite, comme je ne cessais de poser des problèmes, ma mère me disait :

— Tu ne pourrais pas prendre exemple sur ta sœur ?

Sauf que je n'avais pas envie de ressembler à ma sœur et, surtout, je ne voulais pas vivre dans son ombre. Même si ma vie était moins intéressante que la sienne, au moins, c'était la mienne.

J'attrape un plaid sur l'ottomane, pour couvrir ma mère qui vient de perdre sa fille chérie et à qui il ne reste que « la dure à cuire ». Jusque-là, la perfection inégalable de June et mon inégalable disposition à décevoir mes parents s'équilibraient. A présent la balance penche carrément de mon côté, ce qui donne à mes défauts un poids énorme. Pas la peine de se demander pourquoi maman est désespérée. Je la borde et cale un oreiller sous sa tête. Elle ne bouge pas, elle continue à ronfler. Elle ronfle toujours quand elle a bu.

Cette nuit-là, je reste allongée dans mon lit, mais le sommeil ne veut pas venir. Je ferme les yeux. Demain sera le premier jour sans June, *vraiment* sans June. Il faudra reprendre la routine, pourtant tout aura changé : il y aura eu la vie *avec* June et la vie *sans* June. J'ai beau faire, je n'arrive pas encore à saisir tout ce que la disparition de ma sœur implique.

Laney a raison. Ça n'a pas l'air réel. Rien n'a l'air réel.

J'ai dû m'assoupir tout en réfléchissant, le regard dirigé vers le plafond, parce que, quand je rouvre les yeux, il ne fait plus nuit. Qu'est-ce que c'est que ce « bip » insistant, que j'entends en bas ? Comme il ne cesse pas, je m'assieds sur le lit et tends l'oreille. Hé ! On dirait le détecteur de fumée. Je me précipite dans le couloir et je descends l'escalier quatre à quatre. Direction la cuisine.

— Maman ?

D'accord, je ne vois pas encore de flammes, mais je sens nettement une odeur âcre de fumée. Mon cœur cogne.

— Maman, qu'est-ce qui se passe ?

Je trouve ma mère attablée devant une bouteille de vin déjà bien entamée. Sur la cuisinière, une fumée noire s'élève en volute d'une poêle. Au fond, il n'y a plus qu'une masse carbonisée. Je tire une chaise, la place sous le détecteur de fumée et secoue une serviette pour brasser l'air, jusqu'à ce que le bip de l'alarme s'arrête.

— Maman, ça va ?

J'ai eu une sacrée décharge d'adrénaline. J'en ai la bouche sèche comme du carton.

Ma mère a les yeux vitreux. Elle ne me regarde même pas.

— Je faisais cuire des œufs, bafouille-t-elle.

— Oh…

Je remets la chaise à sa place et considère la bouteille de vin.

— Maman, ça fait combien de temps que tu es levée ?

Elle écarte la question d'un haussement d'épaules et s'emploie à décoller d'un geste distrait l'étiquette de la bouteille.

— Il n'y a plus que nous, maintenant, dit-elle. Plus que nous deux.

Elle se décide enfin à me regarder. Elle semble aussi lasse que moi.

Je sais ce qu'elle voudrait que je fasse : elle voudrait que j'aille vers elle, que je la prenne dans mes bras et que je la réconforte. Seulement, je ne peux pas. Je ne peux pas parce que j'ignore ce que nous réserve l'avenir. Je ne peux pas, parce que la simple idée d'un contact physique me rend malade. Pourquoi est-ce si difficile d'accepter la mort de June ?

Finalement, je me décide à sortir du silence.

— Oui. On dirait bien que oui. Il n'y a plus que nous deux.

Elle boit de nouveau une longue gorgée de vin, au goulot, et je la regarde déglutir. Quand elle pose la bouteille, je la lui prends doucement des mains pour la mettre hors de sa portée.

— Tu devrais dormir un peu, maman.

Je fais le tour de la table pour l'aider à se lever.

— Allez, viens.

Elle ne cherche pas à me résister. Je la soutiens pour la conduire jusqu'à sa chambre, je défais les couvertures, je l'aide à s'allonger. Elle soupire doucement quand je la couvre, en battant des paupières. Elle dort déjà à moitié.

— Harper, dit-elle d'une voix pâteuse. Je suis désolée pour les œufs. Je voulais te préparer quelque chose pour le petit déjeuner.

C'est gentil de sa part. Même si elle était dans un état de stupeur alcoolique et qu'elle a failli brûler la maison. C'est raté, mais c'est gentil. Je croise juste les doigts pour que ça ne redevienne pas une habitude. Elle buvait beaucoup, quand papa est parti — mais je croyais que son problème avec l'alcool avait été réglé.

— Dors, maman.

Elle bat de nouveau des paupières, le regard absent. Une minute plus tard, je l'entends qui respire profondément et régulièrement. Elle s'est rendormie.

A présent, tout est étrangement silencieux, mais le retour au calme ne m'apporte pas le réconfort que j'avais espéré. La maison me paraît plus grande et froide que jamais. Je pourrais descendre nettoyer la cuisine, pour m'occuper, mais je suis abattue rien que d'y penser. Alors je décide de me réfugier dans ma chambre.

Dans le couloir, c'est devant celle de June que je m'arrête. Et là, je reste clouée au sol, comme si je venais de mettre les pieds dans du ciment frais. Jusqu'au moment où, honteuse de ma peur, je m'oblige à ouvrir la porte et à entrer.

Je cherche des signes que June aurait pu laisser, en guise de message. Un de ses oreillers est de travers ; son pull gris est posé sur le dossier de son fauteuil de bureau. A part ça, rien. Je regarde de nouveau dans les sacs en plastique qui contiennent ce qu'on a rassemblé de ses affaires. De nouveau, je remarque le CD sans boîtier. Et je prends soudain conscience que c'était probablement celui qui tournait dans le lecteur de la voiture, quand j'ai trouvé June.

Je le tourne et le retourne dans mes mains. C'est un CD tout ce qu'il y a de plus banal. Dessus, on a écrit au marqueur noir « *Nolite te bastardes carborundorum* ». J'ignore le sens de ces mots — ça ressemble à du latin — et je ne reconnais pas l'écriture. Qui les a tracés ? Pas June en tout cas. Son écriture était ronde, très féminine. Tyler ? Ça m'étonnerait. Tyler n'est pas assez érudit pour citer des phrases en latin et pas assez romantique pour faire des cadeaux à sa petite amie — pas même une compil de musique. Pour lui, le comble de l'esprit chevaleresque, quand il sort avec une fille, c'est de descendre de sa voiture pour sonner à la porte, au lieu de se contenter de klaxonner depuis l'allée.

J'allume la chaîne stéréo de June et je glisse le CD dans le lecteur. Quelques secondes de silence, puis un riff de guitare électrique sort des enceintes. C'est du rock. Le chanteur a une voix plutôt râpeuse et agressive. Pas le genre de musique que je m'attendais à entendre…

Je monte le volume et je m'allonge sur le tapis. La vibration des basses me traverse. *You make a grown man cry.* Je croyais pourtant que June n'aimait pas le rock. Petite, elle tapissait sa chambre de posters de *boys bands* et collectionnait les albums des reines de la pop. Ado, elle écoutait des chanteuses folk qui s'accompagnaient à la guitare, des tubes, et toute la musique commerciale de base diffusée en boucle sur Top 40.

Le premier morceau se termine. Un autre lui succède. D'un autre groupe. La chanson est plus lente, plus mélancolique, avec des accents de blues.

Je reste allongée, à écouter les morceaux qui s'enchaînent. J'en connais quelques-uns : *Stairway to heaven*, bien sûr, et aussi une chanson de Billie Holiday — la période Billie Holiday de June a duré suffisamment longtemps pour que j'identifie aussitôt sa voix doucereuse.

La compilation rassemble des morceaux décidément très différents : on passe sans transition du rock déjanté aux vieux standards de jazz et ça pourrait donner l'impression d'un grand n'importe quoi, mais, étrangement, l'effet d'ensemble est plutôt réussi. On change régulièrement d'ambiance, c'est agréable. Un peu comme si on écoutait une histoire.

Je ferme les yeux. Que pouvait bien ressentir ma sœur en écoutant ce CD ? Sur quelle chanson a-t-elle lentement avalé ses cachets, l'un après l'autre, durant ses derniers instants, avant de glisser pour toujours dans les ténèbres et le néant ? Qui a enregistré ce disque pour elle ? Et pourquoi ? Est-ce que ce geste avait un sens caché pour *eux deux* ?

Est-ce que quelque chose a encore du sens ?

Le lendemain, promesse tenue, tante Helen passe pour aider maman à trier la quantité invraisemblable de fleurs et de cartes qui envahissent notre salon. Je me terre dans ma chambre, en écoutant le CD de June sur un vieux lecteur portable que j'ai ressorti pour l'occasion du fond de mon placard.

Et ça me donne à réfléchir.

Une chose est sûre : cette musique ne reflète pas les goûts de ma sœur. Et pas les miens non plus. Sur mon iPod, j'ai surtout des albums conseillés par Laney : du rap underground, qu'elle adore, et des groupes d'indie rock, comme les Decemberists, Cat Power et Sufjan Stevens. Les chansons de ce CD ressemblent plutôt à ce qui devait faire vibrer mes parents quand ils avaient mon âge.

Je continue à écouter, tout en contemplant les photos qui tapissent les murs de ma chambre, prises avec le Nikon SLR que j'ai eu à Noël il y a un an — depuis, je me suis mise sérieusement à la photo. Le seul mur nu est celui qui se trouve à côté de mon lit. Je le réserve pour quelque chose de spécial, l'avenir dira quoi.

Tante Helen entre dans ma chambre avec un sandwich et un verre de lait. Elle ne frappe pas, bien entendu, elle fait tout simplement irruption, en me lorgnant d'un air vaguement méfiant. J'ai l'impression qu'elle s'attendait à me prendre en flagrant délit... Mais de quoi ? Elle ne pense tout de même pas que je me calfeutre dans ma chambre pour me scarifier les bras avec des lames de rasoir ? Si ça se trouve, on surveille mes tendances suicidaires parce que ma sœur s'est suicidée. C'est le comble !

J'enlève mes écouteurs et je m'assieds sur le lit.

— J'ai préparé ça pour toi, dit-elle en me mettant l'assiette dans les mains. Tu devrais manger.

Berk. Je déteste la confiture. Et je déteste aussi que les gens entrent dans ma chambre sans frapper.

— Merci, je marmonne.

Elle me fixe intensément, d'un air soucieux, jusqu'à ce que je morde dans le sandwich. Seigneur... Voilà maintenant qu'ils vont me prendre pour une anorexique. Je suis plutôt maigre, mais franchement, ça commence à devenir grotesque, cette subite attention de tous les instants.

Rassurée de me voir me nourrir, tante Helen se détend et prend le temps d'observer ma chambre. Son air soucieux s'accentue quand elle pose les yeux sur l'affiche de *Reservoir Dogs* punaisée au-dessus de ma commode. Jésus n'approuverait pas, donc tante Helen, qui se prend pour son porte-parole, n'approuve pas non plus.

Elle parvient tout de même à garder ses commentaires pour elle.

— Nous traversons une passe difficile qui va nous demander à tous un effort d'adaptation, déclare-t-elle.

Un effort d'adaptation. Quel bel euphémisme ! Je ne dis rien. Je la laisse aller jusqu'au bout. Je suis curieuse de savoir où elle veut en venir.

— Ta mère et moi, on se fait du souci pour toi, poursuit-elle. Elle dit que tu n'as pas… Que tu ne manifestes pas assez tes émotions.

Elle évite de présenter la chose comme un reproche, mais l'allusion est claire : je n'ai pas pleuré.

C'est vrai. Je ne peux pas le nier. Je n'ai pas pleuré. Pas une seule larme. Même quand j'essaie, c'est comme si j'étais un puits sec. Rien ne sort.

Je hausse les épaules.

— Maman devrait plutôt s'occuper d'elle. Ce n'est pas moi qui me soûle la gueule.

— Ne me parle pas sur ce ton, coupe sèchement tante Helen. Ta mère fait ce qu'elle peut. Et elle s'inquiète pour toi, c'est normal.

Elle soupire.

— Ecoute, Harper. J'ai bien conscience de l'épreuve que la mort de ta sœur représente.

Ah bon, elle en a « bien conscience » ? Je sens monter une bouffée de colère. Non, elle n'en a pas *conscience*, parce que sinon elle me laisserait tranquille, au lieu de venir dans ma chambre remuer le couteau dans la plaie.

— Tu dois chercher du réconfort dans l'idée que June est maintenant auprès du Seigneur, me dit-elle.

Je la dévisage froidement.

— Pas plutôt en enfer ? Ce n'est pas là que vont les suicidés, selon les chrétiens ?

Elle ouvre des yeux affolés.

— Je ne pense pas que…

— Sors de ma chambre. S'il te plaît.

— Harper…

— Sors et laisse-moi tranquille, d'accord ?

Elle obtempère, en claquant la porte derrière elle. Je déteste tante Helen ! Et je ne supporte pas de l'entendre débiter ses âneries à propos de June « qui est maintenant auprès du Seigneur » ! Comme si quelqu'un pouvait savoir où se trouve June… Je me sens de nouveau pleine d'une rage froide. Je balance mon poing contre le mur, mais ça ne me soulage en rien, et je me suis fait mal. Mes yeux me brûlent, comme si j'allais pleurer, enfin pleurer ! Sauf qu'aucune larme ne vient. Merde.

Tante Helen et maman n'ont plus osé venir me déranger de toute la soirée. Bonne ou mauvaise nouvelle ? Plutôt que de m'interroger là-dessus, ou sur mon incapacité à pleurer, je décide de me concentrer sur le CD.

Donc, June aimait le vieux rock. Ça pourrait être un détail sans importance, après tout. Pourtant, une part de moi est convaincue qu'en écoutant ce disque, encore et encore, je finirai par décoder un message caché qui me dévoilera des aspects de la personnalité de ma sœur qui m'ont complètement échappé. Elle me cachait ses goûts musicaux. Qu'est-ce qu'elle me cachait d'autre, encore ?

Cette pensée m'empêche de trouver le sommeil. Après des heures à la tourner et à la retourner dans mon esprit, je finis par craquer. J'attrape mon téléphone sur la table de nuit. Même dans le noir, je suis capable de taper de mémoire le numéro de téléphone de Laney. A la sixième sonnerie, elle répond enfin.

— Humm ?

Je suppose que c'est sa manière de dire « Allô » à cette heure de la nuit.

— C'est moi.

J'ose à peine murmurer et mon cœur bat la chamade.

— Harper ?

Un silence. Puis un froissement de draps.

— Qu'est-ce qui ne va pas ?

Evidemment, elle s'imagine que j'ai un problème. Un coup de fil en pleine nuit, généralement, ce n'est pas bon signe. Alors je m'empresse de la rassurer.

— Tout va bien. Je… Désolée, tu dormais ?

— Il est 2 heures du matin ! Bien sûr que je dormais !

Elle bâille et je l'entends remuer, comme si elle cherchait à bien se caler contre ses oreillers.

— Qu'est-ce qui se passe ? Tu es sûre que tout va bien ?

Je raconte tout : le CD de June, la phrase écrite au feutre noir, l'écriture inconnue… Laney reste silencieuse. A croire qu'elle s'est rendormie au beau milieu de mes explications. Mais non, elle demande enfin :

— Elle dit quoi, cette phrase, au juste ?

— *Nolite te bastardes carborundorum*, on devrait trouver sur internet, non ?

— OK, voilà ce qu'on va faire : je passerai chez toi demain après les cours, promis.

Et elle ajoute, avec un sourire que je devine :

— Il faut qu'on parle de la manière dont on va s'organiser pour la Californie, de toute façon. On en profitera pour chercher la phrase. Sauf si tu veux que je rapplique tout de suite.

— Tu n'es pas obligée de venir tout de suite.

— Je n'y suis pas obligée, non. Mais si tu as besoin de moi, je viens. Donne-moi cinq minutes…

J'entends des bruits étouffés. La connaissant, je suis sûre qu'elle est déjà en train de s'habiller et d'attraper ses clés de voiture. Elle est comme ça, Laney…

— Non, non, ne viens pas ! Si tu rates tes examens parce que tu n'as pas assez dormi, tes parents ne me le pardonneront jamais. Je peux attendre.

Personnellement, je n'ai pas à m'en faire pour les examens cette année. Deux jours après la mort de June, mes parents ont tenu une conférence téléphonique d'urgence avec le commissaire de police, le proviseur de mon lycée, son adjoint et le conseiller d'orientation. Tout ce petit monde a décidé d'un commun accord qu'il valait mieux que je ne finisse pas l'année scolaire et que je laisse tomber les examens de fin d'année qui me restaient à passer.

Je pourrais trouver ça génial. Sauf que ça ne l'est pas.

*
* *

J'avais raison : *Nolite te bastardes carborundorum*, c'est bien du latin.

— Enfin, pas exactement, corrige Laney. Du latin de cuisine, une sorte de boutade. En gros, ça veut dire qu'il ne faut pas se laisser opprimer. C'est une phrase de révolté.

Je hausse un sourcil.

— Et c'est sur internet que tu as eu toutes ces explications ?

— Parfaitement ! Google est mon esclave !

Si nous sommes dans la chambre de June, c'est parce que Laney est persuadée qu'on va y trouver des indices sur l'auteur de la compilation qui nous intrigue. Elle s'est installée sur le lit de June, et j'avoue, je n'apprécie pas trop qu'elle prenne ses aises sur le lit de ma sœur. Mais je la laisse faire. Après tout, on ne va pas sacraliser cette chambre pour l'éternité.

J'ouvre un des tiroirs du bureau et demande :

— Comment ça s'est passé, tes examens ?

— Je ne veux plus entendre parler des maths, gémit-elle la tête dans les mains.

— Ça c'est si mal passé que ça ?

Je fais une grimace compatissante et lui jette un regard en biais.

— Et, euh… C'est comment ?

— Quoi ? L'exam de maths ?

— Non. Tu sais bien. Le lycée.

Nous n'avons jamais abordé le sujet. Jusque-là, je ne me suis pas intéressée au retentissement de la mort de June au lycée, mais je suis prise d'un brusque accès de curiosité morbide. Laney se redresse pour s'installer à genoux sur le lit. Elle baisse la tête et disparaît derrière un rideau de cheveux blonds.

— C'est… vraiment bizarre.

Elle me lance un regard inquiet.

— Ils ont rassemblé toute l'école. Il y avait des tas de filles qui ne connaissaient même pas ta sœur et qui sanglotaient quand même. Je te jure, j'avais envie de les gifler. Oh ! et puis ils ont repoussé les examens d'une semaine. La conseillère d'orientation a tenu à recevoir tous ceux qui, je la cite, « étaient proches du problème ». Une heure à déballer nos sentiments… L'administration est complètement paniquée.

— Ah bon ?

— Je crois qu'ils craignent un effet de contagion. Ils s'imaginent peut-être qu'ils vont arriver un jour et trouver tout le lycée en train de boire une potion au cyanure, ou quelque chose comme ça.

Elle me dévisage attentivement.

— Tu sais, ça me fait drôle de parler avec toi du lycée.

Je détourne le regard et hausse les épaules.

— Tu as tort. J'ai besoin de savoir.

— Oui, mais…

Laney semble sur le point de dire quelque chose d'important, mais elle se contente de soupirer et laisse tomber. Au fond, j'en suis soulagée.

J'ouvre un deuxième tiroir. Dans la paperasse, je trouve à peu près la même chose que dans le premier — des devoirs, des cours, un vieux classeur. Rien de majeur. Je me demande bien ce que ma mère va vouloir faire de tout ce bazar. Le jeter ? Ou bien va-t-elle décider de conserver la pièce intacte, afin de la transformer en sanctuaire dédié à la mémoire de June ?

J'espère que non, parce que ce serait vraiment glauque.

— Hé, dit Laney.

Toujours couchée en travers du lit, elle a maintenant la tête en bas et tire des affaires de dessous le lit.

— J'ai l'impression que j'ai trouvé quelque chose.

Elle refait surface avec un sac de papier brun à la main. Je m'installe près d'elle sur le matelas, tandis qu'elle renverse le contenu du sac sur le couvre-lit. Deux pochettes de CD en tombent. Sur la première, on voit un homme qui fume une cigarette, la nuit, sous une enseigne au néon, avec une femme élégante, en robe, un peu à l'écart, qui le regarde fixement. La seconde représente un visage masculin, en noir et blanc, graphique.

— Tom Waits, lit tout haut Laney sur le premier des deux CD, en l'observant de plus près. Hmm. Jamais entendu parler de ce type.

— Et les Kinks, tu connais ? je demande.

Je lui passe le second CD.

— Ah oui, eux, j'en ai entendu parler. Tu te souviens de Colin Spangler ?

— Le gars avec qui tu es sortie ?

— Sortie ? On s'est roulé une pelle une fois sur la banquette arrière du monospace de sa mère… Bref, il est hyperbranché Kinks. Il adore leurs chansons, notamment celle qui parle d'un travesti. Je crois que Colin est carrément gay. Je ne juge pas, d'accord, je dis juste qu'il est gay, c'est sûr.

Ma sœur écoutait les Kinks ? J'essaye une fois de plus de faire coïncider cette information avec l'image que j'ai d'elle. Ça ne colle pas.

— Où est-ce qu'elle a pu se procurer ces disques ? demande Laney, en secouant le sac à l'envers, comme si elle espérait trouver à l'intérieur une réponse à sa question.

Il en tombe un ticket de caisse. Laney replie machinalement le sac, puis elle s'arrête net. En suivant son regard, je remarque un logo noir.

— L'Oleo Strut, je lis tout haut. C'est où, ça ?

— C'est loin, du côté de Kilgore, répond Laney. Près de Stowey's Pizza. Je passe devant très souvent, mais je ne savais pas que c'était un magasin de musique.

Elle ramasse le ticket de caisse, je regarde le dos de l'album de Tom Waits. Et là…

— Un indice ! hurle-t-elle, tellement fort que j'en ai mal aux oreilles.

Puis elle se lève d'un bond.

— Harper, où est la compil ?

— Sur la chaîne.

Je la regarde se jeter sur le bureau, littéralement, pour s'emparer du CD de la compilation.

— Quel genre d'indice ? je demande.

— Un échantillon d'écriture ! s'exclame-t-elle.

Elle revient sur le lit et me tend le ticket et le disque.

— Regarde au dos du ticket, il y a un message. Compare avec l'écriture de la phrase inscrite sur le disque. Ce T est caractéristique.

Je lève les yeux au ciel.

— Tu regardes trop les séries télé.

Seulement voilà, elle a raison : l'écriture est la même sur le message et sur le disque.

J.
J'espère que mon choix te plaira. Dis-moi ce que tu en penses.
Ton chouchou sur cette terre.

C'est l'initiale qui me dérange le plus. Cette lettre toute seule. Personne n'a jamais écourté le prénom de June. Quant au ton du message, il suggère une certaine intimité, tout comme la signature. Je froisse le ticket dans ma main en une boule de papier que je jette par-dessus mon épaule.

— Tu sais ce qu'on devrait faire ?

Laney piaffe d'impatience.

— Aller à l'Oleo Strut !

— Pour quoi faire ?

— Houhou, tu planes ou quoi ? Pour demander s'ils connaissent la personne qui a acheté ça ! Il faut toujours commencer par la scène du crime.

— Aux dernières nouvelles, acheter des CD n'est pas un crime, je lui fais remarquer. Au contraire, c'est très bien vu, avec tous les téléchargements illégaux…

— Montre-toi un peu plus coopérante, Harper ! Tu n'as pas envie de savoir ? Ça pourrait vraiment nous mener quelque part.

Bien sûr que j'ai envie de savoir. Ça me rend folle, d'être dans le noir complet. C'est bien pour ça que j'ai appelé Laney au secours. Je n'ai même pas besoin de répondre, elle voit que je suis d'accord, c'est inscrit sur mon visage.

— Va enfiler tes chaussures, dit-elle, en me poussant hors du lit. On y va, c'est décidé. Et tout de suite.

Grand Lake s'étend sur les deux rives du lac du même nom. Il y a la Rive-Est, celle des quartiers tranquilles et des maisons bien entretenues, où nous habitons Laney et moi — les quartiers chics. Et puis il y a la Rive-Ouest, flanquée de grands immeubles, habitée par des gens plus modestes. Chaque rive a son école et un collège, mais en revanche il n'y a qu'un lycée pour tous.

Le nom « Grand » est trompeur, car le lac est tout petit. L'unique plage est artificielle : c'est une bande de sable derrière les portes de fer du yacht-club. Le gratin de la ville amarre aux pontons ses bateaux à voile et ses youyous, et organise ses dîners dans une salle très chic. Dans les années 50, il y avait là un parc d'attractions, avec une grande roue et des montagnes russes, mais il a été démonté bien avant ma naissance. A présent, il ne reste plus qu'un espace vert, des sociétés et des restaurants, dont le Sterling's Steakhouse qui se trouve sur les quais. Il appartient à Richard Sterling, le père de Laney, mais on n'y va jamais, Laney et moi, parce qu'elle est végétarienne, au grand désespoir de sa famille.

Pour rejoindre la Rive-Ouest, on longe le lac et on traverse Windermere Village. Windermere est une zone commerciale qui a su conserver son charme ancien, avec des rues pavées, éclairées par des becs de gaz et ornées de sculptures. Il y a un vieux glacier, avec un salon, chez Duncan's, des commerces de famille et d'autres petits magasins plus récents. C'est le genre d'endroits où les jeunes mères flânent volontiers avec leur bébé dans leur poussette et leur golden retriever. On y croise aussi des femmes d'âge mûr, généralement par deux.

J'ai rarement l'occasion de dépasser Windermere pour aller dans le quartier Ouest. Je profite donc de notre sortie dans la voiture de Laney pour me mettre à jour et regarder le paysage qui a changé. Laney tourne dans une petite rue, dépasse une station-service et un magasin de spiritueux, puis elle se dirige vers un bâtiment à deux étages en brique rouge, sur lequel j'aperçois déjà une enseigne verte au néon : Oleo Strut.

Un tintement de sonnette se fait entendre quand nous poussons la porte. Derrière le comptoir se tient un type, cheveux bruns, courts, coiffés en épis, qui doit avoir un peu plus de vingt ans ; il porte des lunettes à monture façon Buddy Holly et un piercing au sourcil. Il griffonne activement sur un carnet, ne s'interrompant de temps en temps que pour pianoter sur sa calculatrice — une de ces vieilles machines à rouleau de papier qui en crache quelques centimètres chaque fois qu'il appuie sur une touche.

— Je peux vous aider ? demande-t-il d'un ton distrait.

Il continue de pianoter, tout en se grattant la tête.

Laney a l'air d'attendre que je me lance, mais par quoi commencer ? J'hésite. Alors c'est elle qui s'y colle.

— Notre demande va vous paraître inhabituelle, mais on cherche à connaître l'identité d'un de vos acheteurs. Quelqu'un qui a acheté deux CD chez vous il y a déjà plusieurs mois. Avec la date précise, vous pourriez le rechercher sur les enregistrements des caméras de surveillance ?

A ces mots, il lève carrément la tête, l'air médusé, en tambourinant sur le comptoir avec le bout de son stylo.

— Vous êtes sérieuse ? C'est que je ne conserve pas les enregistrements, moi !

— Ah... Mais vous avez sûrement une bonne mémoire visuelle, ça se voit tout de suite...

Laney se colle au comptoir, adresse son plus charmant sourire au vendeur, et se penche pour lui offrir une vue plongeante sur son décolleté. J'y crois à peine...

— Les Kinks et Tom Waits, ça vous rappelle un client ? C'est ce que le type a acheté.

— Désolé, ma belle, je n'ai vraiment pas de mémoire, répond-il avec un grand sourire.

Il n'a accordé qu'un regard détaché aux seins de Laney et, j'avoue, son sang-froid m'impressionne. Il pointe le stylo vers nous et ajoute d'un ton faussement sérieux :

— Ne prenez pas de drogue. Ça vous évitera de devenir comme moi.

Puis il disparaît dans l'arrière-boutique. Laney en reste scotchée : oui, elle n'en revient pas que le vendeur soit resté insensible à son charme.

— On est tombé sur un impuissant, grommelle-t-elle entre ses dents. Pas de bol.

Soudain, il passe la tête et déclare :

— Mais j'y pense, vous aurez peut-être plus de chance avec mon frère. Il vient ici de temps en temps pour me donner un coup de main et il a une bonne mémoire des visages, lui.

— Et où peut-on le trouver, ce frère ? je demande.

Il désigne le fond du magasin.

— Il déballe les commandes. Je crois qu'il est au rayon vinyles.

Et sur ce, il disparaît de nouveau. Laney et moi, nous échangeons un regard interrogateur.

— Ça vaut le coup d'essayer, dis-je sans trop de conviction.

Le magasin est bourré à craquer et ce n'est pas commode de circuler dans les allées. Les bacs et les étagères débordent de CD et de cassettes, classés par style de musique — des étiquettes aux murs permettent de se repérer. La section rock est divisée en Classiques du Rock, Garage Rock, Glam Rock, Rock Psychédélique, Rock Alternatif et Indie Rock. Dans la section musique punk, on trouve de l'Anarcho-Punk, du Garage Punk, du Hardcore et du Riot Grrrl. La musique New Wave occupe toute une allée.

On approche de la section des vinyles, classés à part, quand Laney m'annonce :

— Je le vois, c'est sûrement lui.

Je regarde dans la direction qu'elle m'indique et… j'en ai le souffle coupé.

— Merde, je murmure.

Il faut qu'on se mette à l'abri !

C'est lui. C'est le garçon du jardin, celui qui m'avait interpellée le jour des obsèques de June, et qui fumait tranquillement sur les plates-bandes de ma mère en me dévisageant. Il avait forcément des liens étroits avec ma sœur, sinon il n'aurait pas été là, mais j'étais trop perturbée ce jour-là pour en prendre conscience et m'interroger sur la nature de ces liens.

Bon, ben, à présent, je suis fixée. Enfin, presque…

— Hé, dit Laney en écarquillant les yeux. Je le connais !

— Ah bon ?

— Pas personnellement, mais je sais qui il est. Il s'appelle Jacob… Jake Tolan.

Elle prend un air perplexe.

— Il n'avait pas la même allure quand il avait les cheveux bleus.

Je risque un coup d'œil. Le dénommé Jake Tolan étiquette des vinyles avec un pistolet d'étiquetage et les range ensuite par ordre alphabétique. Laney a parlé de cheveux bleus… C'est vrai.

Il y a en effet une bande de types aux cheveux bleus au lycée, qui cultivent leur différence. Donc, s'il a fait partie de ce groupe, j'ai dû croiser ce Jake Tolan quand il fréquentait le lycée.

Une autre chose me titille…

Et soudain, c'est le déclic — Tolan ! Je connais ce nom. Je l'ai vu en fouillant le tiroir de June, sur un formulaire de la National Honor Society, là où elle notait les heures de tutorat qu'elle donnait.

— C'est lui.

Je le dis en même temps que je le comprends.

— C'est lui qui a offert la compil à June.

— Sûr ? s'exclame Laney, tout en risquant à son tour un coup d'œil par-dessus l'étagère. Qu'est-ce qui te permet de l'affirmer ?

— Je t'expliquerai ça plus tard.

Devant son air sceptique, j'ajoute :

— Je te le promets. En attendant, va faire un tour. Je voudrais être seule pour lui parler.

Elle commence par s'étonner de ma demande, puis elle acquiesce et va zoner un peu plus loin. Moi, je sors de mon allée et j'approche encore, l'air le plus dégagé possible, en faisant mine de m'intéresser aux disques. Je passe en revue la lettre D, tout en surveillant Jake discrètement. Puis je prends un disque, au hasard.

— C'est un bon choix, dit-il.

Je sursaute. Je ne l'avais pas entendu arriver. Il est là, juste derrière moi, avec son pistolet d'étiquetage en main. S'il m'a reconnue, il le cache bien.

Comme je suis totalement prise de court, je me contente de le fixer.

— Miles Davis, poursuit-il. *Kind of Blue.* 1959, je crois. C'est l'un des meilleurs albums de jazz de tous les temps. Tu écoutes beaucoup de jazz ?

Je mens.

— Oui.

Je marque un temps de pause, puis je reviens sur ce que j'ai dit.

— Euh, non, en fait. Je regarde, c'est tout.

Puis, dans un accès de courage, j'ajoute :

— Tu pourrais me conseiller ?

Il prend le temps de réfléchir.

— John Coltrane, c'est un *must*, et il faut aussi que tu écoutes Charlie Parker. Et Thelonious Monk. Ce type peut faire sortir n'importe quoi d'un piano.

— Tu le présentes avec un tel enthousiasme…

Je remets le Miles Davis en place.

— Et Tom Waits ?

Il paraît surpris.

— Quoi, Tom Waits ?

— J'ai entendu dire qu'il était vraiment bon. Tu peux me conseiller un album en particulier ?

Il me regarde.

— Tom Waits ne fait pas vraiment du jazz. Enfin, si, c'est proche du jazz par certains côtés, mais… En fait, il y a surtout *un* album…

Il s'arrête en plein milieu de sa phrase et me regarde intensément. Ça y est, il est en train de faire le rapprochement et de se souvenir qu'il a offert l'album en question à June. Ce qui signifie qu'il sait que je sais. Et là, il me tourne le dos sans un mot, retourne à sa pile de disques, et se remet à étiqueter rageusement, à grands coups de pistolet.

— Je suis occupé, me lance-t-il. Tu n'as qu'à le chercher toi-même.

— D'accord. On recommence de zéro. Pas la peine de t'énerver, Jake…

Je prends un temps, histoire de ménager mes effets et je récite :

— *Nolite te bastardes carborundorum…*

L'allusion n'est pas très fine, je l'admets, mais elle a le mérite de faire passer mon message. Aussitôt, Jake se retourne. Aucun doute, j'ai touché un point sensible, même si j'ignore encore lequel. Et je n'attends pas qu'il me réponde. Je file.

En deux secondes, je suis déjà loin. Cette fois, c'est moi qui ai eu le dernier mot avec Jacob Tolan et c'est mon tour de disparaître en le plantant là.

3

— Je n'arrive pas à croire que June fréquentait Jake Tolan, dit Laney.

— Je sais. Moi non plus.

— Non, mais c'est vrai, c'est carrément bizarre, insiste-t-elle.

Nous faisons la queue au Windermere Coffee Co, le café-restaurant de Windermere. Oui, je sais, le nom n'est pas très original. L'endroit non plus. Si nous y venons régulièrement, c'est uniquement parce qu'il n'y a pas mieux. Grand Lake est une ville tellement ringarde qu'on n'y trouve même pas un Starbucks.

— Qu'est-ce que tu vas faire ? poursuit Laney.

— Qu'est-ce que tu veux que je fasse ? Il sait que je sais. Evidemment, tout ce que je sais, c'est qu'il y a quelque chose à savoir, mais ça, il ne le sait pas. Tu piges ?

Mon raisonnement est difficile à suivre, même pour moi, mais Laney n'est pas pour rien ma meilleure amie et elle acquiesce avec conviction :

— Oui, je pige. Bien sûr que je pige.

Elle commande un *venti latte* cinq parfums — dont noisette, menthe et vanille —, mélange qui doit être carrément infect. De mon côté, je me cantonne à un grand classique : moka au chocolat, avec un supplément de crème fouettée. La fille derrière le comptoir prend notre commande avec l'air blasé de quelqu'un qui s'ennuie à mourir, puis elle s'éloigne. Je profite de l'attente pour jeter un coup d'œil à la salle bondée.

Au monde réel.

Et aussitôt, je me sens oppressée par la présence de ces gens pour qui tout est normal. Ça me révolte, qu'ils continuent à vivre comme si rien ne s'était passé. Ce n'est pas parce que June est morte que la Terre doit s'arrêter de tourner, je le sais, mais je n'y peux rien : de les voir papoter tranquillement et pianoter sur leurs claviers d'ordinateur, ça me noue la gorge.

Le claquement sec du chewing-gum de la serveuse me ramène à la réalité.

— Ça fera deux dollars et quatre-vingt-quinze cents, dit-elle.

Avant que j'aie eu le temps de sortir mon porte-monnaie, Laney lui tend un billet de dix dollars. Je m'apprête à insister pour régler ma part, quand je croise le regard de deux garçons, en âge d'être étudiants. Le plus grand a un côté propret et un air de faux jeton. L'autre est plutôt gras, avec un visage criblé d'acné, comme ces types qui posent pour les photos « Avant — Après » dans les publicités Proactiv. Ils sont installés à une table toute proche et murmurent entre eux en coulant vers nous des regards appuyés.

— Salut, princesse, c'est bien toi ? lance brusquement le plus grand, en s'adressant à Laney.

Laney se retourne et devient livide en le voyant. Ses yeux passent de lui à la porte, comme si elle envisageait de fuir, puis elle se reprend et s'avance posément vers la table des deux garçons, les poings serrés, les bras ballants. Je n'ai pas la moindre idée de ce qui se passe. Je prends la monnaie que me tend la caissière et emboîte le pas à Laney, en jonglant avec nos deux boissons.

— J'adore les filles qui viennent quand on les siffle, ricane le grand en couvant Laney d'un regard obscène.

Le gros lui assène un grand coup sur l'épaule et s'écrie :

— Trop bon !

En éclatant de rire, comme s'il venait d'entendre une plaisanterie subtile.

Je m'attends à ce que Laney balance son poing dans la figure du plus grand, ou au moins à ce qu'elle lui dise d'aller se faire voir, mais non…

— Qu'est-ce que tu veux, Kyle ? demande-t-elle sèchement.

Kyle ? Je lui jette un regard surpris. Elle connaît ce blaireau ?

Kyle, puisque c'est son nom, fait l'étonné.

— Quoi ? marmonne-t-il avec un grand sourire. On peut plus se dire bonjour gentiment ?

Puis il ajoute, d'un ton perfide :

— La dernière fois qu'on s'est vus, tu ne faisais pas tant d'histoires.

Et il balaye une fois de plus Laney du regard, lentement et posément, de haut en bas. Décidément, il a un regard de pervers ! J'en ai la chair de poule. Laney n'a pas l'air d'apprécier non plus, parce qu'elle devient blême. Cette fois, elle va lui balancer un truc salé ? Non. Elle est tétanisée, muette. Je décide de venir à son secours : je la pousse du coude et lui tends son *latte*.

— On devrait y aller… Tu sais bien, j'ai un truc important à faire.

J'ai dû manquer de conviction, parce que le copain de Kyle, M. Acné, rigole.

— Ben oui, tu ne voudrais surtout pas louper ce *truc important*.

Laney fait volte-face et file en direction de la porte. Sa réaction me prend au dépourvu. J'ai juste le temps de jeter un regard glacial à M. Acné, avant de me précipiter à la suite de Laney, en bousculant au passage un client qui entre — pas le temps de revenir en arrière pour m'excuser, ma copine est en fuite.

Laney est déjà dans la voiture. Je ne peux pas courir avec mon café bouillant, mais je fais le plus vite possible. La clé est déjà sur le contact quand je m'installe sur le siège. Laney n'attend pas que je boucle ma ceinture pour démarrer en trombe.

— Aïe !

Je pousse un cri de protestation en recevant du café sur la main.

— Arrête-toi une seconde, merde !

Elle ne ralentit qu'au bout d'une centaine de mètres, mais continue à rouler, les mains crispées sur le volant, en regardant droit devant elle, comme si je n'étais pas là.

— Qui c'était, ce type ? je demande. Et pourquoi tu… ?

— Laisse-moi une minute, d'accord ? S'il te plaît.

Je me tais. Je ne l'ai jamais vue dans cet état. Elle est vraiment secouée. Ça me fiche les jetons.

Elle finit quand même par se calmer et par boire une gorgée de son *latte*, puis elle met son clignotant et se gare sur une place de parking. Elle stoppe le moteur, lance les clés sur le tableau de bord et s'affaisse sur son siège, la tête renversée. Je la regarde en silence et j'attends.

— C'était Kyle, dit-elle enfin.

— Ça, j'avais compris.

Je bois une longue gorgée de mon moka, sans cesser de la dévisager.

— On a couché ensemble.

J'en avale de travers. Laney me regarde tousser et cracher, puis m'essuyer le menton.

— Vous avez *quoi* ? Quand ça ?

— Il y a un peu plus d'une semaine. Il était juste derrière moi à la station-service, on a commencé à discuter et…

— Quoi ? Alors il suffit de faire la queue derrière toi au Gas'N Go pour devenir un candidat acceptable ?

La formule est un peu trop agressive mais, entre le café qui vient de me brûler la langue et cette révélation choquante, j'ai des excuses. Je suis peut-être vieux jeu, mais je ne comprends pas qu'on couche avec le premier venu. Je sais que Laney est… plus mûre que moi et qu'il lui est déjà arrivée d'aller très loin avec des garçons qu'elle connaissait à peine. Mais quand même… Faire *ça* avec un mec rencontré par hasard… J'ai du mal à y croire.

Elle me jette un regard offensé.

— Merde, Harper, ce n'est pas ce que tu penses ! C'est beaucoup plus compliqué !

Elle pose son *latte* dans le porte-gobelet et soupire bruyamment.

— C'était juste après… après June… J'étais perturbée. On a parlé un peu, en faisant le plein, et il m'a invitée à une fête. Ensuite j'ai pas mal bu. J'étais complètement soûle, je ne sais même pas comment c'est arrivé. Je ne me souviens de rien.

Je la regarde fixement.

— Laney. Est-ce qu'il t'a… ?

— Non, répond-elle précipitamment.

Elle hésite.

— On ne peut pas dire qu'il m'ait violée. Je n'ai pas vraiment dit non.

— Mais est-ce que tu as dit oui ?

— Oui. Enfin… Je crois que je l'ai dit. Peut-être. J'ai dû forcément dire oui, tu ne crois pas ?

Des larmes brillent dans ses yeux.

— C'était complètement stupide. *Je* suis complètement stupide.

Son désarroi me touche. J'aurais dû être là. C'est mon rôle de la protéger, comme elle me protège. Si j'avais été là, je ne l'aurais pas laissée faire cette bêtise.

— Tu n'es *pas* stupide.

Je prends une profonde inspiration, en essayant de rassembler mes idées. Le choc a été violent, il me faut quelques minutes pour m'en remettre.

— Ecoute, Laney… Ce n'est pas ta faute si ce Kyle est un salaud. Tu aurais dû me le dire plus tôt. J'aurais…

— Tu aurais quoi ? coupe-t-elle sèchement.

Elle hausse les épaules et baisse les yeux vers son gobelet.

— C'est fait. Il n'y a plus rien à dire, à part que je ne suis pas près de recommencer. Je voulais t'en parler. J'allais le faire, mais… avec tout ce qui s'est passé…

Elle avale sa salive avec peine.

— Ça m'a paru… secondaire. Tu as suffisamment de problèmes à gérer en ce moment.

Laney n'a rien d'une vierge effarouchée. Sa première fois, c'était avec Dustin Matthews, le soir de la fête d'entrée en seconde, et elle m'a tout raconté en détail. Elle est sortie un temps avec lui et elle l'a largué. Ensuite elle en a eu d'autres. J'avais droit chaque fois à un compte rendu et, si je prenais un air scandalisé, elle levait les yeux au ciel en disant :

— Le sexe c'est, bah, pas la peine d'en faire toute une histoire, crois-moi.

C'est sans doute vrai pour ceux qui sont déjà passés à l'acte — enfin, je suppose —, mais pas pour les autres, dont je fais partie.

Le temps qu'on termine nos boissons, Laney semble être redevenue elle-même. Elle enfile ses énormes lunettes roses et attrape ses clés.

— Bon, faut y aller, maintenant, dit-elle.

Et elle démarre.

Ou plutôt, elle essaye de démarrer.

Le moteur crachote comme un disque rayé, puis plus rien. Laney jure et tourne de nouveau la clé. Cette fois, le moteur ne réagit pas du tout. Elle essaye donc encore.

Et encore.

— Je crois qu'on est coincées, me dit-elle au bout de cinq minutes d'essais infructueux.

— Oui, on dirait.

Elle pousse un gémissement.

— Décidément, j'ai la poisse, aujourd'hui.

— Tu veux que je demande à ma mère de venir nous chercher ? je propose.

Puis je me souviens de l'état d'ébriété avancé dans lequel elle se trouvait la veille et je murmure, gênée :

— Remarque, je crois qu'elle avait quelque chose à faire...

Tante Helen accepterait probablement de se déplacer, mais pas question de lui demander un service, à celle-là.

Laney agite la main.

— Non, pas la peine. Je vais appeler la mienne. Je suis sûre qu'elle sera ravie d'abandonner *Des jours et des vies* pour voler au secours de sa fille unique.

Elle fouille dans son sac, en sort son téléphone portable et appelle une dépanneuse, puis sa mère. C'est la dépanneuse qui arrive en premier. Nous voilà maintenant sur le trottoir, en train d'observer les mécaniciens qui accrochent la Gremlin à leur engin.

— Adieu, ma Gremlin ! lance Laney d'un air sombre en suivant des yeux la dépanneuse qui emporte sa voiture.

Elle s'assied sur le bord du trottoir et je m'installe près d'elle, en shootant dans un caillou.

— C'est peut-être seulement la batterie ? je déclare d'un ton plein d'espoir. Ou la pompe à eau ? Ça pourrait très bien n'être que la pompe à eau.

— Même si ce n'est que la pompe à eau, je n'ai pas les moyens de la changer, me répond Laney. En ce moment, j'ai tout juste de quoi faire le plein d'essence. Et même si j'avais de quoi payer une réparation, il ne nous resterait plus rien pour aller en Californie.

Notre projet d'escapade en Californie, c'est comme un mince fil qui me relie encore au monde, un espoir ténu, fragile, qui me donne un but, une raison d'être là, alors que June est partie. Malheureusement, cet espoir ne cesse de s'amenuiser sous les assauts incessants de la réalité et celui-là, la voiture de Laney qui nous lâche, il est de taille. La Californie, c'était probablement une très mauvaise idée depuis le début.

Puis je pense à la carte postale de June, à ce qu'elle avait écrit au dos, à cette plage paradisiaque, et quelque chose en moi se révolte : non, je n'abandonnerai pas ce projet sans livrer bataille.

— De plus, ça ne vaut pas le coup de faire réparer ce tas de ferraille, reprend Laney.

— Ton père ne pourrait pas t'aider ?

— Tu le connais… Il gagne plein de fric, mais il est radin.

— Mais il te donne de l'argent de poche, non ? Tu n'as pas des économies ?

Laney me jette un regard incrédule.

— Harper, je dépense quatre dollars par jour pour ma dose de caféine et de sucre. Qu'est-ce que tu crois ?

Elle lève les yeux au ciel.

— Quant à ma mère, elle accepterait peut-être de me donner de l'argent pour renouveler ma garde-robe, mais pour une voiture, aucune chance. Voyons les choses en face : c'est une cause perdue.

Je ne suis pas encore disposée à abandonner.

— Il y a d'autres moyens d'aller en Californie, je lui fais remarquer.

— Tu penses à quoi ? A l'avion ? Tu veux monter dans un avion avec une urne funéraire ? Je crois qu'on te poserait quelques questions à l'embarquement.

Laney n'aurait pas pu trouver pire moment pour me plomber le moral avec sa logique terre à terre. De nous deux, c'est pourtant elle l'optimiste, pas moi !

— Et si on y allait en car ?

— Pas question que je prenne le car. Tu ne sais pas que c'est dangereux ? On se ferait agresser, ou assassiner. Voire pire.

Au moins, là, c'est une Laney que je connais — celle qui a tendance à dramatiser.

Je baisse les yeux en soupirant et mon regard tombe sur les pieds de Laney. Ses ongles rouge vif dépassent de ses sandales à semelles de liège : elle vient visiblement de faire une pédicure. Sa mère entretient le lien mère-fille avec des séances communes de pédicure, lubie qui place Laney devant un choix impossible : elle adore qu'on s'occupe de ses pieds, mais elle se passerait volontiers de la conversation insipide de sa mère.

— On est dans une impasse, soupire Laney. Il n'y a plus qu'à s'en remettre au destin. Si nous devons aller en Californie, le moyen de locomotion se présentera de lui-même.

— Ne dis pas ça !

Je n'aime pas quand Laney joue les fatalistes.

— Il ne s'agit pas de s'en remettre au destin ! Ce n'est pas un jeu !

— Ce n'est pas ce que je voulais dire, proteste-t-elle.

Elle est blessée. Et sans doute aussi désemparée par la violence de ma réaction.

J'insiste, plus calmement :

— Je dois y aller, tu comprends ?

Ma voix se brise. Il faut absolument que Laney comprenne à quel point c'est important pour moi. Je n'ai pas décidé d'aller en Californie par goût de l'aventure. Il *faut* que j'y aille.

— J'ai besoin de ton aide, Laney. Ce n'est pas un caprice. Je *dois* le faire, tu comprends ? Pour June. Je dois le faire, ou bien…

Je ne supporterai plus de vivre…

C'est tellement terrible et tellement vrai que je n'arrive pas à le dire tout haut. Mais Laney comprend.

— D'accord, dit-elle d'un ton apaisant. D'accord. On trouvera un moyen, d'accord ? Je te le promets. Respire, maintenant.

Je la regarde et j'acquiesce en silence. Je la crois. Laney tient toujours ses promesses.

Mme Sterling arrive quelques minutes plus tard dans sa voiture blanche. Durant le trajet de retour, elle ne cesse de faire claquer sa langue et de répéter « Laney, ton père va être furieux », comme si c'était la faute de Laney si sa voiture pourrie a lâché ! Elle fait une drôle de moue, comme si elle essayait de froncer les sourcils — sans y parvenir, car l'abus de Botox le lui interdit. Depuis le siège arrière, je la surprends à plusieurs reprises en train de se regarder dans le rétroviseur pour écarter ses cheveux blonds peroxydés de son visage. Est-ce pour se recoiffer ou pour évaluer son faux bronzage qui vire dangereusement à l'orange ?

Quand nous arrivons devant chez moi, elle m'adresse un sourire crispé et me demande si ma mère a apprécié la quiche. Je mens :

— Elle était délicieuse.

Puis j'ouvre la porte.

— Maman vous remercie.

— Je t'appelle, me lance Laney quand je sors.

Je lui adresse un signe de la main et elle me répond en m'envoyant un baiser à travers la vitre de sa portière.

La maison est déserte. C'est l'heure de dîner, mais je n'ai pas vraiment faim. De plus, nous avons jeté les plats trop gras qu'on nous avait apportés et il ne reste plus rien dans le réfrigérateur, à part une bouteille de vin sur l'étagère du bas, déjà bien entamée. J'achève de la vider dans l'évier et je l'enfonce dans les ordures de la poubelle, pour que ma mère ne la remarque pas.

Quelqu'un a laissé la télévision en marche dans le salon et j'entre au moment où passe une publicité sur un complément alimentaire pour maigrir. Une femme mince brandit une vieille photo d'elle, sur laquelle elle est énorme. Puis elle déclare, la larme à l'œil, que ce produit a bouleversé sa vie, que son mari la désire de nouveau, que ses enfants n'ont plus honte de la présenter à leurs amis, qu'elle est heureuse, que tout va bien pour elle, et tout un baratin. Comment cette femme fait-elle pour supporter de s'entendre débiter de telles âneries ?

Je suis en train de zapper de chaîne en chaîne quand tante Helen et ma mère arrivent, chargées de sac de courses. Les cheveux de maman sont ébouriffés, on voit qu'elle ne les a pas brossés ; elle n'est pas maquillée. Tout le contraire de Mme Sterling. D'habitude, ma mère a une certaine classe et sait se mettre en valeur sans paraître apprêtée, mais aujourd'hui elle a l'air triste et négligée.

Depuis le canapé, je la vois prendre une boîte d'œufs, la poser sur le comptoir, puis la fixer d'un air absent. Tante Helen intervient et s'empare sans un mot de la boîte, qu'elle range dans le réfrigérateur.

— Harper, m'appelle tante Helen. Tu pourrais venir un instant ? Je dois te parler.

Ça n'augure rien de bon. Ce genre de « convocation » ne tourne jamais en ma faveur, j'en ai déjà fait l'expérience. J'éteins la télévision — je m'étais arrêtée sur un documentaire sur la zone 51 — et je rejoins tante Helen dans la cuisine, en traînant les pieds. Elle m'attend, adossée au réfrigérateur, les lèvres pincées, en tripotant la grande croix en bronze qu'elle porte toujours autour du cou.

— Ta mère et moi, nous avons parlé de la… situation actuelle, dit-elle.

La situation actuelle. Encore un euphémisme. Personne n'a donc le courage de mettre des mots sur l'atroce vérité : ma sœur est morte, ma mère est sur le point de craquer, mon père fait son grand numéro de disparition à la Houdini, et moi je suis aussi insensible qu'un bloc de béton.

— Ta mère pense que ce serait mieux si je venais m'installer quelque temps avec vous, poursuit tante Helen. Pour l'aider à gérer le quotidien.

Rien qu'à l'idée que tante Helen *pourrait* vivre ici, j'ai des frissons dans le dos. Bien sûr, je lui suis reconnaissante de ce qu'elle fait, notamment pour ma mère, mais je connais mes limites : je ne supporterai pas de l'avoir sur le dos vingt-quatre heures sur vingt-quatre. Elle va me bassiner avec sa religion. Non merci !

— D'accord, je réponds lentement. Tu crois vraiment que c'est indispensable ?

— Il faut bien que *quelqu'un* soit présent pour ta mère, puisque tu n'as aucun scrupule à vadrouiller avec tes amies en la laissant seule, me reproche-t-elle. Tu crois que c'est ce que ta sœur aurait fait ?

Le ton accusateur me fait l'effet d'un coup de couteau.

Sous le choc, je cherche le regard de ma mère, quêtant son appui, mais elle m'ignore. Je n'arrive pas à y croire ! Tante Helen ne m'apprécie pas et je sais depuis longtemps que pour elle June était une fille en or et moi, un canard boiteux. Comparée à sainte June, je ne peux que lui paraître médiocre, quoi que je fasse. Ce n'est pas nouveau.

« June ne serait pas aussi égoïste. June ne serait pas aussi froide. June n'aurait pas négligé ses devoirs de fille. » Sauf qu'elle a fait plus que les négliger : elle y a définitivement renoncé, en me laissant en héritage un rôle que je suis incapable de remplir. Mais personne n'a l'air de vouloir considérer les choses sous cet angle.

Ma sœur est morte, mais on continue à me comparer à son fantôme.

Je n'en suis pas vraiment surprise.

Alors pourquoi ça fait si mal ?

Le sang bourdonne à mes oreilles, si bruyamment que je ne peux plus aligner deux idées. Je serre les poings. Si tante Helen ose dire un seul mot de plus, je vais exploser. Alors, plutôt que de faire un geste que je regretterais ensuite, je quitte la cuisine en courant pour me réfugier dans ma chambre. Là, à défaut de frapper tante Helen, je me venge sur le CD de June : je le sors du lecteur et le lance contre le mur. Il rebondit sans bruit et roule par terre, intact, comme s'il me narguait. J'arpente ma chambre d'un pas rageur pendant quelques minutes. Puis je vais ramasser le disque et le replace dans le lecteur, en mettant le volume à fond.

Durant le reste de la soirée, personne ne vient frapper à ma porte pour s'excuser, ni pour voir si je vais bien, ni même pour tenter de me convaincre de manger un peu. J'en suis blessée, et c'est stupide, parce que je voulais la paix, et maintenant que je l'ai, je crève de solitude.

Le projet de voyage en Californie me tourmente de nouveau — plus comme un vague souhait, ni comme un rêve, mais comme une nécessité. Je dois trouver un moyen d'aller là-bas. Pour moi autant que pour June. Il faut que je quitte cette maison avant d'étouffer pour de bon.

June aussi devait étouffer. Et depuis longtemps…

J'aimerais tant qu'elle soit là pour lui demander si elle étouffait. Et depuis quand. J'aimerais tant qu'elle soit là, tout simplement. Qu'elle entre dans ma chambre pour me reprocher d'avoir vidé le flacon d'après-shampoing. Qu'elle vienne s'asseoir sur mon lit pour me raconter sa dernière dispute avec Tyler. On passerait par ma fenêtre pour grimper sur le toit — comme cela nous arrivait parfois — et je fumerais une cigarette piquée à maman. Quand June a appris que je fumais, j'ai eu peur qu'elle ne me dénonce, mais elle a su tenir sa langue.

J'aimerais l'avoir près de moi, mais c'est impossible. Il va falloir que je m'y habitue.

J'attends que maman et tante Helde soient toutes les deux couchées pour me faufiler dans la cuisine et me préparer dans le noir un sandwich au beurre de cacahuètes, que je remonte manger dans ma chambre. Je m'endors un peu après minuit, en écoutant le CD qui tourne en boucle. Quand je me réveille, les draps sont humides et tout emmêlés, les piles de mon lecteur sont mortes et il fait grand jour. Un coup d'œil au réveil m'apprend qu'il est plus de midi.

Tante Helen et maman sont parties. Une fois de plus. Tiens… Elles ne sont donc pas censées rester à la maison pour « ne pas me laisser seule »… Je vérifie le répondeur : pas de message. Mon père n'a pas appelé depuis les obsèques. Allez savoir pourquoi… Il doit être trop occupé avec Melinda, la personne qui compte désormais pour lui plus que tout.

Je ne sais pas pourquoi ça me contrarie autant, parce que je n'ai pas spécialement envie de parler à mon père. J'ai même l'impression que ça ne me ferait ni chaud ni froid si je ne le voyais plus. Je lui en veux terriblement. June n'est plus là et lui, où il est ? Je sais bien que c'est dur pour lui aussi, et qu'en plus il se sent mal dans cette maison, mais ce n'est pas mon problème. Je suis sa fille : s'il n'est pas capable de répondre présent dans un moment pareil, il ne me sert à rien, c'est comme si je n'avais plus de père.

Il est clair en tout cas que Laney est la seule personne sur laquelle je puisse compter en ce moment.

Je suis tentée de l'appeler, quand je me souviens qu'elle est en plein examen d'anglais et ne sera pas disponible avant deux bonnes heures. Il n'y a rien d'intéressant à la télévision dans la journée et de toute façon ça me stresse de rester trop longtemps dans le salon en compagnie de cette urne qui semble me surveiller. Je suis donc condamnée à errer entre ma chambre et la cuisine.

Pour tuer mon ennui, je décide de fumer une cigarette.

Maman s'est remise à fumer après le divorce. Elle croit que je ne m'en suis pas aperçue, mais elle se trompe. Comme si je ne savais pas qu'elle planque ses cigarettes dans sa boîte à bijoux ! Je trouve, comme je m'y attendais, un paquet de Camel Light sous ses colliers, ainsi qu'un briquet. Je les prends et les emporte dans ma chambre.

Juste avant de se séparer, mes parents se disputaient beaucoup. La plupart du temps, c'était maman qu'on entendait crier. Papa ne répondait rien : face au déluge d'accusations et de hurlements que ma mère déversait sur lui, il se murait dans le silence. Maman croyait qu'il retrouvait sa maîtresse quand il prétendait être resté tard au bureau pour travailler, et aussi qu'il lui cachait de l'argent. Je ne sais pas si elle se faisait des idées, mais en tout cas elle croyait dur comme fer à ce qu'elle avançait, parce qu'elle piquait de véritables crises de nerfs quand mon père tentait de nier et cassait tout ce qui lui tombait sous la main. C'était affreux. Quand ils en arrivaient là, June venait dans ma chambre et on enjambait ma fenêtre pour aller s'asseoir sur le toit et ne plus les entendre. Parfois je fumais, parfois on discutait, parfois on restait simplement assises en silence. Et si on parlait, ce n'était jamais de ce qui se passait en bas — du mariage de nos parents qui partait en pièces.

On espérait sans doute que les choses s'arrangeraient. Sans doute aussi ne savait-on plus se parler, comme autrefois, quand nous étions enfants, les meilleures amies du monde, à tout partager.

J'ouvre la fenêtre et m'installe sur le rebord en laissant pendre mes jambes à l'extérieur, mes pieds nus sur le toit en pente chauffé par le soleil. D'une main, je fais tomber une cigarette du paquet posé près de moi et je la plante dans ma bouche. Je parviens à allumer le briquet au bout du deuxième essai — un exploit avec ces mains qui tremblent. Est-ce que ce sera toujours aussi douloureux de penser à June ? J'espère qu'un jour il ne me restera plus que les bons souvenirs, que j'aurai oublié les mauvais, que les deux ne seront pas toujours intimement mêlés.

J'allume ma cigarette et en tire une longue bouffée. L'air est chaud et immobile, il n'y a pas un souffle de vent, le soleil brille dans un ciel sans nuage. Depuis mon perchoir, j'aperçois des petites filles qui jouent un peu plus loin dans la rue. Elles sautent à la corde en s'accompagnant d'une comptine que je chantais avec June lorsque nous avions leur âge.

Je ferme les yeux. June est là, près de moi, comme autrefois. Je me la représente avec une précision étonnante — je revois ses bras maigres enroulés autour de ses genoux, ses longues jambes ramassées contre sa poitrine. Elle s'asseyait toujours ainsi, en se faisant toute petite, comme si elle essayait de disparaître.

Peut-être essayait-elle vraiment de disparaître…

Elle a fini par disparaître.

Je reste assise un long moment, les yeux fermés, à me remplir du souvenir de ma sœur, en respirant les odeurs mêlées de ma cigarette, de l'herbe coupée et du goudron des bardeaux — quand une voix interrompt soudain ma rêverie.

— Hohé !

Je sursaute et ouvre les yeux. C'est Jacob Tolan ! Il est posté à l'entrée du jardin et lève la tête vers moi, une main en visière au-dessus de ses yeux plissés.

— C'est ton quart d'heure adolescente rebelle ? me crie-t-il.

En dépit de la chaleur, il porte une veste de cuir noir ouverte sur une chemise rouge à manches longues et un jean noir — le même que l'autre jour, on dirait. Mais c'est quoi cette tenue ? Années 90 ?

— Sors de ma pelouse, je crie, en agitant la main qui tient la cigarette.

— Dis donc, elle n'est pas sympa la fumeuse ! Laisse-moi deviner ? C'est des Virginia Slims ?

Il vient dans *mon* jardin pour m'accuser de fumer des cigarettes de minette ! Pour qui il se prend ?

— Des Camel Light, crétin !

Je tire longuement sur ma cigarette, pour lui montrer que je sais fumer. Malheureusement, c'est raté, parce que j'y suis allée un peu fort et que je crache mes poumons.

Jake sort un paquet de cigarettes de sa poche de jean et le brandit devant lui, de manière à ce que je puisse voir la marque.

— Sans blague… Moi aussi je fume des Camel. Tu as du feu ?

Il veut du feu ? Je lance mon briquet dans sa direction, de toutes mes forces. Je n'ai pas trop mal visé, mais il esquive mon tir au dernier moment et le briquet lui frôle à peine l'épaule. Il se baisse pour le ramasser, d'un air détaché.

Je le fusille du regard.

— Qu'est-ce que tu veux ?

Il allume posément sa cigarette et répond :

— Il faut qu'on ait une conversation.

Puis il jette autour de lui des regards prudents.

— Et de préférence en privé, si tu vois ce que je veux dire.

— En privé ? je demande. Tous les deux ? Seuls ?

Qu'est-ce qui peut lui faire croire que je serais tentée par une conversation privée avec lui ?

— Seuls oui, c'est ça.

Il mériterait que je l'envoie paître, mais j'ai envie de savoir ce qui l'a poussé à se déplacer jusqu'ici pour venir me parler. Evidemment, c'est la curiosité qui l'emporte. J'éteins ma cigarette, en levant les yeux au ciel et en soupirant, histoire de lui montrer que si je descends, c'est uniquement parce que je n'ai rien de mieux à faire.

— OK, je réponds froidement. Donne-moi une minute.

J'enjambe la fenêtre dans l'autre sens, pour rentrer dans ma chambre, et descends l'escalier quatre à quatre. Devant la porte d'entrée, je me ravise : mieux vaut le faire patienter un peu, pour ne pas avoir l'air trop empressée. J'ai hâte de savoir ce qu'il me veut, mais ce n'est pas la peine qu'il le sache.

Je compte donc jusqu'à trente avant de me montrer. Quand j'ouvre le battant, Jake est toujours au même endroit, au bord de la pelouse, en train d'écraser sa cigarette du bout du pied. Ce monsieur ne daigne pas se déplacer, il attend que je le rejoigne, en m'observant, la tête inclinée de côté.

— Qu'est-ce que tu veux ? je demande.

Mais pour qui il se prend à la fin ? Je n'apprécie pas du tout son attitude. Il a intérêt à se décider à parler s'il ne veut pas que je le plante là. Je n'ai jamais été du genre à supplier, ce n'est pas maintenant que je vais commencer.

Il me saisit le bras et m'entraîne derrière le grand chêne planté au bord de la pelouse.

— On va monter dans ma camionnette, on sera plus tranquille pour parler, me dit-il en désignant une camionnette noire garée le long du trottoir.

— Pardon ?

J'ai crié sans m'en rendre compte, ce qui attire l'attention de notre vieille voisine, Mme Jones, qui est en train de tondre sa pelouse. Une femme qui passe sur le trottoir avec une poussette nous jette un drôle de regard, mais son bébé se met à piailler et elle nous oublie aussitôt.

Je fixe Jake d'un air ahuri.

— Tu voudrais que je monte dans ta camionnette ? Pour te parler ? Tu peux toujours rêver !

— Pourquoi ?

— Tu me prends pour qui ? Je ne suis pas tombée de la dernière pluie. Une fois que je serai dans ta camionnette, tu vas m'offrir des bonbons, pour que je sois gentille avec toi ?

Je lui ris au nez.

— Désolée, mais j'ai vu l'émission spéciale de *Dateline*[1], merci. Je ne vois pas pourquoi on ne pourrait pas parler ici.

Il émet un grognement exaspéré, puis prend une profonde inspiration.

— Ecoute. Je suis au courant de ton projet.

Eh bien ! Je ne m'attendais pas du tout à ça ! Je le dévisage attentivement. A quoi peut-il bien faire allusion ? Pas à la Californie, tout de même. Laney et moi, nous n'en avons parlé à personne. Je décide donc de jouer les innocentes.

— Euh, oui… Quel projet ? Je ne vois pas.

— Tu ne vois pas ? Arrête de faire l'idiote. Tu sais très bien de quoi je parle. De ton projet de voyage avec Laney.

Là, ça se précise et je commence à douter. Et s'il était au courant ? Je m'abstiens prudemment de répondre et me contente de le dévisager. Qu'est-ce qu'il est beau ! J'adore son style voyou débraillé. J'adore le vert de ses yeux. Il a un regard troublant, intense. Un regard qui vous transperce, comme s'il lisait en vous. Je détourne la tête. Je ne veux pas qu'il lise en moi.

Je me rends soudain compte qu'il me tient toujours le bras et me dégage d'un geste brusque. Ça n'a pas l'air de le démonter : il fourre ses deux mains dans ses poches et attend.

1 *Dateline* est un magazine d'actualité hebdomadaire de la chaîne NBC. Il est essentiellement consacré aux crimes.

Je demande, toujours avec prudence :

— Qu'est-ce que tu sais, exactement ?

— Je sais tout. Toi et Laney, vous voulez prendre l'urne et…

Il marque un temps de pause.

— … l'emmener en Californie.

— Mais comment… ?

— Je vous ai entendues, coupe-t-il. Quand vous en avez parlé le jour des obsèques, là-haut, dans une des chambres.

Il m'adresse un petit sourire suffisant et je me retiens de lui balancer mon poing dans la figure.

— Tu es monté à l'étage pour écouter aux portes ?

Je suis abasourdie par son culot. Horrifiée. Furieuse. Outrée. Ce pervers *écoute aux portes* !

Je croise les bras.

— D'accord. Tu sais tout. Félicitations. Tu veux une médaille ?

Il pose sur moi un regard brûlant.

— Non, ce que je veux, c'est partir avec vous.

— Pas question.

— Je pars avec vous, insiste-t-il.

Il fait un pas en avant et baisse la voix.

— Tu me laisses vous accompagner, ou je te jure que j'en parle à ta mère. Elle sera sûrement ravie d'apprendre que tu projettes de filer avec les cendres de ta sœur. Je pourrais aussi m'adresser à ton adorable tante, dont j'ai eu le plaisir de faire la connaissance l'autre jour. Elle sera sûrement partante pour ce projet.

Mon cœur s'emballe. Si maman ou tante Helen apprenaient que… Je serais consignée à la maison, sous surveillance vingt-quatre heures sur vingt-quatre. Elles se dépêcheraient de partager les cendres avec papa. Et ensuite, ce serait fichu.

Jake ne me ferait quand même pas ça. Il bluffe.

Oui, mais… S'il ne bluffait pas ?

— Elle ne te croirait pas, je réponds d'un ton sarcastique.

Mais je ne suis pas très sûre de moi et ça ne lui échappe pas.

— Elle est complètement stressée en ce moment, rétorque-t-il. Le stress, ça rend parano.

Il ricane.

— Donc elle me croira.

Merde. Le pire, c'est qu'il a raison.

— Ça s'appelle du chantage, ce que tu fais là.

— Tu peux voir ça comme ça, dit-il.

Il laisse échapper un soupir douloureux, comme si cette conversation lui était extrêmement pénible.

— Ecoute… J'ai une camionnette…

— Tu parles de ça ?

Je désigne d'un geste vague sa camionnette noire.

— Ce n'est pas une camionnette ! C'est un tombeau roulant.

— Ne dis pas de mal de Joplin !

Non mais je rêve ! Il a donné un nom à sa camionnette ! Je cherche une repartie cinglante, mais il ne m'en laisse pas le temps, il enchaîne :

— J'ai de l'argent de côté et personne ne remarquera que je suis parti. Vous êtes mineure, Laney et toi, et vous voulez traverser tout le pays ? Vous n'y arriverez pas. Ni en voiture, ni en car. Les flics ne mettront pas vingt-quatre heures à vous retrouver.

Ses arguments ont du poids, mais je ne suis pas encore disposée à céder. Et d'abord, pourquoi tient-il tant à nous accompagner ? Son insistance cache quelque chose, c'est certain.

— Mais pourquoi tu veux venir ? je demande. Ma sœur t'a donné quelques cours de soutien. Tu parles d'une affaire ! Tu la connaissais à peine. C'est vrai ou pas ?

Ma question semble d'abord le déconcerter, puis il change d'expression. Il semble ému : il y avait plus que des cours de soutien entre June et lui, je le lis sur son visage.

— C'est bien ce que je pensais. Tu caches quelque chose.

Et sur ce, je lui tourne le dos et m'éloigne vers la maison. Parfait. A présent, j'ai l'avantage. A lui de me supplier.

— *Nolite te bastardes carborundorum* ! me crie-t-il.

Je m'arrête net, il me rejoint à petites foulées.

— Où tu as entendu cette phrase ? me demande-t-il.

Je ne réponds pas à cette question.

— Tu caches quelque chose, j'insiste. Je veux savoir pourquoi tu tiens tant à nous accompagner en Californie.

— J'ai mes raisons.

Je secoue la tête.

— Si tu crois que je vais me contenter de cette réponse.

Il soupire.

— Bon, je t'ai mis le marché en main. Tu fais ce que tu veux.

Ma stratégie n'a pas l'air de l'impressionner : il me balaye lentement du regard, de la tête aux pieds, puis, brusquement, il se détourne.

En s'éloignant vers sa camionnette, il me lance par-dessus son épaule.

— A toi de voir, Scott. Si tu changes d'avis, tu sais où me trouver.

4

Laney est emballée par la proposition de Jake.

— C'est un signe du destin ! s'écrie-t-elle avec enthousiasme. Une intervention divine.

— Je ne crois ni en Dieu, ni au destin.

Pas question de m'embarquer encore avec elle sur ce sujet. C'est vrai qu'on pourrait considérer la proposition de Jake comme une preuve de l'existence de Dieu. Mais si Dieu existe, Il ne m'aime pas, alors je préfère nier son existence.

Laney, bien sûr, ne peut pas deviner ce qui se passe dans ma tête.

— Ne dis pas de bêtises, me gronde-t-elle. L'arrivée de Jake dans le tableau, c'est forcément le résultat d'une intervention divine et tu le sais.

— Peu importe.

J'écarte le téléphone de mon oreille et vérifie une fois de plus que ma porte est fermée. Il ne faudrait surtout pas que tante Helen surprenne cette conversation en passant dans le couloir. Ce serait une catastrophe !

— Il y a sûrement un autre moyen d'aller en Californie, je murmure.

C'est exactement ce que j'ai dit quand la voiture de Laney est tombée en panne, je sais. Et maintenant que le moyen se présente, je n'en veux pas. Mais l'idée de traverser le pays dans la camionnette d'un inconnu, c'est un peu trop fou. Même pour moi.

— Attends une minute…

Laney marque un temps de pause, elle commence à comprendre.

— Tu n'as pas accepté ?

— Bien sûr que non. On ne peut pas aller en Californie dans la camionnette de ce type. On ne le connaît même pas !

— Mais tu plaisantes ? C'est exactement ce qu'on attendait ! Il a une voiture et de l'argent ! Qu'est-ce que tu veux de plus ?

OK. J'admets. Refuser une pareille offre, ce serait cracher au visage de ce dieu qui s'est penché sur notre sort.

Je soupire.

— C'est trop beau pour être vrai. Ça cache quelque chose.

— Tu sais que je t'aime, Harper, mais là, vraiment, c'est minable, comme excuse.

Laney a raison : la proposition de Jake tombe à pic et on ne pouvait pas rêver mieux. Il refuse de me dire pourquoi il veut être du voyage et, pour une raison que j'ignore, il semble avoir une dent contre moi. Mais est-ce que je dois pour autant refuser son offre ? Je n'ai rien de mieux à proposer. Sans compter que je le crois capable d'aller tout raconter à tante Helen si je ne cède pas à son chantage.

Me voilà une fois de plus devant un choix impossible. Il ne me reste plus qu'à opter pour la moins mauvaise des solutions.

— Bon, tu as gagné. Je vais aller le voir. Pour lui dire que c'est d'accord.

Je laisse échapper un soupir de vaincue.

— Tu pourrais partir quand ? Il faut qu'on se décide.

— Tu as une date en tête ? me demande Laney.

— Le plus tôt sera le mieux.

Elle rit.

— D'accord. Les examens sont terminés, Dieu merci, donc je suis libre de ce côté-là. Vendredi soir, mon père et ma mère partent à Pittsburgh chez des amis, pour le week-end. Vendredi, ce serait parfait pour moi. Reste à savoir si ça ira pour Jake.

— Oh ! ne t'en fais pas pour ça. Il sera d'accord, fais-moi confiance.

Je me tais et tends l'oreille. Il me semble entendre quelqu'un monter l'escalier.

— Laney, il faut que je te laisse. C'est moi qui te rappelle.

On frappe à ma porte, donc c'est maman, puisque tante Helen ne sait pas ce que signifie une porte fermée. C'est vrai, quoi, elle exagère ! Pas moyen d'avoir un peu d'intimité, avec elle ! Je sais qu'elle fouille ma chambre dès que je m'absente de la maison. Elle mériterait que je planque dans ma table de nuit des préservatifs, ou mieux, une plaquette de pilules. Elle en aurait une attaque si elle trouvait ce genre de trucs. Ça lui ferait une bonne leçon.

Je m'assieds sur le lit et pose mon téléphone.

— Entre.

Maman entrouvre la porte. Elle n'a pas l'air décidée à entrer et reste plantée sur le seuil, à me regarder sans me voir, perdue dans ses pensées. Ces jours-ci, nous avons à peine échangé quelques mots — on se croise, mais on ne peut pas dire qu'on vit ensemble.

Je ramasse mes genoux contre ma poitrine et murmure un vague :

— Salut.

— Salut, répond-elle.

Mais elle est toujours sur le seuil, la main sur la poignée de la porte, comme si elle avait besoin d'un appui pour tenir debout.

— Helen m'a proposé de l'accompagner à la messe ce dimanche, dit-elle. Elle voudrait que tu viennes aussi. Elle pense que ça nous ferait du bien à toutes les deux.

— Elle pense que ça *nous* ferait du bien ?

Je vois rouge, mais m'efforce de rester calme.

— Non merci.

— Harper !

Maman respire plusieurs fois par le nez, une main contre sa tempe, comme quelqu'un qui sent venir la migraine.

— Je n'apprécie pas du tout ton attitude hostile. Helen essaye de nous aider et…

— Elle essaye, peut-être, mais elle n'y arrive pas.

— Moi, elle m'aide ! me rétorque sèchement ma mère.

Son menton tremble. Elle est au bord des larmes.

— J'ai besoin d'être soutenue en ce moment, gémit-elle. Et ton père ne se manifeste pas beaucoup, au cas où tu ne l'aurais pas remarqué. Helen est la seule personne à être là pour moi. Je ne peux pas surmonter ça toute seule. Tu ne le comprends donc pas ? Tu pourrais faire un effort pour me faciliter la tâche, au lieu de me la compliquer.

Me voilà renseignée sur sa vision des choses : elle est désespérément seule, abandonnée de tous, sauf de tante Helen. Ma présence ne compte pas. Je suis invisible. Pire, je suis un fardeau.

— Helen dit que je dois chercher du réconfort auprès du Seigneur, poursuit-elle. Que je dois m'en remettre à Lui. Tu devrais venir à l'église, Harper. Ça t'aiderait à trouver la paix intérieure.

Pas question que je mette un pied à l'intérieur de cette église. Sans compter que dimanche prochain, à l'heure de leur fichue messe, j'aurai déjà quitté cette ville.

Pourquoi resterais-je ? Tante Helen me hait. Maman n'a pas besoin de moi. Je ne sers à rien ; je dérange plutôt qu'autre chose. Et maintenant que je le sais, je me sens plus libre. Ma mère ne s'en doute pas, mais elle vient de me donner le feu vert pour partir.

C'est donc sans remords que je lui mens :

— Je vais y réfléchir.

Elle approuve d'un signe de tête et ferme doucement la porte. L'espace d'un instant, je me surprends à espérer qu'elle va se raviser, revenir, me prendre dans ses bras, poser sa main sur mon front. Comme quand j'étais petite. Elle n'a plus comme autrefois le pouvoir de me consoler par sa seule présence, mais elle pourrait au moins essayer, avoir envers moi un geste qui me rappelle les jours heureux où l'avoir pour mère suffisait à adoucir mes peines. Mais j'attends en vain, elle ne revient pas. Et cette attente me laisse dans la poitrine une douleur sourde — une douleur qui s'apparente aux douleurs fantômes des amputés et sur laquelle je n'ai pas de prise.

Le lendemain, je monte dans un bus pour traverser la ville et me rendre Rive-Est. Il y a un arrêt pas très loin de l'Oleo Strut, à quelques rues à peine, mais il fait une chaleur torride : le temps d'arriver devant l'immeuble de brique rouge, je suis en sueur et le tissu de coton de mon T-shirt me colle au dos comme une seconde peau.

Quand je pousse la porte de la boutique, le frère de Jake ne tourne même pas la tête : il est trop occupé à discuter avec un client qui doit avoir la quarantaine et porte un vieux blouson de cuir clouté, avec un pantalon en velours défraîchi.

— Le mouvement punk n'est pas mort, insiste-t-il avec emphase. T'as qu'à voir les…

— Les quoi ? coupe l'autre en ricanant. Les Green Day ? Avril Lavigne ? C'est de la merde, de la musique commerciale. Je sais, tu vends les albums de ces frimeurs financés par les gros labels ! Et ils prétendent appartenir à la contre-culture. Tu parles ! Ce sont les vaches à lait de la machine consumériste du capitalisme. Du bidon ! De nos jours, les jeunes se disent punk parce qu'ils s'habillent chez Hot Topic, avec du prêt-à-porter inspiré de groupes soi-disant punk. Du prêt-à-porter punk ! C'est un contresens !

— Ouais, peut-être, mais il reste quelques groupes punk. Et je vends leurs albums, même si les radios ne les diffusent pas. Etre punk, ce n'est pas seulement une façon de s'habiller. Ce n'est pas non plus une façon de se comporter. C'est une attitude politique. Sinon, ça n'a pas de sens.

— Des conneries ! proteste le client. Johnny Ramone était affilié au NRA et militait pour la détention d'armes. C'était un républicain pur jus.

Le frère de Jake se penche par-dessus le comptoir.

— J'emmerde Johnny Ramone ! Les Anglais, eux, ils savaient ce que ça voulait dire, être punk. Regarde Joe Strummer. Regarde les Sex Pistols, et Crass et…

— Tout ce que tu veux, mec. La culture punk est morte. Il n'en reste plus rien.

— Il faut savoir où la chercher, insiste le frère de Jake.

Il tire de dessous son comptoir un prospectus vert fluo.

— Les Revengers. Eux, c'est du hard, des purs. Ils donnent quelques concerts dans le coin cet été. Tu devrais aller les voir, c'est vraiment bien ce qu'ils font. Si après ça tu penses encore que le mouvement punk est mort, je te fais le disque de ton choix à moitié prix. Je le jure devant Dieu, conclut-il en levant solennellement la main.

L'autre se contente de grommeler une réponse inaudible, mais il prend le prospectus avant de sortir.

Je m'approche du comptoir et lance, en guise d'entrée en matière :

— C'était drôlement convaincant, votre plaidoyer pour le rock punk.

— Il faut bien que quelqu'un se charge de le défendre, répond-il en souriant. Vous cherchez quelque chose ?

— Oui. Le dernier album des Green Day.

Il rit — sans doute que mon look ne correspond pas à celui d'une fan des Green Day —, puis il me dévisage.

— Hé, mais je t'ai déjà vue, toi. Tu es venue l'autre jour avec une blonde, non ?

— Oui, c'était bien moi.

Je m'éclaircis la gorge.

— Il est là, votre frère ?

— Jake ?

Il se frotte le menton d'un air dubitatif.

— Il ne travaille pas aujourd'hui. Mais je pense qu'il est à la maison.

— Oh ! je réponds d'un ton penaud.

J'ai donc fait ce long trajet en bus pour rien. J'aurais dû appeler Jake avant de me déplacer… Sauf que je n'avais pas son numéro.

— Euh, et c'est où, la maison ?

Son sourire s'élargit.

— On habite au-dessus. Premier étage. L'entrée est de l'autre côté du bâtiment, mais il faut une clé. Je vais te passer la mienne, ajoute-t-il en fouillant sa poche arrière.

— Merci. C'est vraiment gentil de votre part.

— Je t'en prie. N'oublie pas de me la rendre en partant, dit-il en me tendant une clé couleur cuivre. Et si Jake met un disque des débuts de Bowie, c'est qu'il a décidé de te sortir le grand jeu. Et alors là, un conseil : prends tes jambes à ton cou.

Il ponctue son avertissement d'un clin d'œil qui me fait rougir et je m'empresse de quitter le magasin. Dehors, je contourne le bâtiment et trouve sans difficulté l'entrée de l'immeuble. Le verrou coince un peu et je dois donner quelques coups d'épaule pour que la porte cède sous mon poids. Elle s'ouvre sur un escalier étroit qui mène à une petite porte de bois. Je m'arrête un instant avant de me décider à frapper.

Une minute s'écoule. Pas de réponse. Je frappe de nouveau, avec plus d'insistance. J'entends cette fois des pas de l'autre côté, un verrou tourne, le battant s'ouvre, Jake apparaît. Il a les yeux bouffis de quelqu'un qui vient de se réveiller et il est torse nu. Il tient à la main un pot de beurre de cacahuètes et il a une cuillère à la bouche. Et tout ça ne l'empêche pas d'avoir un charme fou… Il me regarde d'un air surpris, puis retire la cuillère de sa bouche avec un bruit mouillé.

Bon, OK, il n'a pas tant de charme que ça.

— C'est vraiment dégoûtant, comme façon d'accueillir les gens, dis-je.

— Moi aussi, je suis ravi de te voir, répond-il, en ouvrant une bouche pleine de beurre de cacahuètes.

Je me penche pour essayer de voir derrière lui.

— Tu me laisses entrer ?

Il plante la cuillère dans le pot et soupire.

— J'ai le choix ?

— Pas vraiment.

Il se détourne et s'éloigne dans l'appartement en laissant la porte ouverte, ce que j'interprète comme une invitation à entrer. A l'intérieur, les murs sont noirs et la moquette marron foncé. Le mobilier est réduit à l'essentiel — un canapé miteux, une table basse et une télévision dans un coin. Il y a aussi des étagères aux murs, avec quelques livres, mais surtout des vinyles, des CD et des cassettes.

Jake s'affale sur le canapé et pose ses pieds nus sur la table basse.

Comment tu es entrée ? me demande-t-il.

— Ton frère m'a prêté sa clé, j'explique, tout en contournant une volumineuse chaîne posée à même le sol. Il a l'air sympa, ton frère.

— Eli ? Ouais. Il est plutôt sympa.

— C'est pratique, pour vous, de vivre au-dessus de sa boutique.

— Ce n'est pas *sa* boutique, corrige Jake. Il aimerait bien en être propriétaire, mais il n'est que le gérant. Le proprio, Don, a pris sa retraite et vit à Petoskey. Eli gère la boutique et occupe l'appartement qui va avec.

— Oh.

Je jette de nouveau un coup d'œil circulaire à la pièce.

— C'est… Euh… C'est chouette.

— C'est un trou à rat, répond Jake. Mais j'ai connu pire.

Il pose le pot de beurre de cacahuètes sur la table basse.

— C'est pour ça que tu es venue ? Pour admirer la décoration ? Ou tu as un autre motif ?

D'accord. Je crois que c'est le moment d'en venir au fait. Je me lance :

— La réponse est oui !

— Oui à quoi ?

— Oui, tu peux venir avec nous en Californie.

— Je suis très honoré.

Il a l'air sceptique.

— Tu as fait tout ce trajet uniquement pour me dire ça ?

— Il se trouve que je n'avais pas ton numéro de téléphone. Et comme on a l'intention de partir vendredi, ça urgeait.

— Vendredi ? Pour la Californie ?

Je lève les yeux au ciel. Il a décidément le don de m'exaspérer.

— Oui, pour la Californie ! je m'exclame. Bien sûr !

— Vendredi…

Il articule lentement le mot, comme s'il prenait le temps de le goûter.

— OK. Je pense que c'est jouable.

Bon… Ça a été beaucoup plus facile que je ne l'imaginais.

— Ton frère sera d'accord pour que tu partes du jour au lendemain ?

— Je lui dirai que je vais chez des amis, ou un truc dans le genre.

Il hausse les épaules. Il n'a pas jugé utile d'enfiler un haut et ça me met très mal à l'aise. Mais lui, ça n'a pas l'air de le déranger de se promener à moitié nu.

— Il ne cherchera pas à en savoir plus, poursuit-il. Il n'est pas très curieux. De toute façon, j'ai dix-huit ans, je me passe de sa permission.

J'acquiesce d'un bref hochement de tête.

— Parfait.

— Et toi ? me demande Jake.

— Quoi, moi ?

— Tes parents ? Ils vont flipper ?

— Ma mère, oui, sûrement. Je ne sais pas comment elle va réagir.

Elle commencera par piquer une crise, probablement, mais elle s'en remettra. Tante Helen se chargera de ramasser les morceaux. Elle s'y entend…

— Il faudra que tu laisses un message à ta mère pour expliquer que tu pars, poursuit Jake. Sinon elle va croire que tu as été enlevée ou séquestrée — voire pire. Et si elle décide quand même de prévenir la police, le message n'aura pas été inutile : les flics ne traitent pas de la même façon les fugues et les enlèvements. De toute façon, ils sont obligés d'attendre vingt-quatre heures avant de bouger.

— Eh bien ! Je vois que tu es calé sur la question. Je reconnais que c'est utile, mais je préfère ne pas te demander d'où tu sors ta science.

Nous mettons au point les détails du départ. Je vais demander la permission de passer la nuit de vendredi chez Laney, pour qu'on ne s'aperçoive de mon absence que le lendemain. Maman et tante Helen m'ont déjà prévenue qu'elles participaient à une soirée tricot et étude de la Bible — oui, les deux —, ce qui me permettra de sortir tranquillement de la maison avec l'urne. Sans oublier, bien sûr, de laisser un mot pour ma mère. Jake m'attendra dehors aux alentours de 19 heures. En cas de changement de dernière minute, il faudra que je me débrouille pour le prévenir, par mail ou texto. Ensuite on passera tous les deux prendre Laney.

Dit comme ça, ça paraît simple.

Le départ se précise… Je sens monter en moi une sorte d'impatience mêlée d'appréhension. A présent, la Californie n'est plus un vague projet. Nous allons *vraiment* partir.

— Je n'arrive pas à croire que tout ça est réel, je murmure.

Je ne parle pas que du voyage en Californie — je parle de tout ce qui a changé dans ma vie au cours des deux dernières semaines. Puis je regrette aussitôt ces paroles : Jake va encore se moquer de moi.

Mais il ne se moque pas. Au contraire, il me regarde avec une expression attendrie. J'ignore si c'est de la compassion ou autre chose. En tout cas, j'ai l'impression qu'il me comprend.

— Oui, je sais, murmure-t-il doucement.

Il est temps pour moi de partir si je ne veux pas rater le prochain bus. Je me fraye donc un chemin vers la porte, en enjambant le fatras qui encombre le sol — livres, journaux, canettes de bière vides, piles de vêtements —, quand Jake me hèle :

— Harper !

C'est la première fois qu'il m'appelle par mon prénom. Je n'étais même pas certaine qu'il le connaisse, puisque nous n'avons jamais eu l'occasion de nous présenter selon les formes.

— N'oublie pas de rendre sa clé à Eli, me dit-il. Et s'il te plaît, tâche de voyager léger, avec un minimum de bagages.

Les bagages… Voilà un aspect pratique qui mérite d'être pris au sérieux. Je n'emporte que l'indispensable : des vêtements de rechange et de l'argent. La question, c'est la quantité : j'ai du mal à évaluer combien de temps va durer notre escapade. Mon sac à dos n'y suffira peut-être pas. C'est à quelle distance, la Californie, au fait ?

J'appelle aussitôt Laney pour lui poser la question. Elle cherche sur internet :

— Dans les trois mille sept cents kilomètres, annonce-t-elle. Ce qui fait qu'il nous faudra trente-quatre heures et vingt-six minutes de route.

Bien sûr, cette estimation est valable si l'on fait le trajet d'une traite. Elle ne tient pas compte des pauses obligatoires pour aller aux toilettes, pour manger, pour dormir. Le voyage aller et retour va donc nous prendre au moins… une semaine. Je décide de prévoir large et sors de mon armoire mon sac marin en toile. J'y entasse des vêtements et des bouteilles d'eau. Il est déjà presque plein. Je n'emporterai pas mon téléphone portable : il est peut-être équipé d'un traceur GPS qui permettrait aux flics de me repérer si maman décidait de les prévenir. J'utiliserai celui de Laney si j'ai besoin de téléphoner — je suis sûre qu'elle n'abandonnera pas son précieux BlackBerry. En revanche, j'emporte mon vieux Polaroïd, celui que j'ai dégotté dans un vide-grenier cet été, avec une provision de pellicules. Il y aura peut-être des choses intéressantes à photographier en chemin.

En fouillant dans le placard du couloir, je trouve une petite lampe de poche, des piles, un couteau et un rouleau de scotch.

Je ne sais pas à quoi me servira le scotch, mais je le mets quand même dans le sac. On n'est jamais trop prévoyant, pas vrai ?

Voilà, mes affaires sont prêtes.

L'urne, je la prendrai au dernier moment.

La semaine s'écoule sans événement marquant jusqu'au vendredi. Chaque fois que tante Helen m'appelle, j'ai peur d'apprendre que je vais devoir modifier mes plans, mais non, c'est simplement qu'elle veut encore me faire la morale — ce qui est à peine moins désagréable. Entre elle et moi, l'atmosphère a été très tendue toute la semaine. Beaucoup plus que d'habitude.

Tante Helen n'est pas méchante, mais elle est insupportable, avec ses certitudes. Elle croit tout savoir à propos de Dieu, de l'univers, de la vie, de tout. Elle a toujours été comme ça. C'est sans doute ce qui a poussé oncle Randall à la quitter, quand j'avais neuf ans. Elle ne s'en est jamais remise. En ce moment, j'ai l'impression que régenter nos vies l'aide à oublier le gâchis qu'elle a fait de la sienne. D'après maman, tante Helen et oncle Randall n'ont pas réussi à avoir d'enfant. Elle a voulu en adopter un, mais lui n'était pas d'accord. Ensuite, il l'a quittée. Elle va sur ses cinquante ans, elle n'a pas d'enfants et pas de compagnon. Elle remplit sa vie avec Jésus et en prenant soin de ma mère, parce qu'elle n'a rien d'autre, tout simplement.

Elle est plutôt à plaindre.

Nous sommes vendredi soir. Maman et tante Helen sont sur le point de partir. Moi je suis attablée dans la cuisine, en train de manger un bol de céréales sucrées — je prends des forces avant l'effort. Je prends mon temps, aussi. Le lait chaud a ramolli les céréales. J'aime ça.

Tante Helen entre et s'arrête devant le réfrigérateur. En levant les yeux, je la surprends à contempler une photo de June aimantée sur la porte. Cette photo, je l'ai prise avec mon Nikon l'été dernier, un jour où June bronzait dans le jardin. Elle porte un maillot rétro à motif cerise ; le bas monte jusqu'à la taille et le haut se noue devant. Ses yeux sont dissimulés derrière des lunettes à monture façon Jackie Onassis. Elle est allongée sur le côté, dans l'herbe verte, une jambe repliée, appuyée sur un coude, la tête dans la main, avec ses longs cheveux châtains qui brillent au soleil. Elle arbore un petit sourire mystérieux à la Mona Lisa. Une vraie pin-up des années cinquante !

Tante Helen se tourne vers moi.

— Harper.

C'est incroyable le dédain que cette femme est capable de mettre dans deux toutes petites syllabes. Elle prononce mon nom comme si elle avait dans la bouche un truc dégoûtant qu'elle a envie de cracher.

— Tu pourrais venir tricoter avec nous, dit-elle. Les femmes de ce groupe sont très accueillantes et elles auraient beaucoup à t'offrir. Elles pourraient t'accompagner spirituellement.

Je détache mes yeux de la photo, soutiens un instant le regard de tante Helen, puis pique du nez vers mon bol. Mieux vaut ne pas relever la dernière partie de sa proposition.

— Mais je passe la nuit chez Laney, je te l'ai déjà dit.

Le visage de tante Helen se ferme et elle me lance son regard désapprobateur — ce regard de famille que je ne connais que trop bien. June avait le même quand elle voyait des gens porter du noir avec du bleu. Moi, c'est quand j'entends des crétins pontifier sur le génie d'Ayn Rand. Tante Helen porte souvent un gilet bleu marine avec un pantalon noir. A propos d'Ayn Rand[1], j'ignore ce qu'elle pense.

Elle prend une profonde inspiration. J'ai compris, elle va encore se lancer dans un long sermon. S'il est de la même veine que ceux que j'ai endurés récemment, je vais avoir droit à des recommandations du genre : « Tu dois te laisser guider par Jésus », « Il est temps de te comporter en adulte », ou « Tu aurais besoin de t'entourer d'influences positives ». La dernière phrase étant une manière détournée de me faire comprendre qu'elle classe Laney parmi les mauvaises influences et la considère comme une traînée sans cervelle. Tante Helen est persuadée que la couleur des cheveux en dit long sur la libido des gens et soutient que les brunes sont naturellement plus vertueuses que les blondes. Moi, ce que je soutiens, c'est qu'elle débloque. De ce côté, rien de nouveau.

1 Ayn Rand était une philosophe, romancière et scénariste américaine d'origine russe.

Heureusement pour moi, elle renonce à son sermon après avoir jeté un coup d'œil à sa montre.

— J'ai vraiment l'impression de prêcher dans le désert, avec toi, soupire-t-elle d'un ton plaintif.

Et elle s'en tient là.

Maman et tante Helen quittent la maison avant 18 h 30. Ma mère suit tante Helen en silence, comme un zombie. J'essaye de voir les choses du bon côté : au moins elle n'est pas un zombie *alcoolique*, puisqu'elle a remplacé l'alcool par Jésus.

Je me demande tout de même si je ne préférais pas quand elle buvait…

19 heures arrivent sans que je m'en aperçoive ; Jake sera là d'une minute à l'autre. Tout est prêt. Mon sac marin et mon sac à dos attendent dans l'entrée, posés l'un sur l'autre, tellement pleins que j'ai eu du mal à les fermer.

Il ne me reste plus qu'à prendre l'urne.

C'est tante Helen qui a aidé maman à la choisir. Moi, je n'ai pas voulu m'en mêler. C'est un vase de marbre noir, finement veiné de blanc, à la surface lisse et régulière. Je ne l'ai encore jamais touché, je me suis même arrangée pour ne pas l'approcher de trop près — y compris pendant les obsèques, où j'ai fait un détour pour éviter la table sur laquelle il trônait, au milieu des couronnes de fleurs, près d'un grand portrait en noir et blanc de June. Je n'ai aucune envie de manipuler ce réceptacle qui contient les restes de la sœur auprès de qui j'ai grandi.

Mais aujourd'hui je n'ai pas le choix.

Je referme les mains sur le marbre froid avec précaution. Je ne m'attendais pas à ce que l'objet soit si lourd et j'ai failli le lâcher ! Heureusement que je le serrais comme si ma vie en avait dépendu. Pour plus de sécurité, je le cale contre ma poitrine et me dirige prudemment vers la porte.

Dehors, il fait nuit noire et, avec le faible éclairage du porche, je n'y vois pas grand-chose. Au début, je crois que Jake est en retard, puis mes yeux s'accoutument à l'obscurité et je distingue sa camionnette un peu plus loin, tous feux éteints, avec le moteur qui marche au ralenti. Il a préféré se garer à l'écart pour ne pas attirer l'attention, sans doute. L'idée aurait pu être judicieuse, sauf qu'elle m'oblige à parcourir avec mon précieux fardeau une longue portion de trottoir dans l'obscurité.

— Il était temps, dit Jake quand je le rejoins enfin.

Il s'adosse à la camionnette et me balaye du regard.

— Où sont tes affaires ?

— Le plus important d'abord, je réponds, tout en jetant un regard appuyé vers l'urne que je tiens dans les bras. Tu veux bien… ?

— Oh… Oui, bien sûr.

Il ouvre la portière arrière, grimpe d'un bond à l'intérieur de la camionnette et tire une vieille malle dont le couvercle est recouvert d'autocollants à moitié arrachés. Dans la malle, il y a deux épaisses couvertures. Jake tend les bras vers l'urne, avec un regard qui quête ma permission, et je la lui confie avec des gestes précautionneux. Puis je le regarde la caler entre les couvertures. On voit qu'il a soigneusement réfléchi à la manière de la transporter.

Je retourne à la maison pour prendre le reste de mes affaires et soudain… Le message ! Avec tous ces préparatifs, je l'ai totalement oublié ! Je déchire une page du bloc-notes de la cuisine, mais au moment d'écrire je découvre l'angoisse de la page blanche, bien connue des écrivains. Je ne sais pas quoi dire. Rien ne me semble adéquat…

Alors autant être directe.

« *Je vais revenir, mais je ne sais pas quand. Ne t'en fais pas, tout va bien. Je suis avec Laney. Je t'appellerai pour te donner de mes nouvelles.* »

Laisser le message dans la cuisine ne me paraît pas une bonne idée, il serait découvert trop tôt. Je monte le scotcher sur le miroir de ma chambre, ça me fera gagner un peu de temps, au moins la nuit.

Et j'ai bien besoin de cette longueur d'avance.

La camionnette de Jake est brinquebalante, bruyante, et elle pue le tabac froid — odeur que le désodorisant parfumé au pin suspendu au rétroviseur ne parvient pas à masquer. En m'installant sur le siège du passager, je dois repousser une pile de CD pour poser mes deux pieds. Jake démarre. J'ouvre la boîte à gants et la trouve remplie de CD et de cassettes. Ça me paraît fou qu'il ait besoin d'emporter autant de musique dans sa voiture.

— Qu'est-ce que tu fais ? me demande-t-il sèchement en me lançant un regard agacé.

— Tu as l'intention d'ouvrir un autre Oleo Strut en Californie, ou quoi ?

— Tu trouves que c'est beaucoup ? Il faudra que tu voies ma chambre !

Il m'invite dans sa *chambre* ou quoi ? Il cherche à me faire rougir ?

Je referme la boîte à gants d'un coup sec.

— Tu sais que tu gagnerais de la place si tu avais un iPod ? je lui fais remarquer.

Il fronce les sourcils.

— J'aime bien tenir en main l'objet disque. Et puis, il y a la pochette, les livrets des albums. Ça ne m'excite pas, de télécharger une musique sur internet.

— Si tu le dis.

Je ne vois pas en quoi c'est plus excitant d'acheter un CD que de télécharger un album, mais bon, je ne vais pas le contrarier.

— Tu as une collection impressionnante, en tout cas. Je suppose que c'est un des avantages de travailler à l'Oleo.

— Ouais, on peut dire ça.

Je lui indique le chemin pour aller chez Laney. Dès que nous arrivons devant chez elle, il coupe les phares, met le moteur au point mort et entre en roue libre dans son allée. Puis il sort une cigarette. Il vient de l'allumer, quand je remarque du mouvement sur l'une des façades de la maison.

C'est Laney, qui passe par la fenêtre du premier étage — on se demande bien pourquoi, puisque ses parents sont absents. Elle laisse d'abord tomber un sac, puis une valise, puis une deuxième valise. Ensuite elle enjambe la fenêtre et descend le long du treillis. Ce n'est pas la première fois qu'elle fait le mur en pleine nuit et elle a de l'entraînement. Même en jupe et en sandales, il ne lui faut pas plus d'une minute pour arriver à un mètre du sol et sauter à terre. Elle ramasse aussitôt ses deux valises et son sac, fonce vers la camionnette et grimpe à l'arrière, essoufflée et souriante.

— Deux valises et un sac ? s'exclame Jake en pivotant sur son siège

Il en reste bouche bée.

— C'est une blague ?

— Euh… Non, ce n'est pas une blague.

Elle entasse ses affaires à l'arrière de la camionnette, en jetant un coup d'œil par-dessus son épaule.

— Tu ne pensais quand même pas que je voyagerais avec un sac-poubelle ? Je ne suis pas un clodo ! J'ai besoin d'un minimum.

Elle marque un temps de pause, le nez plissé de dégoût.

— Pourquoi ça sent l'incendie de forêt là-dedans ? Vous *fumez* ? Harper, tu sais que j'ai horreur de ça.

Laney ne supporte pas l'odeur de la cigarette. Je peux la comprendre. Mais oh, elle exprime sa rébellion avec les garçons et la bière, moi c'est en fumant. Elle supportera.

— Faudra t'habituer, lui rétorque Jake.

Il pivote sur son siège pour reculer dans l'allée et en profite pour lui cracher sa fumée au visage, par provocation.

Je lui donne un coup de poing dans l'épaule.

— Tu n'es qu'un grossier personnage, se plaint Laney en frissonnant de dégoût. Bon courage avec ton cancer du poumon, ton emphysème, tes dents jaunes et ton haleine puante. Nous, les non-fumeurs, on viendra te voir à l'hôpital, te narguer avec notre santé de fer et notre bonne mine.

Il lève les yeux au ciel, tout en la lorgnant dans le rétroviseur.

— Oh ! c'est très drôle. Tu devrais faire du théâtre.

— Ça tombe bien, parce que c'est justement mon plan de secours si je ne perce pas dans le cinéma.

— Tu veux faire du cinéma ?

Elle se passe une main dans les cheveux pour faire mousser ses boucles et déclare avec emphase :

— J'ai l'intention de devenir la nouvelle Marilyn.

C'est vrai que Laney ressemble à Marilyn Monroe avec ses boucles blondes, ses longs cils et ses courbes généreuses. Pour accentuer son personnage, elle se procure des vêtements rétro dans les friperies. En plus de ça, elle possède ce que ma mère appellerait de la présence — une sorte d'aura qui la distingue des autres filles du lycée et qui incite les garçons à se retourner sur elle quand elle passe dans les couloirs.

J'explique à Jake :

— Laney est obsédée par les stars des années cinquante mortes tragiquement dans la fleur de l'âge.

A peine ai-je prononcé cette phrase que je me rends compte de ce que je viens de dire. Laney me jette un regard inquiet. Je la rassure d'un sourire, mais moi aussi je pense à June, morte tragiquement dans la fleur de l'âge, et à cette photo sur le Frigidaire, où elle ressemble à Natalie Wood, avec ce maillot de bain qui lui venait justement de Laney — Laney l'avait acheté pour elle, mais il s'était finalement révélé trop petit et sur moi il ne cachait pas grand-chose, c'était donc June qui en avait hérité.

Je prends brusquement conscience que Laney considérait sans doute June comme une grande sœur. Elle a un demi-frère plus âgé qu'elle, fruit du premier mariage de son père, mais il est étudiant sur la côte Est et elle le connaît à peine. Laney est ma meilleure amie, elle passait beaucoup de temps chez nous. La mort de June a dû la secouer.

— Marilyn Monroe n'était plus vraiment dans la fleur de l'âge quand elle est morte, fait remarquer Jake d'un ton ironique.

Il a droit de nouveau à un coup de poing dans l'épaule et, cette fois, il se rebiffe.

— Tu vas arrêter ça ? Tu vas nous envoyer dans le décor !

Il est en train de prendre la sortie qui mène à l'autoroute.

— C'est quoi, le plan pour ce soir ? je demande. On roule toute la nuit ?

— Non. On s'arrête à White Haven, dit-il.

Il met son clignotant et se faufile sur l'autoroute.

— Je dois passer prendre un truc, là-bas, chez un copain, ajoute-t-il. Et du coup il a proposé qu'on dorme chez lui.

White Haven est une ville au bord du lac Michigan, à moins d'une heure d'ici. Les grands-parents de Laney y possèdent un pavillon et j'y suis allée plusieurs fois pendant des vacances. C'est un endroit paisible.

— On pourrait aller chez mes grands-parents, cet été, me lance Laney depuis le siège arrière.

Sans doute vient-elle de se faire la même réflexion que moi.

J'acquiesce.

— Oui, peut-être.

Elle oublie que, quand je rentrerai chez moi, je serai interdite de sortie à vie.

Mais je ne veux pas penser à ça. Pas maintenant. Jake, que notre conversation doit ennuyer, augmente le volume de la musique.

— C'est *Thunder road*, non, cette chanson ? je demande au bout d'un moment.

Il me regarde.

— Tu aimes Bruce Springsteen ?

Cette note de surprise dans sa voix me flatte énormément. J'ai réussi à étonner l'énigmatique Jake !

— Mon père l'adore, je réponds. Au point qu'il regrette de ne pas être né comme lui dans une petite ville minière du New Jersey.

— Ton père a bon goût.

— Tu ne dirais pas ça si tu avais rencontré sa nouvelle compagne.

Cette réponse arrache à Jake un demi-sourire. A l'arrière, Laney se débat avec la ceinture de sécurité dont la lanière ne veut pas venir.

— Qu'est-ce qu'elle a, cette ceinture ? se plaint-elle.

— Je voulais la faire réparer, mais j'ai oublié, répond Jake. Tu n'as qu'à prendre l'autre siège.

— Joplin a quand même quelques petits défauts, on dirait, je lance d'un ton goguenard. Et pourquoi ce nom, au fait ?

— C'est en hommage à…

— A Janis Joplin, bien sûr ! intervient Laney.

Elle s'est déplacée et boucle maintenant sa ceinture sur l'autre siège.

— Tu aurais pu trouver mieux, ajoute-t-elle. Elle était vraiment moche, Janis Joplin.

— C'est à sa musique, que je m'intéresse, déclare Jake d'un ton fervent.

Puis il surprend notre expression déconcertée et soupire.

— OK. Je vois. Vous ne connaissez pas Janis Joplin. C'est une grave lacune et on va y remédier tout de suite. Harper, tu peux attraper ce CD, là, sur le plancher ? Celui qui est sur le dessus de la pile.

Je ramasse le CD et le lui tends. Il lâche le volant d'une main pour l'insérer dans le lecteur, après avoir éjecté Bruce Springsteen. Une voix de femme au timbre rocailleux résonne aussitôt dans l'habitacle. Au début, c'est déroutant, on ne sait pas trop si elle chante ou si elle miaule. Mais c'est sauvage et passionné.

En fait, j'adore.

— C'est Janis, explique Jake. Et la chanson, c'est *Me and Bobby McGee*.

— Ah…

C'est tout ce que je trouve à dire.

Nous continuons à rouler, tandis que les morceaux se succèdent. L'un d'eux me plaît énormément et je demande à Jake le nom du chanteur. Johnny Cash, me répond-il. Eh bien, j'aime Johnny Cash et je le fais aussitôt savoir.

— Il faudrait vraiment être sans âme pour ne pas aimer Johnny Cash, dit-il.

Après Johny Cash, c'est un autre groupe, celui qui débutait la compilation de June — j'en suis sûre parce que je reconnais aussitôt la voix si caractéristique du chanteur.

— Et ce groupe ? je demande. Comment il s'appelle ?

Jake me regarde comme si j'étais une demeurée.

— Les Rolling Stones. Mick Jagger. Mick Jagger est une légende du rock. Ce n'est pas possible que tu ne le connaisses pas !

Laney pose ses coudes sur mon appuie-tête.

— On vit avec notre temps, nous, ricane-t-elle.

— Ouais ? Ah ben si tu le dis, miss Marylin Monroe…

— Ça n'a rien à voir. Et puis on en a marre de ta vieille musique ringarde. Tu n'as pas quelque chose qui aurait moins de dix ans ? Jay-Z ? Snow Patrol ? Kelly Clarkson ? Un truc sympa à écouter, quoi !

— Tout ce qui passe à la radio, c'est de la merde ! s'énerve Jake. C'est du fast-food pour les oreilles. Ça ne te fait pas réfléchir. Ça ne parle de rien. De rien d'intéressant, en tout cas.

— Ce n'est pas parce que tu n'aimes pas ce qui passe à la radio que c'est de la merde, proteste Laney. Les gens ont le droit d'avoir des goûts différents des tiens. La musique pop ne parle peut-être pas de ce qui t'intéresse toi, mais elle a quelque chose à dire.

Elle se cale de nouveau contre le dossier de son siège.

— Tu es un branchouille prétentieux et tu as les goûts d'un mec de quarante ans, conclut-elle d'un ton maussade.

— « Branchouille » ? Connais pas ce mot.

— Tu vois ! s'exclame Laney en agitant la main vers lui. C'est bien ce que je disais ! Tu es prétentieux !

Je décide d'intervenir pour calmer le jeu.

— Tant qu'à écouter des classiques du rock, on ne pourrait pas mettre les Beatles ? je propose.

— Tu as de la chance, répond Jake avec un sourire satisfait.

Il fait avancer le CD de quelques pistes pour mettre *Hey Jude*. Enfin, quelque chose qui m'est familier ! J'ai grandi avec les Beatles. Maman est une inconditionnelle des Fab Four et elle possède tous leurs albums. Elle me chantait *Yellow submarine* en guise de berceuse quand j'étais bébé. Soudain, je me demande ce qu'elle fait en ce moment, si elle est déjà rentrée à la maison, comment elle va réagir quand elle trouvera mon message. J'ai des remords quand je pense au chagrin que je vais lui causer et je tâche de me concentrer sur la musique qui m'aide à oublier ma culpabilité. Jake se met à chanter, la cigarette aux lèvres, d'une voix étonnamment juste. Je me joins à lui avec ma voix de fausset. Même Laney cesse de bouder à la fin du morceau pour fredonner avec nous.

Joplin file sur l'autoroute. Chaque kilomètre qui nous éloigne de Grand Lake nous rapproche de la Californie — du salut de June, et peut-être aussi du mien.

5

Le pavillon de White Haven est perché sur une haute dune et surplombe le lac Michigan. Il est caché derrière des buissons et nous passons deux fois sans le voir, mais je finis tout de même par repérer le numéro sur la boîte aux lettres. Il y a déjà deux voitures garées dans l'allée et une troisième sur le trottoir.

C'est un garçon de notre âge qui nous ouvre la porte.

— Elle est cool cette maison, non ? lance-t-il en guise de salut.

Il porte de longues dreads et un T-shirt sur lequel on peut lire : « Liberté pour la Palestine ».

— Mon père vient tout juste d'en hériter de mon grand-père, ajoute-t-il. Il est pressé de la vendre, mais il me l'a quand même laissée pour cet été. Il était trop content de ne pas m'avoir dans les pattes à la maison.

Il nous adresse un sourire aimable.

— Au fait, je ne me suis pas présenté, je m'appelle Seth.

— Harper, je réponds.

Puis je désigne nos sacs.

— On pourrait déposer ça quelque part ?

— Oui, oui, bien sûr. Je vais vous montrer votre chambre.

Seth se charge des deux valises de Laney et nous fait traverser le couloir qui mène à la chambre d'amis. Elle est à peine plus grande qu'un placard, tout juste assez pour caser un vieux lit qui occupe à lui seul les trois quarts de l'espace.

— Désolé, c'est plutôt petit, s'excuse Seth.

Laney laisse tomber sa valise et s'assied sur le lit pour tester le matelas.

— Ce sera parfait, dit-elle.

— J'aurais pu vous donner la grande chambre, mais Gwen dort ici ce soir…

— Gwen ?

Jake, qui nous suivait jusque-là d'un air absent, semble tout à coup se réveiller.

— Gwen est là ?

Je lui jette un regard narquois. Qui est Gwen ? Quelqu'un qu'il ne porte pas dans son cœur, en tout cas, à en juger par son air contrarié.

— Oui, mec, je croyais te l'avoir dit, répond Seth. Elle est là pour une semaine. Il y a aussi Danny et Anna. J'aurais juré t'en avoir touché un mot…

— Je pense que je me serais souvenu de ce détail, lui rétorque sèchement Jake.

Il lâche son sac et se passe la main dans les cheveux en soupirant.

— Cool, mon pote, dit Seth en lui tapant sur l'épaule.

Son sourire s'élargit.

— J'ai une surprise pour toi. Un truc qui va te remonter le moral.

— Je t'ai dit que je ne fumais plus d'herbe.

— Tu n'y es pas du tout, lui répond Seth en riant. Attends, je vais te chercher ça.

Seth sort de la chambre. Laney se tourne vers Jake.

— Alors comme ça, tu fumais de l'herbe, avant ?

— Mais il n'en fume plus, je ricane. Il a su résister à la pression du groupe, c'est bien. Son agent DARE[1] serait fier de lui.

Jake prend un air renfrogné.

— Arrêtez, vous deux ! grommelle-t-il.

J'aurais bien continué à le taquiner, mais Seth revient déjà avec une caisse en plastique contenant des disques vinyles. Il fouille avec précaution à l'intérieur et en sort un.

1 *DARE* pour Drog Abuse Resistance Education : programme éducatif destiné à mettre en garde les jeunes Américains contre l'usage des drogues et de l'alcool.

— Ça, déclare-t-il en le tendant à Jake avec un large geste, c'est pour toi.

Jake contemple la pochette en silence, puis lève vers Seth des yeux incrédules.

— C'est pas vrai ! murmure-t-il.

— Ben si, c'est vrai, lui rétorque Seth avec un sourire jusqu'aux oreilles.

Je jette un coup d'œil par-dessus l'épaule de Jake pour voir de quoi il retourne ; il tient dans la main un album de Jimmi Hendrix, avec une dédicace sur la couverture : *Amitiés, Jimi.*

— Merde ! s'exclame Laney. C'est trop génial. C'est pas du bidon, l'autographe ?

— Cent pour cent authentique, affirme Seth. Cc disque, c'est un héritage de mon grand-père. Il était supercool, mon grand-père, et il adorait Hendrix. Il l'a rencontré à un festival, en Allemagne, en 67. Il connaissait un des organisateurs qui l'a fait entrer dans les loges et c'est comme ça qu'il a pu avoir un autographe. Je sais que t'es fan, Jake, alors je me suis dit…

Jake secoue la tête tout en essayant de forcer Seth à reprendre son album.

— Seth. Non. Je ne peux pas accepter.

— Mais si, tu peux. Je te dois bien ça.

Il se tourne vers Laney et moi.

— Il y a trois mois, j'étais à Detroit pour manifester contre un traité de libre-échange, explique-t-il. Un flic m'a poussé, j'en ai bousculé un autre, et je me suis retrouvé à terre, avec un Taser dans le dos. J'ai été arrêté et mis en détention provisoire. J'avais droit à un coup de fil, j'ai appelé Jake. Vous savez ce qu'il a fait ? Il a tout lâché sans hésiter, pour venir payer ma caution.

— Je ne pouvais quand même pas te laisser en prison, répond Jake. Mignon et délicat comme tu es, tu te serais fait déchiqueter.

— Tu as été en prison ? demande Laney d'un ton où perce une pointe d'admiration. C'est comment, la prison ?

— On s'ennuie à crever et c'est très sale, explique Seth que le souvenir fait frissonner. Et ça pue.

Il se tourne vers Jake.

— Alors tu gardes ce disque, mec. C'est ma façon de te

remercier. Et puis, c'est pas un Bob Marley… Si ça avait été un Bob Marley, là, je ne dis pas…

Jake contemple l'album avec respect, comme s'il tenait entre ses mains une relique sacrée.

— Merci, murmure-t-il.

Seth nous propose de rejoindre les autres qui sont à la plage, autour d'un feu de camp.

— Couvrez-vous, ajoute-t-il. Il y a du vent, au bord du lac.

Il a raison. Dehors, il fait frais. Des étoiles sont visibles çà et là entre les nuages. Dès que nous sortons sur le porche de derrière, j'entends le bruit des vagues. Il y a des chaises en plastique pliables stockées contre le mur, nous prenons chacun la nôtre et empruntons un escalier qui descend au milieu des graminées, jusqu'à une plage en pente. Un feu de camp flambe quelques mètres plus loin. Comme nous approchons, j'entends des voix : les amis de Seth semblent au beau milieu d'un débat passionné.

— C'est une question de privilège. On n'y peut rien.

— C'est vrai, mais ce n'est pas une raison pour ne pas soutenir les opprimés. Si tout le monde s'en fout et si personne ne fait rien, on est fichus.

— Mais la plupart des gens ne se rendent même pas compte qu'ils sont des privilégiés. Tu ne peux pas lutter contre un truc donc les gens n'ont même pas conscience ! Toi aussi, tu es un privilégié. Moi aussi. Commençons déjà par renoncer à nos privilèges. Ensuite, on verra…

C'est une petite Asiatique avec une coupe à la garçonne qui vient de s'exprimer. En nous voyant approcher, elle s'arrête en pleine phrase et se lève d'un bond.

— Jake ! Tu es venu !

Elle lui saute au cou. Laney et moi, nous restons en retrait, à observer la scène. Jake n'est pas du genre à apprécier les effusions et c'est plutôt comique de le voir subir les assauts de cette petite nana pas plus haute que trois pommes. Il surprend nos regards amusés et tapote gentiment le dos de la fille, tout en se dégageant de son étreinte.

— Salut, Anna, dit-il. Comment ça va ?

— A part que nous n'avons pas le même point de vue sur l'appropriation culturelle, tout va bien, répond-elle.

Elle se tourne ensuite vers Laney et moi, et nous prend toutes les deux dans ses bras, en nous serrant au point de nous étouffer. Compte tenu de sa petite taille, elle a une force surprenante.

— Salut ! s'exclame-t-elle. Je m'appelle Anna ! Ravie de vous rencontrer !

Elle ne cesse de s'exclamer ; on pourrait mettre des points d'exclamation à la fin de chacune de ses phrases.

Danny, un garçon qui porte un jean de nana hypermoulant, s'avance en repoussant de son visage une longue mèche qui accentue son côté féminin.

— Ça faisait longtemps ! dit-il à Jake.

— Tu peux le dire, mon pote !

Ils se saluent en enchaînant une série de gestes — un de ces ridicules saluts de mecs.

— C'était quand la dernière fois ? demande Danny. Pour la protestation silencieuse de mars ?

Ce n'est pas Jake qui répond à sa question.

— Elle n'a pas fait beaucoup avancer la cause des immigrants, cette protestation !

La remarque est venue de la fille assise sur la chaise voisine de celle de Danny. Elle a des cheveux noirs coupés au carré qui font ressortir sa mâchoire volontaire.

— Moi c'est Gwen ! annonce-t-elle.

Voilà donc la fameuse Gwen. Cette présentation s'adresse forcément à Laney et à moi, mais Gwen ne daigne pas nous accorder un regard : elle ne quitte pas Jake des yeux.

Je m'apprête à décliner mon prénom, mais Jake ne m'en laisse pas le temps, il lâche brusquement sa chaise dans le sable.

— T'as l'air en forme, dit-il à Gwen, du bout des lèvres. Je vois que l'université te réussit. C'est dommage que tu n'aies pas pu aller à Pratt, il paraît que leur programme en histoire de l'art est vraiment top.

Le ton provocateur ne m'échappe pas. Pas plus que la manière dont Gwen me dévisage, avec un dédain appuyé, comme si elle me considérait d'emblée comme une ennemie. J'ai compris : ça, c'est le regard d'une ex. Gwen est sortie avec Jake et elle me prend pour la *nouvelle*.

— C'est dommage que tu ne fasses pas du tout d'études, Jay, lui rétorque-t-elle du tac au tac.

Gwen s'exprime avec une voix stridente de gamine, comme certaines idiotes de mon lycée qui s'imaginent que c'est sexy — alors que c'est tout simplement prodigieusement agaçant. Moi, en tout cas, ça m'agace : ça me donne envie de me boucher les oreilles.

— Les études ouvrent de nouveaux horizons, tu n'as pas idée, poursuit Gwen. Mais si tu es content de travailler à l'Oleo, tout va bien.

Elle lui adresse un sourire qui découvre ses dents et qui n'a rien d'amical. Jake répond par un grognement indéfinissable, en dépliant sa chaise, sur laquelle il s'affale. Je l'imite, tout en cherchant Laney du regard. Elle est de l'autre côté du cercle que nous formons autour du feu : installée sur les genoux de Seth, elle rit à ses plaisanteries.

Je la reconnais bien là. Elle est partout à son aise et fait partie de ces filles qui entrent dans une pièce sans connaître personne et en ressortent une heure plus tard en ayant ajouté quinze noms sur la liste de contacts de leur téléphone — dont deux tiers de garçons. Parfois, je me dis que c'est drôle qu'on s'entende si bien alors qu'on est si différentes. Laney est extravertie, pleine d'aisance et de charme. Elle a du charisme. Tandis que moi… Pas du tout.

Jake demande à Gwen :

— Tu es allée voir le concert de Diego Lopez ? Il paraît qu'il fait une tournée dans les campus.

Gwen ricane.

— Comme si j'allais me déplacer pour ce nul.

— Je ne l'ai jamais vu en concert, mais j'ai déjà écouté ce qu'il fait. C'est plutôt bon.

— Normal, tu aimes la musique de merde, tu aimes les Doors, lui répond Gwen en prenant un air dégoûté.

Elle passe son bras sous celui de Jake et lui lance un regard apitoyé.

— Oh ! toi, pauvre âme perdue dans les ténèbres.

— Euh…

Je m'éclaircis la gorge.

— Qu'est-ce que tu leur reproches, aux Doors ? je demande.

Gwen me dévisage d'un air ahuri, comme s'il venait de me pousser des cornes.

— Tout ! C'est simple, je leur reproche tout ! Jim Morrison n'était qu'un junkie qui se prenait pour un génie. Si on parle encore de lui, c'est uniquement parce qu'il est mort jeune.

Elle détache son bras de celui de Jake, tout en secouant la tête.

— Vraiment, Jake, pour quelqu'un qui prétend aimer la bonne musique, tu as parfois des goûts qui frôlent le blasphème. Des goûts complètement *bidooons*, ajoute-t-elle en accentuant la dernière syllabe du mot « bidon ».

Comme je laisse échapper un petit rire, elle tourne la tête vers moi. Je m'arrête aussitôt. Cette fille est vraiment trop cruche, je ne vais pas m'abaisser à discuter avec elle. Elle doit penser la même chose de moi, parce qu'elle se lève en me lorgnant d'un œil méchant, puis va s'installer de l'autre côté du cercle, en roulant des hanches. J'attends qu'elle soit hors de portée de voix pour m'adresser à Jake.

— Vraiment, *Jay*, pauvre âme perdue dans les ténèbres ! je minaude.

— Dans les ténèbres, tu parles ! murmure-t-il entre ses dents. Quand je pense qu'elle encensait les Smiths.

— Biiiiidooon, je renchéris. Franchement, elle a une drôle de façon de parler. Je n'avais jamais vu ça.

— Eh bien maintenant tu as vu, déclare-t-il posément.

Il suit du regard Gwen qui a rejoint Danny.

— Fais pas attention à elle, ajoute-t-il. Elle trouve tout et tout le monde bidon.

— Vous êtes sortis longtemps ensemble ? je demande d'un ton dégagé.

Il détache son regard de Gwen et tourne vers moi des yeux surpris.

— Quoi ? Mais qui t'a dit que…

— Je t'en prie. Personne ne m'a rien dit, mais je ne suis pas aveugle. Elle se pend à ton bras, elle t'appelle Jay, elle fusille du regard les nanas qui t'approchent à plus de deux mètres. Les signes habituels, quoi.

Gwen est jolie et en plus c'est une artiste, une fille… intéressante, il faut le reconnaître, mais je suis surprise que Jake soit attiré par le genre « minette prétentieuse ». Bah, je ne devrais pas m'en étonner. Il est l'esclave de ses hormones, comme la plupart des garçons.

— On est sortis ensemble pendant six mois, en première, avoue-t-il. Elle m'a laissé tomber pour un mec qu'elle a rencontré à l'institut où elle suivait des cours d'arts plastiques. Elle a dit que je n'étais pas assez mûr pour elle, mais qu'elle espérait qu'on resterait amis. Je n'avais aucune envie de rester ami avec elle, tu penses bien…

— Et elle est toujours avec ce garçon ?

— Je crois que leur relation n'a pas duré plus de trois secondes.

Il essaye de retenir un sourire, mais il n'y arrive pas.

— Je plaisante. Elle ne le voit plus. Maintenant, elle est loin, dans une école d'art, à Ann Arbor. En ce moment, elle est en vacances. En tout cas, elle n'est pas mon amie.

— Quel dommage, je ricane. Et moi qui pensais qu'on serait copines toutes les deux et qu'on pourrait se voir souvent.

Il ricane aussi et ramasse un bout de bois dans le sable pour remuer les braises du feu.

— Oui, j'ai cru voir que le courant ne passait pas vraiment entre vous.

Il n'y a pas qu'avec Gwen que le courant ne passe pas. Je me fais difficilement des amis. Les gens qui se prennent trop au sérieux, je ne les supporte pas. Ceux qui ne prennent rien au sérieux ne m'intéressent pas. Entre les deux, il ne reste plus grand-monde. Je ne suis pas un caméléon comme Laney.

Je la cherche du regard. Elle est maintenant perchée sur l'accoudoir de Seth et commente les tendances de la mode avec Anna et Danny. Danny a beaucoup à dire sur l'eye-liner et les écharpes et j'en déduis qu'il est… enfin, qu'il ne s'intéresse pas aux filles. Anna, au contraire, s'y intéresse de près, si j'en juge par les regards langoureux qu'elle lance à Laney en pouffant nerveusement. Seth ne se mêle pas à leur conversation et reste en retrait. Après les avoir écoutés un moment, il va chercher un étui noir posé à l'écart et en sort une guitare, dont il tire quelques accords maladroits.

— Jay, tu devrais nous jouer quelque chose, propose Gwen, de l'autre côté du feu.

Le ton n'est pas dénué de provocation et Jake la fusille du regard : apparemment, elle vient de lui lancer un défi. Je sens venir le règlement de comptes en public. Ce serait… Ce serait trop cool, en fait.

Jake secoue la tête, les sourcils froncés.

— J'ai pas trop envie, non.

— Fais un effort, sois sympa, insiste Seth en se levant pour lui tendre la guitare. Tu joues beaucoup mieux que moi.

Jake finit par céder, non sans réticence. Il cale la guitare sur ses genoux, passe la sangle par-dessus sa tête, fait glisser ses doigts le long du manche. Puis il se penche sur l'instrument. Avec ses cheveux qui lui retombent devant les yeux et son expression étrangement sombre, tout à coup, il a un petit côté artiste maudit, accentué par la lumière des flammes qui danse sur son visage. J'avoue que je suis sous le charme.

Dès qu'il commence à jouer, le silence se fait. Sa voix forte et timbrée, pleine d'émotion, me surprend agréablement. Il joue sans fausse note et place ses accords sans hésiter. Sa chanson — *The day the music died* — parle du crash d'avion qui a tué Buddy Holly, The Big Bopper et Ritchie Valens.

Au moment où il entame le refrain, Laney se lève d'un bond et se met à danser autour du feu en entraînant Seth avec elle. Anna les rejoint, puis c'est Danny. Ils dansent maintenant tous les quatre en chantant à tue-tête — faux, bien entendu.

Jake continue à jouer, le sourire aux lèvres. Fidèle à son attitude dédaigneuse, Gwen contemple ses ongles, avec l'air de s'ennuyer ferme, en balançant une bouteille d'alcool au bout de son bras. Moi, je regarde avec envie les quatre qui s'époumonent en sautillant autour du feu avec la joie et l'insouciance des enfants. J'aimerais tant être comme eux. Capable de me lâcher, de lâcher prise. Mais je suis celle qui reste à l'écart, sur la touche, celle qui ne peut rien ressentir à part de la colère. Celle qui reste enfermée dans sa carapace.

La musique de Jake me réchauffe tout de même le cœur. Et pour un peu, elle me ferait fondre. Pas assez pour que je me mette à danser — danser, c'est pas mon truc —, mais suffisamment pour que j'apprécie la douceur de l'ambiance — la danse, le feu qui crépite, le clair de lune.

Jake me sourit. Je lui rends son sourire. Gwen me lance un

regard venimeux, mais je fais mine de n'avoir rien remarqué et reporte mon attention sur les quatre gitans qui galopent toujours autour du feu, à la lumière vacillante des flammes.

Quand Jake fait résonner le dernier accord, ils applaudissent en poussant des hurlements et je me joins à eux. Jake répond par un sourire modeste, en ôtant la sangle de la guitare. C'est la première fois que je le vois rougir de timidité.

— C'était super ! s'écrie Anna avec enthousiasme, tout en retournant sur sa chaise. Vraiment, Jake, tu devrais…

— Alors, comme ça, vous voilà partis pour un *road trip*, coupe Gwen en haussant les sourcils et en s'adressant à Jake. Et pourquoi la Californie ?

Elle ne semble pas au courant du but de notre voyage. Je ne pense pas que Jake en ait parlé à qui que ce soit. Mais après tout, je n'en sais rien, je le connais à peine.

Danny ricane.

— Si vous passez par LA et que vous croisez Paris Hilton, balancez-lui de ma part un pot de peinture à la figure.

— Nous, on part demain à Chicago pour participer à une manif antimilitariste, intervient Seth. Avec Devon.

Il pose son menton sur l'épaule de Laney et elle se cale un peu plus contre lui. Comment peut-elle être aussi câline avec un garçon qu'elle connaît depuis moins de trois heures ?

— Pourquoi vous ne viendriez pas avec nous ? poursuit Seth.

— Tu sais bien que Jay ne participe pas aux manifestations, coupe de nouveau Gwen.

Le ton est tellement glacial que je jurerais que la température vient de chuter de plusieurs degrés.

— Ou plutôt, il n'y participe plus, précise-t-elle.

Où veut-elle en venir ? Le visage de Jake reste de marbre et ne trahit rien. Comme d'habitude.

Laney applaudit.

— Oh oui, on devrait y aller ! s'exclame-t-elle.

Elle m'adresse sa moue la plus enjôleuse — celle qui lui sert à convaincre les gens de faire ce qu'elle veut. Le plus incroyable, c'est que ça marche.

— On peut, Harper ?

— Euh, je ne sais pas…

Je risque un coup d'œil du côté de Jake et remarque le pli contrarié de sa bouche.

— C'est Jake qui conduit, donc…

Jake hausse les épaules.

— Je ne suis pas contre. Mais je préfère vous prévenir que ça peut dégénérer. Si vous vous imaginez qu'il s'agit de se prendre par la main et de chanter *Kumbaya* tous en chœur, vous vous trompez.

Je n'arrive pas à y croire ! J'en ai marre qu'on me traite comme une gamine et qu'on me considère comme une petite chose fragile. Je ne suis *pas* une gamine. Je ne suis *pas* fragile.

— Je peux gérer, je réponds sèchement.

Et sur ce, je me lève et arrache la bouteille d'alcool des mains de Gwen.

— Donne-moi ça, dis-je.

Je dévisse le bouchon, bois une longue rasade et réprime un haut-le-cœur. Ce truc est absolument infect. J'ai la gorge en feu et ça me demande un effort surhumain de ne pas tout recracher. Mais il y va de ma dignité…

Tout en toussant et en essayant de lire l'étiquette, je demande :

— Qu'est-ce qu'il y a, là-dedans ?

— Ben, c'est de la tequila, non ? répond Gwen, comme si c'était une évidence.

— On dirait de l'essence pour briquet, je dis, avec une grimace écœurée.

Mais ça ne m'empêche pas de prendre une deuxième gorgée, puis une troisième. C'est toujours aussi dégueu, mais à la quatrième ça descend plus facilement. Merde après tout ! On n'a qu'une vie !

Laney se lève et me reprend la bouteille en riant :

— Dis donc, on ne t'a jamais appris à partager ?

— On devrait aller se baigner, propose Anna de but en blanc.

Puis elle hoquette et se met la main sur la bouche en étouffant un rire gêné.

Danny la regarde comme si elle venait de nous proposer de braquer un magasin de spiritueux — ce qui ne serait pas une mauvaise idée, parce que Laney, Seth et Anna sont en train de vider la bouteille de tequila.

— Si tu tiens à attraper une pneumonie, pourquoi pas ? répond-il. Moi je ne viens pas, il fait trop froid.

Laney se lève d'un bond.

— Moi je suis partante !

Bien sûr qu'elle est partante…

— On n'a pas de maillots de bain, je fais remarquer.

Pourquoi j'ai une drôle de voix ? Ah d'accord… Je suis peut-être un peu pétée. Je ne sens plus mes doigts de pied.

— Et après ? rétorque Laney en lançant un regard faussement pudique du côté de Seth. Je n'ai pas besoin de maillot.

— Vous êtes bourrés et vous voulez prendre un bain de minuit, soupire Jake en levant les yeux au ciel. Ça va mal finir.

Laney, Anna et Seth ne l'entendent même pas, ou s'ils l'entendent, ils ne font pas grand cas de son avis : ils sont déjà en train de courir sur la plage, tout en enlevant leurs vêtements.

— Complètement infantiles, déclare Gwen d'un ton sévère. Je vais rentrer et me remettre à bosser.

— Sur ton personnage avec les talons hauts ? demande Danny.

Il nous jette un regard en biais à travers la longue mèche qui lui tient lieu de frange.

— Elle est en train de créer un Jésus en papier mâché. Sauf que son Jésus est une femme et qu'il a des talons hauts plantés dans les mains, au lieu de clous. Il a aussi un tampon dans la bouche.

Il secoue la tête.

— Je trouve ça complètement tordu.

— C'est une manière imagée d'exprimer que les standards de beauté définis par la société patriarcale oppriment les femmes, lui rétorque Gwen, sur le ton de la défensive. Et d'ailleurs je me demande pourquoi je me donne la peine de t'expliquer ma démarche. Bon, tu rentres avec moi ou pas ?

— Je rentre, je vais pas me baigner, l'eau du lac m'abîmerait les cheveux, ricane Danny.

Tandis qu'ils retournent vers la maison d'un pas lourd, Jake tapote la poche de son blouson.

— Je vais aller fumer une cigarette, dit-il.

— Qu'est-ce que tu veux que ça me fasse ? je réponds.

Mais le temps que j'articule ma réponse, il est déjà loin : je dois avoir un temps de réaction anormalement long…

J'entends les trois autres entrer dans l'eau en poussant des hurlements. Je ne suis pas tentée de les suivre, ce qui prouve que je suis moins soûle qu'eux. Ou bien que l'alcool ne suffit pas à révéler mon exhibitionnisme latent. J'enlève mes tongs et décide d'aller marcher le long de la plage, seule, pieds nus sur le sable doux et frais.

Je m'arrête au bout de quelques mètres et retrousse mon jean jusqu'à mes genoux. L'eau est glaciale et je ne sens bientôt plus mes pieds. Mais je m'en fiche. Je n'ai pas froid. L'alcool me tient chaud, sans doute. Et le paysage est si beau que plus rien n'a d'importance. Je me sens gauche et lourde, mais parfaitement détendue.

J'avance lentement dans l'eau. Les vagues m'éclaboussent à présent jusqu'à la taille, mais ça m'est égal. Je suis bien. La lumière des étoiles scintille sur l'eau transparente, la lune argentée resplendit dans le ciel sombre. Tout est immobile et silencieux. J'entends à peine les rires des trois nageurs qui me parviennent comme un écho lointain. Rien ne peut déranger le voile de paix qui recouvre le paysage.

— Harper ? Harper !

Correction : si, c'est possible d'être dérangée, même ici.

Je me retourne lentement. Jake me fait de grands gestes depuis la plage. Il semble furieux.

— Ça fait une demi-heure que tu as disparu ! J'ai cru que tu m'avais fait un coup à la Jeff Buckley. Franchement, je n'ai pas envie d'être obligé d'annoncer à ta mère que tu t'es noyée dans un lac.

Il s'arrête pour reprendre son souffle, les sourcils froncés, l'air perplexe.

— Mais qu'est-ce que tu fous dans l'eau ?

Je cherche les mots pour lui expliquer ce que je ressens.

— Le lac… Il est… Il est si grand…

— Oui. Et alors ?

— Eh bien…

J'ai du mal à articuler, avec cette langue soudain trop épaisse pour ma bouche. Mais c'est brusquement pour moi d'une importance capitale qu'il comprenne à quel point je suis consciente de l'immensité du lac, du ciel, du monde.

— Regarde ce lac, comme il est beau. A côté, je ne suis rien. Il est si grand. Plus grand que moi, plus grand que mes pensées, plus grand que ma… ma…

Souffrance, c'est le mot que je voudrais articuler, mais la connexion entre mon cerveau et ma langue est momentanément court-circuitée. Ça vaut mieux, sans doute. Jake semble en tout cas comprendre ce qui m'arrive, parce qu'il se met à rire et se gratte la tête — ce qui a pour effet de lui ébouriffer un peu plus les cheveux.

— C'est ton quart d'heure existentialiste ? soupire-t-il d'un ton résigné. Allez, viens… Rentrons avant que tu ne te mettes à citer Sartre. Parce que là je crois que je ne serais plus responsable de mes actes.

En sortant de l'eau, je mets le pied sur un caillou pointu qui me fait trébucher. Jake me rattrape par la taille.

— Doucement, tigresse, murmure-t-il.

Je prends appui sur lui et mon visage roule sur son épaule. Il dégage une odeur boisée, un mélange de fumée et de cuir — celle de son blouson, je suppose.

— Est-ce que tu crois en Dieu ? je demande.

Le bras qui entoure ma taille se crispe.

— C'est… Pourquoi cette question ?

— Parce que… Qu'est-ce que tu as contre Sartre ? Tu penses que la vie a un sens ?

Je me suis mise à crier, sans même m'en rendre compte.

— Parce que, je vais t'annoncer un truc, Tolan : la vie n'a aucun sens.

— Très bien. Maintenant, tu es nihiliste. Je préfère ça.

Je ne suis pas nihiliste. Pas du tout. Je ne suis rien, en fait. Je ne crois plus en rien. Si Dieu existe, Il n'est qu'un foutu imbécile qui a créé un monde de douleur et s'amuse à regarder souffrir ses créatures. A la fin des obsèques de June, des gens sont venus me murmurer de prétendues paroles de réconfort : « Si le Seigneur l'a rappelée à Lui, Il avait ses raisons », « Tu as la force de surmonter cette épreuve, sinon le Seigneur ne te l'aurait pas envoyée ». Alors comme ça, je n'aurais pas perdu ma sœur si j'avais été moins forte ? Et je suis supposée me réjouir que le Seigneur l'ait rappelée auprès de Lui ? *Pas question.* Je ne peux pas. Pour moi, la mort de June est absurde.

Jake m'entraîne vers l'escalier qui mène au pavillon. Je bute sur la première marche, bien entendu. Nous grimpons lentement, en silence, parce que je me concentre pour ne plus trébucher. Mais une fois en haut je reviens à l'attaque :

— Tu n'as pas répondu à ma question. Est-ce que tu crois en Dieu ?

Il marque un long temps de pause.

— Tu veux vraiment le savoir ?

— Bien sûr que je veux le savoir. Sinon je ne t'aurais rien demandé.

— Parfois les gens te posent une question, mais quand tu leur réponds, ils se rendent compte qu'ils auraient préféré ne pas savoir.

Je ne supporte pas sa manie de faire des généralités. Je vais devoir ajouter ce travers à la longue liste de tout ce qui m'agace chez lui.

Il hausse les épaules.

— Peu importe. Pour répondre à ta question, non, je ne crois pas en Dieu. Je ne crois pas non plus que rien n'a de sens, mais s'il y a eu un Dieu, Il est mort, à présent. Encore plus mort que le hip-hop.

Qu'est-ce qu'il a contre le hip-hop ? Laney adore le hip-hop : les Roots, Mos Def, et cette Sri Lankaise, MIA, qui mélange électronique, hip-hop et musiques du monde.

— Le hip-hop n'est pas mort ! je proteste. Tu ne devrais pas parler de ce que tu ne connais pas.

— On s'en fout du hip-hop, me répond Jake. On parlait de Dieu. Et toi, tu crois en Dieu ?

— Tu veux vraiment le savoir ? je réponds, en imitant le ton de sa voix.

Je trébuche de nouveau. Mon sens de l'équilibre est décidément très entamé, j'ai intérêt à rester calme et à me concentrer. Je reprends donc, plus posément :

— Je ne sais pas si je crois en Dieu. Dernièrement, en tout cas, je n'ai eu que des signes qui m'incitent à ne pas y croire.

Nous sommes devant la porte d'entrée. Jake manœuvre la poignée d'une main, tout en me soutenant.

— J'ai pour principe de ne pas engager de discussion philosophique avec quelqu'un de bourré. Surtout quand je ne suis pas bourré moi-même.

— Eh bien tu n'avais qu'à te bourrer aussi. C'est bon la tequila. Enfin, je veux dire, c'est infect, mais ça fait du bien. Tu comprends ce que je veux dire ?

— Pas du tout, me répond-il. Et je ne bois plus. Plus maintenant.

Il ne boit plus ? Intéressant. Il a donc récemment renoncé à un certain nombre de vices : il ne participe plus à des manifestations, il ne fume plus d'herbe, il ne boit plus. Je m'apprête à lui demander le pourquoi de ces changements, quand j'aperçois Laney sur le canapé. Enfin, sur le canapé, façon de parler : elle serait plutôt sur Seth, qui est sur le canapé, et ils s'embrassent à pleine bouche.

— Merde, s'exclame Jake en refermant la porte d'un coup de pied. Vous auriez pu trouver un autre endroit que le salon.

Laney et Seth cessent de se dévorer, juste le temps de nous faire un doigt d'honneur, avec un bel ensemble, puis ils reprennent là où ils en étaient. Ils n'ont donc aucune pudeur ! Je suis vraiment choquée.

Je gémis :

— Je crois que je vais vomir.

— Ouais, c'est dégueu, renchérit Jake d'un ton compréhensif.

Mon estomac se soulève.

— Tu n'as pas compris, je vais *vraiment* vomir.

Jake s'empresse de m'entraîner dans la salle de bains. J'ai à peine le temps de me rendre compte de ce qui m'arrive : je me retrouve à genoux, penchée sur les toilettes, en train de vider le contenu de mon estomac — c'est-à-dire de la tequila et rien que de la tequila.

Et pendant ce temps, Jake me tient les cheveux en arrière.

Super.

Quand j'ai fini de vomir, je me repousse de la cuvette et m'allonge par terre, la joue contre le carrelage froid. Ma gorge me brûle. Je voudrais m'asseoir, mais je suis paralysée.

C'est nul. Ce monde est nul.

— Oui, tu as raison, ce monde est nul, approuve Jake en riant doucement.

Je ne m'étais pas rendu compte que je parlais tout haut… Ça prouve au moins que je suis encore capable d'articuler et de me faire comprendre. Bravo ! Ah, zut, je viens encore de parler tout haut sans l'avoir voulu. Décidément, je ne contrôle plus rien.

Soudain, les murs se mettent en mouvement et le sol s'éloigne de moi. Qu'est-ce qui se passe ? Hé ! Je ne suis pas d'accord ! Jake m'a attrapée par mon T-shirt pour me faire asseoir et la pièce est maintenant un tourbillon beige et blanc dont le mouvement me soulève le cœur. Quand elle s'arrête de tourner, j'aperçois Jake devant le lavabo, en train de mouiller une serviette.

Le monde est vraiment nul. Nul et injuste. Et moi aussi je suis nulle, de m'être mise dans un tel état. June n'aurait jamais bu au point de vomir dans les toilettes. Même si elle s'était laissée aller à boire, ce qui est peu probable, elle aurait géré la chose avec élégance. Parce qu'elle était comme ça. Parce qu'elle était meilleure que moi.

— Meilleure en quoi ? demande Jake

Merde. J'ai encore parlé tout haut. Fichu contrôle !

— En tout, je réponds, tout en prenant docilement la serviette mouillée qu'il me tend.

— J'en doute.

Je m'essuie la bouche.

— Qu'est-ce que tu en sais ? je demande.

— Tu es plus douée qu'elle pour la vie, affirme-t-il. Toi tu es toujours là et elle, non. Je me trompe ?

Je lève les yeux vers lui et rencontre son regard tranquille. Non. Il ne cherche pas à me faire souffrir — le ton n'était d'ailleurs pas agressif. Il a dit ça posément, comme s'il énonçait une évidence. Techniquement parlant, il a raison : si June n'est plus là, c'est qu'elle n'était pas douée pour la vie, mais ça m'avance à quoi de le savoir ? Et moi, je suis en vie, oui, mais j'en fais quoi, de ma vie ? Pour l'instant, rien d'exceptionnel.

— Par pitié, dis-moi que tu n'as pas l'alcool triste, dit Jake comme je ne réponds rien.

— Non, t'inquiète, je réponds en lançant la serviette par terre. Je ne pleure jamais.

Jake me regarde d'un air incrédule.

— Vraiment jamais ?

— Jamais.

Je me lève au ralenti, en m'agrippant au lavabo de la salle de bains. J'ai les jambes en coton. Je vais m'étaler au premier pas, c'est sûr. Je lance un regard impuissant à Jake, qui lève les yeux au ciel et me prend le bras.

— On dirait une vieille dame, ironise-t-il, tout en me portant à moitié jusqu'à la chambre d'amis.

— Tu ne me feras pas croire que tu es du genre à aider les vieilles dames à traverser la rue, je lui rétorque.

— Je passe mes week-ends à aider les vieilles dames à traverser et à grimper aux arbres pour sauver les petits chats.

Il sourit.

— Ce sont mes deux passe-temps favoris.

Je lui demande de regarder ailleurs pendant que je me débats pour enlever mon jean, puis m'effondre à plat ventre sur le lit. J'ai tout juste la force de repousser la couette et les draps pour me glisser dessous. Jake prend un des deux oreillers et s'allonge par terre.

Je lui demande, surprise :

— Tu vas dormir ici ?

— Le canapé est déjà pris, au cas où tu ne l'aurais pas remarqué.

Je le regarde tapoter l'oreiller et le glisser sous sa tête. Il se tourne et se retourne, pour chercher une position confortable sur le plancher de bois. Il me fait pitié. Je vais le regretter plus tard, mais…

Je soupire et lui fais une place dans le lit.

— Tu n'as qu'à venir.

Il soulève la tête.

— Pardon ?

— Tu n'as qu'à venir, je répète, d'un ton agacé, en tapotant la place vide à côté de moi. Dépêche-toi, avant que je retrouve mes esprits.

— C'est vraiment très généreux de ta part, dit-il d'un ton sarcastique.

Mais il est déjà en train de se lever.

Les ressorts grincent bruyamment et le matelas se creuse sous son poids quand il s'installe. Je n'ose plus bouger. Il m'est arrivé de partager mon lit avec Laney, quand je passais la nuit chez elle ; ou avec ma mère, quand j'avais cinq ans et que j'avais fait un cauchemar. Avec un garçon, jamais.

Je songe brusquement à June et à Tyler. Ils sont sortis ensemble plusieurs mois et le trop-plein d'hormones, c'est bien connu, pousse les adolescents à faire des folies. Est-ce que June a fait l'amour avec Tyler ? J'ai du mal à le croire… Et si elle l'avait fait, est-ce qu'elle me l'aurait dit ? Elle n'était pas comme Laney, à tout raconter dans les moindres détails. Et moi je ne suis pas de celles qui posent des questions indiscrètes.

Je me recroqueville à une extrémité du lit, le visage tourné vers le mur, en m'efforçant de respirer lentement et de façon régulière, pour faire venir le sommeil. J'ai des brûlures d'estomac et un mal de tête atroce. La chambre tangue. Je ferme les yeux et essaye d'écarter de mon esprit les pensées ayant trait à June.

— Je n'aurais jamais cru que tu aimais la tequila à ce point, dit Jake.

Bon. Pour ce qui est de dormir, il va falloir attendre encore un peu.

— Je n'aime pas la tequila. Je trouve ça dégoûtant.

Je roule sur le dos pour lui jeter un coup d'œil : il contemple le plafond, les bras repliés sous la tête.

— Je ne savais pas que tu jouais de la guitare.

Il laisse échapper un petit rire dépréciateur.

— Jouer, c'est beaucoup dire.

— Mouais. Tu es trop modeste. C'était pas mal du tout.

Il tourne son visage vers moi, avec un sourire en coin.

— Tu n'étais pas en état de juger de la qualité de ma musique, déclare-t-il. Tu étais, et tu es encore, complètement bourrée.

— Je ne suis pas bourrée.

Je marque un temps de pause et dissimule un sourire sous la couette.

— Bon, OK, je suis peut-être un peu bourrée.

Une nausée me soulève l'estomac. Je pose mes mains sur mon ventre et respire à fond en essayant de l'ignorer.

— Et j'ai encore la nausée.

— Si tu vomis sur moi, je t'étrangle.

Je gémis, en tirant la couette par-dessus ma tête :

— Quand je pense que tu m'as vue vomir…

Je me sens nulle. C'est la première fois que je bois au point d'être malade. Il a été sympa, quand même, de me tenir les cheveux au-dessus de la cuvette. Il aurait très bien pu m'abandonner dans la salle de bains.

— Ne t'en fais pas pour ça, c'était plutôt mignon, répond-il d'un ton pince-sans-rire. Si tu montes un groupe, tu pourras l'appeler Les Charmantes Vomisseuses.

Je sors ma tête de dessous la couette et le fusille du regard.

— J'ai mieux : Les Ferme ta Gueule !

— Les Accros à la Cuvette — des toilettes, je veux dire.

— Les Aspirants Castrats.

— Pas mal, ça ! s'exclame-t-il en riant. Je vois d'ici le titre de ton premier album : *Histoire de Lorena et John Bobbitt*[1].

Je ricane.

— John Bobbitt a monté un groupe après l'agression de Lorena : The Severed Parts. Et ensuite il a tourné dans des films pornos.

Il me dévisage fixement, comme s'il me jaugeait.

— Quoi ? je demande. Qu'est-ce qu'il y a ?

Ce que les garçons peuvent être bizarres…

— Comment tu sais ça ? me demande-t-il.

Il a l'air sincèrement impressionné.

— internet, ça existe, je murmure. Tu devrais essayer de vivre au XXIe siècle, de temps en temps.

Je bâille et me tourne de nouveau vers le mur. Si Jake me répond, je ne l'entends pas. Je dors déjà.

1 Lorena Bobbitt défraya la chronique des faits divers en 1993 pour avoir tranché un bout du pénis de son mari violent avec un couteau de cuisine.

6

Le lendemain matin, les sons stridents d'une musique punk me réveillent en sursaut. Je commets l'erreur de me redresser d'un bond sur le lit en ouvrant les yeux. L'ennui c'est qu'avec ma migraine la lumière qui entre par la fenêtre me troue le cerveau. Je me laisse retomber sur le dos en plaquant un oreiller sur mon visage.

A part ça, j'ai eu le temps de constater que je suis sur les draps et à l'envers sur le lit : ma nuit a dû être agitée.

— Allez, on se lève ! chantonne Laney.

Au bout de quelques secondes, je me risque à sortir la tête de dessous mon oreiller… Deuxième erreur, car cette fois c'est un flash qui m'aveugle. Je pousse un cri de protestation et dégringole du lit en entraînant avec moi couette, draps et oreillers. Laney est pliée en deux, tellement elle rit. Je lui lance un oreiller au visage.

— Je te déteste ! je crie, tout en me débattant pour me dépêtrer des draps. Qui t'a autorisée à te servir de mon Polaroïd ?

— Je l'ai trouvé dans ton sac et… je suis désolée, mais vraiment… si tu avais vu ta tête… c'était trop tentant.

Elle m'aide à me lever, entre deux fous rires.

— Allez viens. On part dans une heure. Tu n'as pas trop la gueule de bois ?

J'ai une gueule de bois d'enfer, oui, mais pas question de l'avouer.

— La musique ! je gémis. Qui a mis cette musique épouvantable ?

— C'est une idée de Gwen, ça fait office de réveil, répond Laney d'un ton faussement enjoué. Au fait, Gwen ne vient pas avec nous à Chicago.

La nouvelle ne me laisse pas indifférente.

— Ah bon, elle ne vient pas ? Et pourquoi ?

— Parce que l'énergie négative dégagée par une manifestation risquerait de déteindre sur son œuvre, d'après ce que j'ai cru comprendre.

Laney fait la grimace.

— Je ne sais pas ce qui ne tourne pas rond chez cette fille. Elle a commencé la journée par une dispute avec Jake.

— Ah oui ? Et pourquoi ?

— Aucune idée, mais c'était chaud. Ils se sont engueulés dehors un moment, et après Jake est venu annoncer à Seth qu'elle ne venait pas avec nous. Il était tellement hors de lui que j'ai cru qu'il allait péter les plombs et taper dans un mur. C'est bizarre, non ?

En effet. A propos de quoi ont-ils pu se disputer aussi violemment ? Je me réinstalle sur le lit, tout en observant Laney. Elle a un gros suçon sur le cou — souvenir de sa nuit avec Seth, je suppose.

— Toi et Seth… vous avez…

Je n'ose pas aller jusqu'au bout de ma question. Je ne suis pas aussi à l'aise que Laney pour parler de sexe.

— Quoi ? s'exclame Laney. Bien sûr que non !

Elle a l'air offensée — je me demande bien pourquoi. D'habitude, elle n'est pas si prude.

— Seth ne couche pas, de toute façon. Il se réserve.

— Il se réserve ? Pour quoi ?

— Aucune idée. Il m'a fait tout un baratin pour m'expliquer qu'il considérait son corps comme un temple. Je te passe les détails.

Elle va se planter devant le miroir pour se maquiller, tout en commentant abondamment l'étrange code éthique de Seth — qui s'autorise la consommation d'herbe et d'alcool, mais s'interdit celle des denrées alimentaires contenant des produits d'origine animale. Elle me renseigne aussi sur sa façon d'embrasser : il s'applique et se sert beaucoup de sa langue. Je tire mon sac sur le lit et fouille dans le tas de vêtements roulés en boule. Seth considère donc son corps comme un temple ? Tiens tiens… Jake partage peut-être cette conception, ce qui expliquerait qu'il refuse de boire une goutte d'alcool.

Ça ne m'importe pas tant que ça, que Jake boive ou pas — je bois moi-même très peu, contrairement à ce que l'on pourrait déduire de mon comportement de la veille —, mais je l'aurais plutôt classé dans la catégorie de ceux qui boivent.

Je trouve Jake dehors, assis sous le porche, le regard tourné vers la dune et la plage. La matinée est encore fraîche, une forte brise balaye la surface du lac. Je remonte jusqu'au menton la fermeture Eclair de mon gilet à capuche et vais m'asseoir près de lui.

— Tu en veux ?

Il me montre un pain à la farine d'épeautre et un pot de beurre de cacahuètes posés à côté de lui.

Je sors une tranche de pain du paquet et la trempe dans le pot.

Je commente entre deux bouchées, tout en me léchant le pouce :

— Un peu inattendu comme association, mais pas mauvais.

Je tourne mon regard vers le lac. Les vagues sont plus hautes qu'hier et blanches d'écume. Près de moi, Jake s'agite, tire sur ses lacets, frotte d'un air distrait le bout de sa chaussure… Il a l'air gêné. On dirait qu'il veut me dire quelque chose et qu'il n'ose pas.

— J'ai beaucoup réfléchi, lâche-t-il enfin. Au sujet de notre voyage.

Je ne réponds rien, j'attends qu'il développe.

— Mon frère a une amie à San Francisco, poursuit-il. On pourrait dormir chez elle. Elle est carrément sympa. Ça ne la dérangera pas.

— Oh… D'accord.

J'ai l'impression d'avoir fait un grand pas en avant. A présent, nous avons une véritable destination. Un lieu à pointer sur la carte. San Francisco, c'est au bord de la mer et il y a le tramway, si je me fie à mes souvenirs de *La Fête à la maison*.

— Salut, papa ! C'est moi, ta fille préférée !

La voix flûtée de Laney nous parvient depuis le seuil de la porte. Elle est en train de téléphoner à son père, apparemment.

— Je voulais te prévenir que je pars avec des amis pour une virée en voiture. Juste quelques jours. J'ai bien fermé la maison. Martha sait où trouver la clé et elle pourra entrer pour faire le ménage, comme d'habitude. Mon téléphone va s'éteindre, mais ne panique pas, je vous appellerai dans un jour ou deux. J'espère que tu profites bien des parties de golf, des dégustations de vin, et de tout le reste. Je t'aime. Ciao.

Elle coupe le téléphone et nous rejoint.

— Oh mon Dieu… Dites-moi qu'il y a autre chose à boire dans cette maison que de l'eau, du jus d'herbe de blé et du lait de soja.

— J'ai vidé ce matin la dernière canette de soda, s'excuse Jake en souriant. Mais on va s'arrêter dans une station-service en partant. Tu pourras t'acheter à boire. Seth est végétalien, il ne boit pas de sodas.

— Je ne peux pas comprendre qu'on soit végétalien, soupire Laney. C'est déjà très compliqué de suivre un régime végétarien. Vous saviez qu'on fabriquait la gélatine avec des os d'animaux bouillis ? Il y en a même dans la gélatine Jell-O.

Elle frissonne.

— J'ai dû renoncer à me shooter à la Jell-O et ça a été la pire tragédie de toute ma vie.

— Et pourtant, tu t'obstines à être végétarienne, je lui fais remarquer d'un ton sarcastique.

La porte coulisse de nouveau. Cette fois c'est la tête de Seth qui apparaît.

— Est-ce que quelqu'un a pris mon masque à gaz ?

Qu'est-ce qu'il peut bien faire d'un *masque à gaz* ?

Jake époussette son jean et se lève.

— C'est mon tour d'utiliser la salle de bains. Soyez prêtes à partir dans une demi-heure, d'accord ?

— Oui, capitaine ! répond Laney avec un salut moqueur.

Elle prend la place de Jake et se sert une tranche de pain.

— Tu veux utiliser mon téléphone ? propose-t-elle. Pour appeler ta mère ?

Seigneur… Ma mère… Mon estomac se noue. Je ne me sens pas encore prête à l'affronter, pas même au téléphone. Je préfère attendre de mettre quelques centaines de kilomètres de plus entre nous. Ou quelques milliers.

Je secoue la tête.

— Pas encore.

— Je peux lui parler avant, si tu veux.

— Non.

— Harper…

Laney hésite et cale derrière ses oreilles des mèches blondes que le vent a dérangées.

— Ta mère doit être folle d'inquiétude et… elle n'a pas besoin de ça… Tu ne crois pas que tu devrais… Je ne sais pas… Lui donner aux moins des nouvelles ? Elle a déjà beaucoup à assumer en ce moment et…

— Et moi ? je coupe, d'un ton furieux. Est-ce que quelqu'un s'inquiète de ce que j'ai à assumer ?

Laney en reste bouche bée.

— *Moi* je m'en inquiète. Bien sûr que je m'en inquiète. Harper, tu le sais bien.

Elle a l'air vraiment froissée que je puisse en douter. Je sais qu'elle fait de son mieux pour me soutenir, mais elle ne peut rien pour moi. J'ai le cœur brisé et personne n'a le pouvoir de recoller les morceaux. Voilà.

Mais je me garde bien de le lui dire et me contente de répondre posément :

— Oui, je le sais. Et tu as raison, il faut que j'appelle ma mère. Mais pas tout de suite… Connaissant tante Helen, je suis sûre que c'est elle qui va décrocher. Elle va engager un chasseur de primes pour me ramener à la maison et ensuite elle convaincra ma mère de me faire subir un exorcisme.

Cette réponse semble amadouer Laney, qui ne dit plus rien et mord dans son pain.

— Ta tante est complètement barjo. Sans vouloir t'offenser.

— Je sais qu'elle est barjo. Tu peux me croire.

C'est le moment de partir pour Chicago. Danny et Anna prendront place dans la petite Honda bleu canard de Danny. Seth s'entassera avec nous dans la camionnette de Jake. Avant le départ, Anna m'apporte un CD.

— C'est Ani DiFranco, m'explique-t-elle en réponse à mon regard interrogateur. Je voudrais que tu l'écoutes. Je sais, Jake est un vrai dictateur quand il s'agit de musique, mais s'il ose râler, demande-lui s'il a tous les albums d'Abba. C'est un sujet qui lui cloue le bec.

Je regarde la pochette : on y voit la photo d'une femme portant de longues dreads qui joue de la guitare.

Je suis tout de même un peu interloquée. Pourquoi Anna tient-elle à ce que j'écoute ce disque ? Mais je suis polie, alors, je murmure :

— Merci…

Anna hausse les épaules, avec un gentil sourire.

— De rien. Au fait… Je ne t'ai pas dit à quel point j'étais désolée…

Je lève les yeux vers elle.

— Pardon ?

— Pour ta sœur, explique-t-elle. Je sais ce qui s'est passé.

— Oh…

Puis j'ajoute, toujours parce que je suis polie :

— Merci.

— C'était vraiment une chouette fille, assure Anna.

Je m'apprête à lui répondre une autre politesse de circonstance, quand je prends soudain conscience qu'elle vient de dire que June était une chouette fille. Donc, elle l'a rencontrée ? J'en ai presque le souffle coupé et c'est d'une voix étranglée que je demande :

— Tu… Tu la connaissais ?

— Eh bien, oui, me répond-elle lentement, comme si elle se rendait brusquement compte qu'elle vient de commettre un impair. Et Gwen aussi. Je pense que c'est pour ça qu'elle a été si grossière avec toi, hier soir. Elle aimait beaucoup June et elle doit trouver bizarre que Jake t'emmène ici, après…

Elle se tait et se mord les lèvres.

— Après quoi ? j'insiste.

Je déglutis avec peine.

— Anna…

— Demande à Jake, répond-elle en reculant. Je ne suis pas vraiment au courant, en fait.

Avant que j'aie eu le temps de la coincer, elle s'engouffre dans la voiture de Danny, me plantant là avec un million de questions sans réponse — en plus des millions que j'avais déjà.

Comme l'avait prévu Anna, Jake tente de protester quand je décide de remplacer Frank Zappa par Ani, mais il suffit que je lui demande s'il préfère *Dancing queen* ou *Fernando* pour qu'il se taise. Ani chante des airs folk, en s'accompagnant à la guitare, sans autre instrument. Je trouve ça un peu trop aride et j'ai du mal à rentrer dedans, même si les textes sont très beaux. Jake, lui, a l'air d'apprécier : il marque le rythme sur le volant, du bout des doigts.

Nous roulons depuis une demi-heure sur l'autoroute, quand Laney propose :

— On devrait jouer à un jeu !

Seth, qui a l'air de s'ennuyer et bat nerveusement un jeu de cartes entre ses mains depuis quinze minutes, manifeste aussitôt son intérêt.

— Tu as quelque chose de précis en tête ?

— Je pensais à Top 3.

Top 3 est un jeu que nous avons inventé toutes les deux quand nous avions treize ans : il consiste à définir une catégorie et à demander à l'autre de dresser son Top 3 dans cette catégorie. Parmi nos trouvailles, il y a eu le Top 3 des pires traumatismes de notre enfance, le Top 3 de ce qu'on dirait au président des Etats-Unis si on pouvait lui parler franchement, le Top 3 des endroits où l'on aimerait passer une nuit avec Ryan Gosling. Le but étant bien entendu de donner des réponses drôles et originales. Top 3 est un jeu sans tabou, qui permet d'aborder tous les sujets, du plus intime au plus général : Laney assure que c'est le meilleur moyen de connaître quelqu'un.

Elle expose d'abord les règles, ce qui ne lui prend pas beaucoup de temps, puisque l'intérêt de ce jeu est justement qu'il n'y a pas de règles et que tout est permis. Seth est emballé et accepte aussitôt de participer. Jake ne fait aucun commentaire mais, comme nous insistons pour avoir son avis, il émet un vague grognement laissant entendre qu'il acceptera de se soumettre comme tout le monde à un Top 3.

Seth est volontaire pour commencer.

Top 3 de ce que tu utiliserais pour fumer ton herbe si tu n'avais pas de narguilé (pour Seth).

- Le masque à gaz (« Attention les mecs, c'est du lourd. Ce n'est pas pour les cardiaques. Je peux vous l'assurer. »)

- La canette en alu coupée en deux (« Mais pas une canette

de Coca-Cola. Vous savez comment Coca traite ses ouvriers en Colombie ? Aucun respect des droits de l'homme. Il faut boycotter Coca. »)

- Les gâteaux au cannabis. (« Trop génial, ça permet de faire d'une pierre deux coups. Et avec des raisins secs, c'est délicieux. »)

Top 3 des stars que tu aimerais inviter à dîner (pour Laney).

- Cary Grant (« Quoi ? Vous n'aviez pas précisé qu'il fallait choisir des stars encore en vie. »)

- Kathy Griffin. (« Avec elle, les potins, ça va être du sérieux. On pourra se moquer de Barbara Walters et de Ryan Seacrest, tout en mangeant une salade césar. »)

- Les Brangelina. (« Oui, parfaitement, ils comptent pour une seule personne. Je voudrais qu'ils m'adoptent. Sinon, je veux bien être la nounou de leurs gosses. Ils en ont… Quoi ? Dix-huit ? Je suis sûre qu'ils ont besoin d'une nounou supplémentaire. »)

Top 3 de tes albums préférés (pour Jake).

- *Quadrophenia*, des Who (« C'est leur meilleur album. Rien de ce qu'ils ont fait ensuite n'a pu atteindre ce niveau. »)

- *Doolittle,* des Pixies. (« Nirvana et Radiohead n'auraient pas existé sans les Pixies. Les Pixies, c'est le top. »)

- *A Love Supreme*, de John Coltrane. (« Le premier album de jazz que j'ai écouté jusqu'au bout. Avant d'entendre Coltrane, je n'aimais pas le jazz. Coltrane, c'est un dieu. »)

J'apporte à ce Top 3 une légère correction, car Jake n'a pas mentionné Abba. Donc, considéré comme le numéro trois non avoué : Abba ! (« Je te dis merde ! Je sais que ça vient d'Anna. Et j'ai pas honte. Abba, ils ont la pêche. Point. On n'en parle plus.)

Top 3 de ce que tu voudrais faire plus tard (pour moi)

- Inventer les noms pour des vernis à ongles. (« C'est amusant comme exercice. J'adore ! J'en ai déjà trouvé quelques-uns en cours de biologie : Fraise Shakespeare, Cramoisi de honte, Vert de jalousie. Etc. Quoi ? Vous n'êtes pas d'accord ? »)

- Prof. (« Pour motiver les élèves venant de milieux défavorisés, leur donner envie de s'en sortir, les aider à briser le cercle vicieux de la pauvreté. Zut, je viens de me souvenir que je déteste les gosses depuis que je suis toute petite. En plus, l'école, c'est mon cauchemar, alors je ne vais pas choisir un métier qui m'oblige à aller tous les jours à l'école. On peut rayer ça de mon Top 3. Comment ça, j'ai pas le droit de rayer ? »)

- Etre heureuse. (« Tout simplement. Eh oui, ce n'est pas rien, c'est même tout un programme. »)

C'est drôle, mais c'est l'option numéro trois qui me paraît la plus difficile à réaliser.

— Et ça, ça ne compte pas ? me demande Jake.

Comme je tourne vers lui un regard interrogateur, il me désigne l'appareil photo posé sur mes genoux.

— Quoi ? Tu penses que je devrais être photographe ?

— Ça te plairait ?

— Non. Je ne crois pas. Enfin, je ne sais pas.

Je mentirais en disant que je n'y ai jamais pensé. Mais je n'ai pas de délires de grandeur, je ne me prends pas pour Annie Leibovitz et je sais que ce n'est pas donné à tout le monde d'être un artiste.

— Ce n'est pas très réaliste, comme rêve, non ?

Il me regarde droit dans les yeux. C'est une expérience intense, de sentir le poids de ce regard.

— Parce que les rêves doivent être réalistes ? me demande-t-il.

Pour lui apprendre à me taquiner, j'attrape l'appareil photo et je prends une photo de lui. Aveuglé par le flash, il sursaute. La voiture fait un écart. Une BMW rouge nous dépasse en klaxonnant.

Jake se rebelle.

— J'essaye de conduire, bougonne-t-il.

— Alors regarde la route.

La photo sort lentement de l'appareil et le film blanchâtre qui la recouvre se dissipe peu à peu, révélant le visage de Jake qui me considère d'un air docte. Elle sera donc témoin de son côté donneur de leçons. Parfait. Je la range dans la boîte à gants.

— Vous allez participer à la manif dans cette tenue ? demande soudain Seth.

Je baisse les yeux pour détailler mes vêtements : T-shirt vert et jean noir.

— Oui. Pourquoi, quelque chose ne va pas ?

— On doit tous s'habiller en noir pour former une « masse noire ». Comme ça les flics auront du mal à nous distinguer les uns des autres, et donc à nous identifier.

Seth porte en effet une chemise noire à manches courtes et un large pantalon noir. Jake a mis son éternel jean noir et un T-shirt noir sur lequel Rain Dogs est inscrit en lettres vertes. Personne ne m'avait prévenue qu'il y avait une tenue réglementaire. Comment pouvais-je le deviner ?

— Je vais me changer, déclare Laney.

Elle enlève aussitôt son débardeur jaune. Elle est maintenant en soutien-gorge — un très joli soutien-gorge rouge — et se détourne posément pour attraper une de ses valises, en exposant au passage les jambes bronzées et incroyablement lisses qui dépassent de son short. Puis elle se rassied sur la banquette avec un petit haut noir à bretelles qu'elle enfile aussitôt.

Je décide de mettre les choses au point et déclare d'un ton ferme :

— Pas question que je me change.

Laney n'a aucune pudeur, mais moi je rougis rien qu'à l'idée de me mettre en soutien-gorge devant Jake et Seth. Sans parler de toutes ces voitures qui nous dépassent.

— Ne joue pas les timides, ricane Laney. Est-ce qu'il faut aussi porter des sous-vêtements noirs ? Parce que j'en ai dans la valise, si c'est nécessaire.

Jake répond en même temps que moi.

— Non !

— J'ai des bandanas pour vous, propose Seth. Je vous les donnerai tout à l'heure. Ah, et surtout, il ne faut pas oublier de noter ce numéro sur votre bras.

Il fouille dans son sac à dos et en sort un papier tout froissé qu'il me tend. Je lis tout haut :

— Association Nationale des Avocats ?

Je fronce les sourcils.

— Parce qu'on risque d'être arrêtés ?

— Simple mesure de précaution, me répond Seth. Au cas où.

Au cas où. C'est très rassurant, vraiment ! Mais Seth a l'habitude et je juge plus prudent de suivre son conseil et de noter le numéro sur la face interne de mon poignet droit, au marqueur noir — en priant pour ne pas avoir à m'en servir.

— Tu es gauchère, fait remarquer Jake d'un ton surpris.

Je remets le capuchon du marqueur et souffle sur l'encre pour la faire sécher.

— Oui, et alors ?

June aussi était gauchère.

Il s'arrête net, me jette un regard de biais, puis fixe de nouveau la route.

— N'est-ce pas ?

Mon cœur cogne. Comment se fait-il que Jake se souvienne de ce détail ? La question me brûle les lèvres, mais je préfère la garder pour moi. Je ne suis pas sûre d'être prête à entendre sa réponse — à supposer qu'il m'en donne une, ce qui est loin d'être gagné.

Je décide donc d'ignorer Jake, éjecte le CD de Bob Dylan et le remplace par Ani, que je voudrais réécouter, parce que, finalement, elle me plaît.

Je crois même que je viens de trouver *la* musique qui exprime ma colère.

Bien que Chicago ne soit pas très loin de Grand Lake, je n'y suis jamais allée. Devon, l'ami de Seth, habite Wicker Park, un quartier de petits cafés et de bâtiments de brique rouge. Nous avons laissé la camionnette et la voiture de Danny près de son immeuble et nous rendons maintenant à pied à la station la plus proche, pour prendre l'El.

Nous formons un groupe étrange, avec nos seaux en plastique et notre banderole roulée. Pourtant, les hipsters et les Portoricains que nous croisons ne nous jettent qu'un regard distrait. Ils doivent avoir l'habitude.

Seth et Devon se mettent à discuter politique, bien entendu, et les autres s'en mêlent. Moi je me tais. On ne peut pas dire que ce soit un sujet qui me passionne. J'ai mes opinions et j'essaye de me tenir au courant de l'actualité. Je ne suis pas non plus complètement ignorante du monde qui nous entoure, comme la plupart des lycéens : je suis capable de localiser la Chine sur un planisphère et je peux même expliquer sommairement le conflit israélo-palestinien. De temps en temps, il m'arrive de délaisser le magazine *People* pour lire *Newsweek*.

Mais Seth et ses amis s'intéressent à tout et ont une opinion tranchée sur tout : sur le racisme, le sexisme, le classicisme, le séparationisme — et bien d'autres mots en « isme » dont j'ignore jusqu'à la signification. Ils ne cessent de se couper la parole, mais quand Devon parle tout le monde se tait pour l'écouter. Je dois avouer que je lui trouve du charisme. Il est grand, il a les épaules larges, il dégage une certaine assurance, il s'exprime avec passion. Je note au passage qu'il est également capable d'écouter, qualité rare et appréciable.

Nous sommes arrivés à la station. Je glisse mon ticket dans la machine pour franchir les barrières.

— C'est la première fois que tu participes à une manifestation ? me demande Devon qui passe juste derrière moi.

J'acquiesce, tout en ajustant mon sac à dos sur mes épaules. Je suis affreusement gênée d'être la seule du groupe à n'avoir jamais participé à une manifestation — avec Laney, bien sûr, mais Laney s'adapte à tout, elle serait à l'aise n'importe où, sauf peut-être dans un couvent.

A ma grande surprise, Devon ne me manifeste aucun mépris. Il me regarde d'un air indulgent, au contraire.

Je cherche à me justifier :

— Là où je vis, on est un peu… dans une bulle.

C'est la vérité. La politique et les problèmes de société ne semblent pas atteindre Grand Lake. On dirait que les gens ne se sentent pas concernés par l'actualité — en tout cas, ils la commentent à peine.

Devon sourit.

— Tu n'es pas une exception, rassure-toi. La plupart des activistes que je connais ont commencé à s'impliquer dans la vie politique au moment de leur entrée à l'université.

C'est vrai que je vais bientôt entrer à l'université, moi aussi. Dans un an, j'aurai terminé le lycée. L'année dernière à la même période, June avait déjà dressé une liste des universités qui l'intéressaient et visité des campus. Moi je fais l'autruche, parce que mes résultats sont très moyens. Quand je compare mes notes à celles de Laney, j'ai honte. Je sais déjà que je n'ai aucune chance d'être admise dans les universités qu'elle brigue. Elle va partir, et moi je passerai quatre ans sur la côte Est, dans une université d'Etat, si j'ai de la chance — quatre ans loin de ma seule amie.

Je continue à ruminer cette désolante perspective durant le trajet en métro. A chaque arrêt, notre wagon freine brusquement : je suis projetée contre Jake, et Devon est projeté contre moi. C'est assez désagréable. Laney est assise en face de nous, près de Seth. Elle rit comme d'habitude à ses plaisanteries. Elle n'a pas à s'inquiéter de l'université, elle. Telle que je la connais, elle sera vite accaparée par ses nouvelles amies, ses nouveaux petits copains, ses nouveaux cours. Elle ne verra même pas le temps passer. Je lui manquerai un peu au début, mais au bout d'un mois je ne serai plus pour elle qu'un vague souvenir. Elle n'a pas besoin de moi autant que j'ai besoin d'elle.

Je remarque une pile de prospectus sur les genoux de Devon et en prends un pour le lire. Ils viennent d'une section locale d'étudiants. Le slogan proclame : « Larguez du savoir, pas des bombes. »

— Pas mal, je fais à Devon.

Il lève les yeux de ses prospectus pour me regarder.

— Tu es contre la guerre, non ?

— Eh bien, je suis contre la mort en général, alors je suis contre la guerre, oui.

— Bonne réponse, dit Jake.

Je scrute son visage : impossible de savoir s'il est sérieux ou s'il se moque de moi.

— Tu crois vraiment que ça sert à quelque chose de défiler dans les rues en brandissant des banderoles ? je demande à Devon. Ne le prends pas mal… J'essaye de comprendre à quoi ça sert, ce que vous faites. Ça change vraiment les choses ?

Devon fronce les sourcils.

— Tout dépend de l'importance de la mobilisation. Plus les protestataires sont nombreux, moins on peut les ignorer. Il…

— La manifestation d'aujourd'hui ne servira à rien, coupe Jake.

Je me tourne vers lui. Comme toujours, il est calme et posé. Devon, lui, semble déstabilisé.

— Tu veux dire que ce qu'on fait ne compte pas ? demande-t-il d'un ton sec qui trahit sa colère.

— Je dis simplement que nous ne sommes plus dans les années 60. Le gouvernement ne va pas changer de politique parce qu'on défile dans les rues.

— OK. Qu'est-ce que tu proposes à la place ? Le silence ?

Jake ne trouve rien à répondre. Devon affiche maintenant un petit rictus suffisant que j'aimerais pouvoir effacer de son visage.

— Avec ton beau raisonnement, tu joues le jeu du gouvernement, mon pote, poursuit-il. Il compte justement sur le fait que les gens s'en foutent. Les médias nous lavent le cerveau et…

Il continue sa harangue, mais je n'écoute plus, parce que sa conversation commence à m'ennuyer. Je comprends qu'on puisse être plein de colère et se révolter contre les injustices. Je ne le comprends même que trop bien… Simplement, je ne suis pas convaincue qu'une manifestation serve à quelque chose.

Nous sommes arrivés à notre station et nous voilà de nouveau dans les rues, à marcher jusqu'au parc, lieu de rassemblement pour le départ de la manifestation. On ne voit pas encore les manifestants, mais on entend déjà leurs chants, accompagnés de percussions et de sirènes. Quand nous atteignons l'entrée du parc, nous les repérons aussitôt : ils ne sont qu'une centaine, rassemblés sur le trottoir d'une rue bloquée par des cordons de police. Ils brandissent des pancartes avec des slogans — *Pas de sang pour le pétrole* et *Rappelez nos troupes*.

— Il n'y a pas beaucoup de monde, marmonne Devon en apercevant la foule clairsemée.

— L'indifférence générale, mon vieux, approuve Seth tristement. C'est pire qu'une maladie.

Devon jette un coup d'œil à son téléphone et nous fait signe de le suivre. Nous nous frayons un chemin en direction d'un groupe de participants vêtus de noir et portant des bandanas. Ce sont sûrement les amis de Devon, de *Students for Direct Action Now*, le groupe qui a rédigé le prospectus que j'ai lu dans le métro. Il en salue quelques-uns, poing contre poing. On lui tend un mégaphone.

— On va commencer à avancer, crie-t-il.

Le mégaphone n'est pas nécessaire, mais donne à son personnage un côté officiel, ce qui est probablement le but recherché.

Laney agrippe le bras de Seth.

— Et nous ? Nos bandanas ?

— Ah oui ! C'est vrai !

Seth fouille dans son sac à dos et nous distribue les bandanas. Laney noue le sien en bâillon. Je m'apprête à faire de même, quand je remarque que le tissu est humide et dégage une drôle d'odeur.

— Ça pue, ton truc, se plaint Laney en plissant les yeux.

— Je les ai imprégnés de vinaigre, explique Seth. C'est pour nous protéger des bombes au poivre.

— Des *bombes au poivre* !

Laney et moi, nous avons crié en même temps. Mais nos protestations sont noyées par les hurlements de Devon et de la foule :

— A qui est la rue ? crie Devon dans son porte-voix.

— A nous ! répond la foule.

— A qui est la rue ?

— A nous !

Au début de la marche, tout se passe plutôt bien, du moins, il me semble, car, n'ayant pas de passé de militante, je n'ai pas d'éléments de comparaison. L'ambiance est bon enfant, les manifestants chantent et scandent des slogans en rythme, en tapant avec des bâtons sur des seaux en plastique et en agitant des pancartes. Je suis entourée par le groupe de Devon — je fais un peu tache avec mon petit haut vert —, et nous avançons un peu plus vite que le cortège, jusqu'à arriver en tête de la marche. Là, Devon fait le tour du groupe en donnant des instructions, mais je n'entends pas lesquelles. Il semble agité. Qu'est-ce qui lui prend ?

Ça commence à se gâter quand nous arrivons à hauteur d'un attroupement de gens postés de l'autre côté des barrières, sur le trottoir. Je crois d'abord qu'il s'agit de manifestants qui veulent se joindre à nous, puis je remarque leurs pancartes — *Lévitique 20 :13* et *Dieu n'aime pas les pédés.*

J'aimerais bien savoir comment ils ont pu déduire de nos revendications antimilitaristes que nous étions homosexuels et je suis même sur le point d'aller leur poser la question, quand je croise le regard brûlant de haine d'un homme qui agite une Bible en hurlant. D'accord, j'ai compris. Il ne faut pas attendre de ces fanatiques un raisonnement cohérent.

— Ignorez-les, dit Jake à Devon et à Seth qui font mine de se diriger vers ces « combattants à la Bible ».

— Ecoute, mec, je sais que tu n'as pas fait ça depuis longtemps, alors tu as peut-être oublié comment on procède, lui répond sèchement Devon.

Il se tourne vers Seth.

— Tu viens ?

Seth jette un regard hésitant du côté de Jake, puis il acquiesce.

— Je te suis, Dev, dit-il en emboîtant le pas à Devon qui s'éloigne déjà.

Jake le retient par le col de sa chemise.

— Sois raisonnable, Seth dit-il. Laisse tomber. Fais pas l'idiot.

Il y a dans sa voix une sorte de frustration désespérée qui me rappelle la mienne quand je cherche à convaincre Laney de ne pas boire cinq vodkas d'affilée, tout en sachant qu'elle va le faire.

— Tu as peur qu'on démonte la tête de ces bigots ? ricane Seth. Ils nous cherchent, ils vont avoir ce qu'ils méritent.

— Tu leur donnes de l'importance et c'est ce qu'ils veulent, lui rétorque Jake.

— Si tu ne voulais pas de bagarre, il ne fallait pas venir.

Seth se dégage d'un coup d'épaule, puis s'empresse de rattraper Devon.

Laney demande à Jake :

— Qu'est-ce qu'ils vont faire ?

— Rien de bien, répond-il avec un rictus amer.

Notre cortège ralentit peu à peu, à mesure que les manifestants, menés par Devon, s'arrêtent pour huer les contre-manifestants — qui sont environ une trentaine. Il me semble reconnaître Danny et Anna à côté de nous, mais leurs visages sont masqués et je ne suis pas très sûre que ce soit bien eux. Tout le monde lance maintenant des insultes et des insanités au groupe de prédicateurs fous. Bien sûr, ceux-ci répondent sur le même ton.

L'homme qui brandit une Bible ricane, ce qui le fait ressembler à un pitbull enragé.

— Rentrez chez vous, avec votre propagande communiste, bande de pédés.

— Pédés, hein ? lance Anna.

C'était donc bien elle. Je ne vois que ses yeux, mais cette fois j'ai reconnu sa voix.

— Tu veux voir une homo en pleine action ? demande-t-elle.

Elle arrache son bandana, attrape Laney par le cou et se met à l'embrasser à pleine bouche. Je dois reconnaître que Laney assure : elle embrasse elle aussi Anna, passionnément. Autour de nous, c'est un véritable déchaînement de joie. Pas du côté des bigots, bien entendu. Le visage du pitbull a pris une inquiétante teinte rouge tomate et il semble au bord de la rupture d'anévrisme.

Ensuite, tout va très vite. C'est un peu comme pour la guerre d'Indépendance, où personne ne se risquerait à dire qui, des colons américains ou de l'armée britannique, a déclenché les hostilités. C'est peut-être le bigot enragé qui frappe le premier, en réaction au baiser de Laney et Anna. Ou bien c'est un manifestant qui le frappe en le voyant lancer sur le couple un énorme crachat qui décrit un arc de cercle avant d'atterrir sur les cheveux d'Anna. Impossible de savoir… En tout cas, il y a brusquement une grande agitation, des cris indignés, des hurlements, on déchire des pancartes, les poings volent.

La bousculade m'éloigne de Laney, mais Jake est toujours à côté de moi.

— Viens, dit-il en me saisissant le bras pour me tirer à l'écart.

Je plante mes talons dans le sol.

— Mais Laney…, je proteste.

Je n'irai nulle part sans elle.

— Les flics débarquent, me répond-il. Il faut filer.

Merde… En tendant le cou, j'aperçois en effet plusieurs

policiers qui s'approchent de la mêlée au milieu de laquelle Laney est coincée.

Je fais mine de la rejoindre, pour la prévenir, mais Jake me retient par le bras.

— Ne sois pas stupide.

— Je n'abandonnerai pas Laney ! Pas question !

— Personne n'abandonne personne, répond-il posément. Je m'occupe de Laney. Toi, tu vas te mettre à l'abri.

Il me montre du doigt une ruelle entre deux bâtiments, de l'autre côté de la rue.

— Va m'attendre là-bas et ne bouge pas.

— Mais…

— Va m'attendre là où je t'ai dit, répète-t-il d'un ton qui n'admet pas de réplique.

Puis il remonte son bandana sur son visage et se dirige vers le groupe des combattants qui ne cesse de grossir. J'hésite une seconde à le suivre, puis j'opte pour la ruelle. En quoi ça aiderait Laney que je me fasse arrêter moi aussi ?

Seigneur… Si l'une de nous deux était arrêtée, ce serait une catastrophe, car nous sommes des mineures en fugue…

Je suis tellement affolée que je bute sur le rebord du trottoir en traversant la rue. Je fais un vol plané, j'atterris sur le béton, où je reste allongée quelques secondes, complètement sonnée. Puis je me relève et fonce me mettre à l'abri entre les deux bâtiments que Jake m'a indiqués. J'ai un bras et un genou écorchés. Ça fait mal. J'ai aussi un accroc à mon jean. C'était mon préféré. Super.

Je m'adosse au mur de brique et ferme les yeux. Jake n'est toujours pas là, Laney non plus. Mais qu'est-ce qu'ils font ? J'essaye de me convaincre que Laney va s'en tirer — elle s'en tire toujours. Et puis Jake a dit qu'il allait la chercher, non ? Je ricane. Tu parles… Comme si on pouvait lui faire confiance, à celui-là. Il n'est même pas capable de me dire franchement ce qu'il y avait entre June et lui.

Je me rends soudain compte que ça doit bien faire trois heures que je n'ai pas pensé à ma sœur. C'est un record. Quand je pense à elle, je souffre, mais quand je n'y pense pas je me sens coupable. Ce voyage, c'est pour elle que je le fais. Uniquement pour elle. Je *dois* penser à elle, même si c'est un fardeau. Je mérite la culpabilité qui me noue la gorge. Je mérite de souffrir. Je n'ai pas su l'aider quand elle était en vie.

De rage, je frappe le mur en envoyant mon bras par-dessus ma tête. C'était le bras blessé, je hurle de douleur. Je me sens stupide, mais soulagée, parce que la douleur est préférable au vide, ou à cette colère qui siège dans ma poitrine, frémissante, sans jamais exploser vraiment.

Je suis un vrai gâchis. Je ne vaux pas mieux que ces filles du lycée qui se tailladent la peau avec des épingles de sûreté ou des lames de rasoir, et qui exhibent ensuite fièrement leurs cicatrices, comme s'il s'agissait de bracelets en argent. Pourquoi je ne peux pas *ressentir* comme une personne normale ?

Enfin, Jake apparaît. Laney le suit, à bout de souffle. Elle se jette sur moi et me serre convulsivement dans ses bras, mais je suis trop faible pour lui rendre son étreinte.

— Ça va ? je lui demande, quand je peux de nouveau parler.

— Moi ça va, me répond-elle. Mais les flics sont en train d'embarquer Anna et Devon. Et je ne sais pas où est passé Seth.

Elle écarquille les yeux en voyant l'état de mon bras.

— Oh ! merde ! Qu'est-ce qui t'est arrivé ?

— Je suis tombée.

Je hausse les épaules.

— Ce n'est rien.

Elle cherche mon regard, puis acquiesce et se tourne vers Jake — tout en m'agrippant le poignet, comme si elle craignait que je ne m'envole.

— Qu'est-ce qu'on fait maintenant ? lui demande-t-elle.

Il jette un coup d'œil par-dessus son épaule.

— On se tire dès que la voie est libre. Et vite.

7

Dès que c'est possible, nous quittons l'abri de notre ruelle et fonçons droit devant nous en courant à perdre haleine. Je crie grâce au bout de quelques centaines de mètres, devant une épicerie qui fait le coin d'une rue : je suis sur le point de tomber dans les pommes. Les deux autres, qui sont comme moi à bout de souffle, ne se font pas prier pour s'arrêter.

— Il faut qu'on y retourne, dit Laney en haletant. Seth…

— Oublie Seth, il n'a pas besoin de nous, lui rétorque sèchement Jake.

Puis il la pousse fermement à l'intérieur de l'épicerie.

— Ce n'est pas la première fois qu'il se retrouve dans cette situation. Il s'en tirera très bien tout seul.

Laney fait la moue, elle n'a pas l'air convaincue.

— Il a probablement déjà filé, poursuit Jake. Tu crois qu'on a intérêt à attirer l'attention des flics en ce moment ? Je n'ai pas envie d'aller en prison à cause de vous.

Ça ne m'avait pas effleuré l'esprit, mais c'est vrai qu'il serait passible de prison pour avoir véhiculé deux mineures en fugue… Je l'imagine, menottes aux mains, à l'arrière d'un fourgon de police. Jusque-là, je n'avais pensé qu'à Laney et à moi. Nous risquons d'être privées de sortie à notre retour, mais Jake, lui, risque la prison si nos parents décident de prévenir les flics. C'est beaucoup plus grave…

Laney ne répond rien et s'engage tête basse dans un rayon. Je lui emboîte le pas et la regarde choisir un paquet de chewing-gums qu'elle examine avec une concentration exagérée, en m'ignorant ostensiblement.

Je tente un rapprochement :

— Je suis sûre que Seth s'en sortira. Il a l'habitude. Il l'a dit lui-même.

— Je suppose, murmure-t-elle, toujours sans me regarder.

— Je sais que tu t'inquiètes pour lui, mais Jake a raison. Ça ne servirait à rien de retourner le chercher : il a probablement déjà filé avec Danny et Anna.

— Je voulais simplement…

Elle se mord la lèvre.

— J'aurais aimé lui dire au revoir.

L'argument me laisse sans voix. Je connais la sensation de ne pas avoir pu dire au revoir à quelqu'un qu'on ne reverra pas. Sauf que dans mon cas c'est autrement plus définitif.

— Tu l'appelleras tout à l'heure sur son portable, je propose.

Comme elle ne répond pas, je lève les yeux au ciel, exaspérée.

— Bon, arrête un peu maintenant. Ce n'est pas comme s'il était mort.

Ça m'a échappé. Je voudrais ravaler mes paroles, mais trop tard. Laney me jette un regard froid et dédaigneux. Puis elle soupire.

— Peu importe. Je vais boire un café.

Et sur ce, elle s'éloigne. Si j'étais une amie digne de ce nom, je la rattraperais pour la consoler. Sauf que je ne suis pas en état de consoler qui que ce soit. Je décide donc d'aller errer au fond du magasin, du côté des produits surgelés, pour plonger mon coude tuméfié dans un congélateur. Je profite du soulagement que me procure le froid, quand une voix hurle dans mon oreille :

— Hé !

Je fais un bond d'un mètre en arrière et je rugis :

— Ne me fais plus jamais ça ! Bon sang…

— Désolé, s'excuse Jake.

Mais il n'a pas l'air désolé, il est hilare.

— Ça va ? me demande-t-il.

— Pourquoi ça n'irait pas ?

— Ben… Tu n'as pas laissé la moitié de ton bras sur le trottoir de Michigan Avenue ?

Je hausse les épaules.

— Ça brûle un peu, c'est tout. Ce n'est pas grave.

— Fais voir.

Sans me laisser le temps de protester, il me prend le bras et palpe du bout des doigts mon poignet et mon coude. Je grimace de douleur, mais je ne peux pas m'empêcher de remarquer que le contact de ses doigts frais sur ma peau brûlante n'est pas désagréable. Puis, brusquement, il me lâche.

Il a rougi, ou je me fais des idées ?

— Je crois que tu n'as rien de cassé, dit-il. Mais tu devrais désinfecter et mettre un pansement.

Bonne idée. Je vais chercher de la gaze, des pansements, et une crème antibactérienne, puis je rejoins Jake et Laney au comptoir. Le caissier nous considère d'un œil méfiant quand nous posons nos achats sur le tapis. Il se doute probablement que nous venons de la manifestation et semble prêt à attraper une batte de base-ball. Je tente mon plus beau sourire, mais ça ne suffit pas à le rassurer. Il se détend tout de même un peu quand Jake sort un billet de vingt dollars.

Durant le trajet en métro qui nous ramène à Wicker Park, nous demeurons tous les trois silencieux. Je prends le siège près de la fenêtre ; Laney va s'asseoir de l'autre côté de l'allée, à l'écart, en faisant claquer le chewing-gum qu'elle mâchonne d'un air sombre. Jake s'installe près de moi, sa hanche tout contre la mienne, les pieds posés sur la banquette d'en face.

— Comment va ton coude ? demande-t-il.

Comme je hausse les épaules, il lève les yeux au ciel et sort sans un mot la pommade et les pansements du sachet d'épicerie. Comprenant qu'il veut soigner mon bras, je n'ose pas refuser et me laisse faire, mais j'en ai presque le vertige — ce qui est totalement ridicule, car ce type m'exaspère, en fait, et je n'ai aucune raison d'être troublée par lui.

Nous ne tardons pas à arriver à notre arrêt et rejoignons à pied la camionnette. Après un dernier regard vers l'immeuble de brique rouge où habite Devon, nous nous engouffrons avec soulagement dans l'habitacle, sans échanger un mot. Jake met le moteur en route. Nous bouclons nos ceintures. Nous avons tous les trois hâte de partir.

Laney s'endort avant même que nous ayons quitté la ville. Elle ronfle bruyamment, recroquevillée sur l'accoudoir, totalement épuisée. Moi aussi je suis épuisée, mais je ne dors pas, je regarde défiler les lignes pointillées blanches de l'autoroute — symbole des kilomètres qui nous séparent encore de la Californie.

Je détourne les yeux vers la vitre de ma portière et laisse mon esprit vagabonder. Et forcément, il m'entraîne vers June.

C'est affreux, je viens de me souvenir que nous nous sommes disputées pour des broutilles la dernière fois que je l'ai vue.

J'étais assise sur mon lit, mon livre d'histoire ouvert près de moi, posé à l'envers sur le matelas. J'avais abandonné la lecture d'un texte sur Charlemagne pour me vernir les ongles de pied, tout en parlant au téléphone avec Laney de nos projets de week-end. Elle cherchait à me convaincre d'accepter une invitation.

— Sara vient de m'appeler. Ça va être une fête d'enfer, on va s'éclater. Ça commence chez elle, ensuite vers 2 heures du matin on ira tous à la piscine municipale. Le frère de Greg y a travaillé comme maître-nageur l'année dernière, Greg dit qu'il sait comment entrer. On va tous se baigner à poil. Tu ne trouves pas ça génial ?

— Pas du tout, avais-je répondu. Je trouve ça grotesque.

— Allez ! avait gémi Laney. Pour une fois qu'il se passe quelque chose d'intéressant.

Elle n'avait pas tort. Le week-end, nous avons en général le choix entre le bowling, une fête nulle, ou un film dans l'unique cinéma de la ville. Les distractions à Grand Lake sont rares et pas top.

J'avais fini de passer le vernis noir et j'en étais à la délicate opération consistant à tracer un trait rouge en pointillés. Le téléphone toujours coincé entre l'oreille et l'épaule, j'allais commencer le gros orteil du pied gauche quand ma porte s'était ouverte à la volée. Bien entendu, ça m'avait fait sursauter et j'avais raté mes pointillés.

June se tenait sur le seuil, l'air passablement énervée. Je ne me souviens pas de ce qu'elle portait, ni si ses cheveux étaient lâchés ou attachés. Tout ce dont je me souviens, c'est qu'elle m'a demandé d'un ton peu amène si c'était moi qui avais pris un de ses cahiers de cours. Mais qu'est-ce que j'aurais bien pu faire de son cahier de cours, franchement ?

Je me fichais complètement de ce cahier, oui, mais j'étais

contrariée à cause de la ligne en pointillés que je venais de rater. Aussi, j'avais répondu très sèchement :

— Non, je n'ai pas ton cahier ! Sors de ma chambre !

Elle avait marmonné quelque chose, je ne me souviens plus quoi, avant de tourner les talons et de filer sans même refermer ma porte.

Je m'étais levée pour la claquer d'un geste rageur, tout en commentant dans le téléphone, à l'intention de Laney :

— Non, mais vraiment, quelle emmerdeuse !

Ensuite je n'ai plus pensé à June. On a parlé de Mme Collins, notre professeure de physique, et d'Angela Tapely, une fille de notre classe. Angela se lève au moindre prétexte pour se pencher sur le bureau de la prof et lui montrer ses décolletés affriolants. Elle rit à ses blagues débiles sur la thermodynamique. On trouvait ça louche.

C'est vraiment trop bête que je me souvienne de la couleur de mon vernis, mais pas des vêtements que portait ma sœur, ni de ce qu'elle m'a dit avant de quitter ma chambre.

Avant d'aller se suicider.

Je m'efforce de ne plus y penser et ferme les yeux pour écouter Neil Young — je sais que c'est Neil Young parce que Jake me l'a dit. Avec lui, j'ai droit à un cours d'histoire de la musique à chaque nouveau morceau.

Le plus dingue, c'est que ça m'intéresse. Mais je ne vais certainement pas le lui avouer.

Quand Neil Young se termine, ça enchaîne sur Grace Slick.

— C'était une activiste, m'explique Jake. Tu sais qu'elle a tenté avec Abbie Hoffman de mettre du LSD dans le thé du président Nixon ? Elles ont failli réussir, tu te rends compte ? C'était vraiment une tueuse. Elle a bousillé sa voiture sur le pont du Golden Gate en faisant une course et elle a écrit une chanson là-dessus : *Never argue with a German if you're tired or European…*

Je n'entends pas la suite parce que je m'endors…

Je rêve que je suis dans la voiture de June. Nous roulons vitres ouvertes, sans musique, sans parler — rien que nous deux dans la chaleur de l'été, avec la route qui s'ouvre devant nous. Je sais que c'est June qui conduit mais, quand je tourne la tête vers elle, je suis éblouie par une lumière aveuglante qui m'empêche de voir son visage. Je me détourne et offre mon visage au soleil et au vent. Quand je risque de nouveau un coup d'œil du côté du siège du conducteur, il est vide, il n'y a plus personne au volant.

Jake a dû rouler sur une bosse de la chaussée parce que je suis réveillée en sursaut quand ma tête heurte la vitre de ma portière, si violemment que je vois des étoiles — ironie, la stéréo diffuse en ce moment une chanson d'Elton John qui parle d'un homme fusée. En palpant mon crâne je constate que j'ai une bosse en passe de devenir aussi grosse qu'un œuf. Super ! J'avais déjà le coude et le genou blessés, maintenant c'est la tête. La vie est vraiment trop cool avec moi en ce moment !

— Fais un peu attention ! lance Jake. Je ne crois pas que tu puisses te permettre de perdre des cellules nerveuses.

Je lui jette un regard furieux. Ce n'est pas ma faute s'il ne sait pas conduire !

Je me frotte les yeux, comme pour chasser les images de mon rêve.

— On est où ? je demande.

— Toujours dans l'Illinois. Mais plus très loin de la frontière du Missouri. J'ai quitté l'autoroute il y a quelques minutes.

Il bâille.

— Je commence à être fatigué.

— Tu ne voulais pas que Laney te relaie pour conduire ?

Je jette un coup d'œil à l'arrière : Laney est toujours recroquevillée sur son siège, profondément endormie. J'ai obtenu mon permis d'apprentie conductrice il y a des mois, mais je n'ai pas encore trouvé le temps de passer l'examen final. Il n'y avait pas d'urgence, puisque j'avais Laney et June pour me véhiculer. Maintenant, je n'ai plus que Laney.

— Tu crois que je laisserais n'importe qui s'asseoir derrière ce volant ? me demande Jake d'un ton incrédule. Tu délires ! C'est moi qui vais conduire. J'ai simplement besoin de dormir un peu. Ensuite on repartira.

Nous nous arrêtons devant un motel en bordure de route. Une enseigne jaune au néon indique qu'il y a des chambres disponibles — le A du mot chambre clignote par intermittence. Jake se gare dans le parking et descend de la camionnette. Il prend cinq minutes pour s'étirer le dos, puis se tourne vers moi.

— Reste là, m'ordonne-t-il.

Evidemment que je vais rester là, où voudrait-il que j'aille ?

Il revient quelques minutes plus tard avec une carte magnétique et remet la camionnette en route pour contourner le bâtiment. Il se gare cette fois devant une rangée de portes vertes, secoue Laney pour la réveiller et lui tend la carte. Elle descend en marmonnant, visiblement mécontente d'avoir été réveillée. Je m'apprête à la suivre, mais Jake me retient.

— Attends, dit-il. Il faut que tu appelles ta mère.

Je n'ai aucune envie de parler à ma mère, mais il a raison, il faut que je l'appelle.

— D'accord, je murmure.

Nous descendons tous les deux de la camionnette et il m'entraîne vers la cabine téléphonique à pièces qui se trouve près de la machine à glaçons. Comme il s'assied près de la cabine, je me tourne vers lui et déclare sèchement :

— Tu peux y aller, maintenant, je n'ai pas besoin que tu me tiennes la main.

— Cesse de te comporter comme une gamine de cinq ans qui n'a pas fait sa sieste, me répond-il d'un air posé. Je dois appeler mon frère, quand tu en auras fini avec ta mère, si ça ne te dérange pas.

— Tu n'as pas de téléphone portable ?

— C'est un téléphone prépayé et je n'ai plus que cinq minutes de communication, que je garde pour les situations d'urgence.

— Tu peux appeler le premier, si tu veux.

Il sourit.

— Non. J'ai envie de voir comment tu t'en sors.

Le salaud ! Je lui jette un regard noir et décroche l'appareil, en évitant de poser mes doigts sur le chewing-gum gris collé sur le manche. Je vais me faire remonter les bretelles, par maman ou par tante Helen, celle qui décrochera, et Jake prend d'avance un plaisir sadique à assister à ça.

Je glisse mes pièces et tape mon numéro sans hésitation, histoire de lui montrer que je ne suis pas intimidée par sa présence. Mais, quand j'entends sonner à l'autre bout, le nœud que j'ai à l'estomac me monte à la gorge. Je compte les sonneries… A la cinquième, le répondeur va se déclencher. Pourvu qu'il se déclenche…

A la quatrième sonnerie, je retiens mon souffle. Bientôt sauvée ! Mais juste avant le déclic tant attendu, c'est ma mère qui décroche, haletante.

— Allô ?

Un long silence s'ensuit, ponctué de sa respiration.

— Allô ? Qui est à l'appareil ?

— Salut, je murmure, en enroulant le cordon métallique autour de ma main.

— Harper ! Où es-tu ?

C'était un cri de soulagement, on ne peut pas s'y méprendre. Ça ne va peut-être pas se passer aussi mal que je le redoutais. Je reprends un peu d'assurance.

— Je vais bien. Je suis avec Laney et tout va bien.

— Mais d'où appelles-tu ? Je vais demander qu'on vienne te chercher. Je peux venir moi-même, si tu veux.

— Non.

Je n'ai pas hésité. *Non.* Elle ne va pas venir me chercher. Je cesse de triturer le cordon du téléphone. Je ne vais pas me laisser faire.

— Je n'ai pas l'intention de te dire où je suis, maman. J'appelais juste pour te rassurer. J'ai besoin de prendre des distances pour réfléchir.

— Tu pourrais réfléchir à la maison, supplie-t-elle.

Son désespoir me déchire. L'espace d'une seconde, je suis tentée de l'écouter. Peut-être que je devrais rentrer à la maison. Elle est ma mère, après tout. Elle souffre et je la torture. Puis je pense à June. A sa docilité. A la carte postale de Californie pliée dans la pochette extérieure de mon sac marin. Non. Je dois aller jusqu'au bout. Pas question de renoncer.

— Je ne peux pas, d'accord ? Je ne peux pas.

Avec un soupir, je me détourne et baisse la voix.

— Dis aux parents de Laney qu'elle va bien.

— Ta sœur…

La voix de ma mère se brise, puis elle éclate en sanglots.

— L'urne…

Elle pleure, elle pleure comme si elle ne devait jamais s'arrêter, comme le jour des obsèques de June. Le nœud dans ma gorge enfle, je cherche quelque chose à dire pour la consoler. Mais je n'en ai pas le temps :

— Harper. Dis-moi où tu es, tout de suite.

Tante Helen a pris le téléphone. Je préférais encore les pleurs de ma mère.

— Je ne plaisante pas ! hurle-t-elle, comme je ne dis rien.

— Arrête un peu ! je lui rétorque sur le même ton. J'appelle simplement pour dire qu'on va bien. Pour que… pour que vous ne vous inquiétiez pas.

— Pour qu'on ne s'inquiète pas ?

Tante Helen hurle si fort que ça me fait sursauter. J'écarte le téléphone de mon oreille.

— Tu disparais sans prévenir, tu refuses de dire où tu es et tout ce que tu trouves à dire pour ta défense c'est que tu ne veux pas qu'on s'inquiète ?

— Je suis juste…

— Est-ce que tu te rends compte que tu n'es qu'une sale petite égoïste ?

Je la vois venir avec ses gros sabots : je vais avoir droit à un sermon en règle.

— Comme d'habitude, tu ne penses qu'à toi. Ce que ressentent les autres, ça ne te concerne pas. Si tu avais besoin d'attention, tu aurais dû…

— Je n'ai pas besoin d'attention ! je hurle.

Ma tête me lance, comme si elle était sur le point d'exploser. Je respire et tente de reprendre plus calmement :

— Tante Helen, si tu faisais l'effort de m'écouter, pour une fois, juste une minute.

Elle pousse un gros soupir, que je ne connais que trop bien. Evidemment, elle met mon geste sur le compte de mon égoïsme. Pourquoi en suis-je étonnée ? Pour elle, je suis une ratée, une minable. Une déception. C'est June qui s'est donné la mort dans notre garage, mais l'égoïste et la déception, c'est quand même moi. Et ce sera toujours moi. Ça ne changera jamais.

— Je n'arrive pas à comprendre comment tu peux te comporter de la sorte, Harper. Vraiment, je ne comprends pas. Raccroche ce téléphone et rentre à la maison. Tu as besoin de…

J'en ai tellement marre qu'on prétende savoir de quoi j'ai besoin que ça me donne envie de vomir.

Je presse mon front contre la paroi de la cabine et je murmure :

— Je ne peux pas. Je suis désolée. Je dois y aller.

Et sur ce, je raccroche, sans laisser à tante Helen le temps de protester. Durant quelques secondes, je reste là, à contempler l'appareil, en imaginant tante Helen en train de se lamenter et d'enrager à l'autre bout — vision qui me procure un plaisir intense, je l'avoue, et tant pis si ça fait de moi un monstre.

Je ferme les yeux. Un moustique bourdonne autour de ma tête, la vieille machine à glaçons ronronne. Je sens derrière moi la présence de Jake, l'odeur de son après-rasage, légèrement épicée, qui se mêle à celle de sa cigarette. C'est étrange, parce que ça me réconforte. C'est bon d'être là, tout près de lui, à respirer son odeur.

Une porte claque quelque part derrière nous et Jake en profite pour rompre le silence.

— Comment ça s'est passé ? demande-t-il.

Cette fois, mon regard cherche le sien. Il a les cheveux en bataille, comme s'il sortait du lit, et ses yeux paraissent plus sombres à la lueur des réverbères. Je ne peux pas m'empêcher de remarquer que son T-shirt noir le moule et que ça lui va bien.

Ça me fait un petit coup au cœur, puis je me sens vaguement coupable, ou honteuse, je ne sais pas trop. Et ensuite je me dis — et après ? C'est normal que je le trouve sexy, non ? Il est pénible, avec son côté donneur de leçons, mais tout à l'heure il nous a sauvées, Laney et moi. Sans lui, on aurait peut-être pris des coups. Ou les flics nous auraient embarquées. Il a eu une conduite chevaleresque, il faut le reconnaître. Je ne suis pas une princesse enfermée dans une tour et il n'a rien d'un prince charmant, mais en revanche, il est vraiment pas mal du tout et c'est normal qu'il me plaise. Il faudrait être aveugle pour ne pas remarquer ses biceps et ses longs cils.

Mais je n'arrive pas à oublier le commentaire d'Anna. Est-ce qu'elle a voulu dire qu'il y avait quelque chose entre Jake et ma sœur ? Je dois garder mes distances tant que ce point n'est pas éclairci.

Je me décide à répondre :

— Oui, comme tu as pu l'entendre, ça s'est passé merveilleusement bien. J'ai eu droit au sermon habituel : je suis une égoïste, je les ai déçues, je ne pense qu'à moi, je pourris la vie de ma mère. D'après ma tante.

Il m'adresse un demi-sourire.

— Elle a l'air vraiment charmante, cette tante.

— Elle peut dire ce qu'elle veut, je m'en fiche.

Parfaitement. Je m'en fiche. J'en ai vraiment plus que marre. De tout. Et en particulier d'être tenue pour responsable de la misère du monde. J'ai la mienne à gérer, ça me suffit amplement.

Je vais aller en Californie pour répandre les cendres de June dans le Pacifique, comme elle l'aurait voulu, comme elle le mérite.

Un point c'est tout.

8

En entrant dans la chambre, nous trouvons Laney endormie sur un lit qu'elle n'a même pas pris la peine de défaire. Elle ne bouge pas quand nous ouvrons et fermons la porte, ni quand Jake allume la télévision. Après que j'aie raccroché le téléphone, Jake a appelé son frère, mais la moitié de conversation que j'ai entendue ne m'a pas vraiment renseignée sur ce qu'ils se sont dits — « Salut. Pas vraiment. D'accord. Oui. OK. Non pas encore. Ouais. Ça marche. Toi aussi. Salut. »

La chambre est meublée sommairement, avec deux lits jumeaux qui ont connu des jours meilleurs, une table de nuit entre les deux, et la télévision. Il n'y a rien à piquer, à part une Bible que je trouve dans le tiroir de la table de nuit et dont je feuillette distraitement les pages jaunies.

— C'était quoi, le passage que le type hurlait à la manifestation ? je demande. Ça commençait par un L…

— Lévitique 20 :13, répond Jake sans hésitation. « Si un homme couche avec un homme comme on couche avec une femme, ils ont fait tous deux une chose abominable ; ils seront punis de mort : leur sang retombera sur eux. »

Il m'adresse un petit sourire attristé.

— Il est souvent cité, ce passage. Evidemment, ceux qui s'en gargarisent oublient que le Lévitique interdit aussi de consommer des crevettes ou de se couper les cheveux. Sur le même thème, on peut aussi se référer aux Corinthiens 6 : 9, ou à un autre passage du Nouveau Testament.

Je referme ma Bible d'un coup sec. Je crains un instant d'avoir réveillé Laney, mais elle ne bronche pas et continue à dormir du sommeil du juste.

— Je hais les religions. Je ne supporte pas ces gens qui passent leur temps à justifier leurs stupides croyances de bigots en citant des passages de la Bible.

— Je comprends, approuve-t-il posément. Mais il n'y a pas que du mauvais, dans la Bible.

— Vraiment ? je demande, d'un ton sceptique.

— Ecoute.

Il vient s'asseoir près de moi et me prend la Bible des mains.

— Attends…

Il feuillette rapidement les pages.

— Je vais te lire un passage que j'aime beaucoup : « Mais les âmes des justes sont dans la main de Dieu, et le tourment de la mort ne les touchera pas. Aux yeux des insensés ils ont paru mourir, et leur sortie de ce monde a été regardée comme une affliction, et leur séparation d'avec nous comme un anéantissement, et cependant ils sont en paix. »

Il marque un temps de pause et me regarde dans les yeux pour réciter la ligne suivante.

— « Et s'ils ont souffert des tourments devant les hommes, leur espérance est pleine d'immortalité. »

Je reste silencieuse quelques minutes, à méditer sur le sens de ce que je viens d'entendre. Finalement, je dis :

— Donc tu crois en Dieu.

Il ne cille pas.

— Non, je ne crois pas en Dieu.

— Tu ne crois pas en Dieu et tu récites par cœur des passages de la Bible comme… comme un mormon ?

— On voit que tu n'as jamais rencontré un mormon, Harper… J'ai reçu une éducation catholique, tout simplement.

— C'est vrai ?

J'en reste bouche bée. Jake est catholique ? Il le cache bien. J'ai envie d'en savoir plus :

— Tu t'es confessé et tout ça ?

Il acquiesce.

— Confession, rosaire, *Je Vous Salue Marie*, le pape et tout le tremblement. Ou presque.

— C'est drôle. J'ai du mal à t'imaginer en… en fervent catholique et… à t'imaginer dans une église.

— Je n'étais pas précisément un enfant de chœur, reconnaît-il.

Il m'est arrivé plus d'une fois de faire sortir une religieuse de ses gonds. Crois-moi, c'est impressionnant.

Il lâche la Bible et soupire.

— Je suis athée, mais je comprends les croyants. Je comprends qu'ils aient besoin de croire en quelque chose qui les dépasse. Ça les aide à vivre.

Ces réflexions me rappellent un texte que j'ai étudié au premier semestre.

— Tu veux dire que la religion est l'opium du peuple ?

— Possible, dit-il après un temps de silence. Mais je n'approuve pas cette attitude qui consiste à mépriser les gens quand ils ont des croyances ou des goûts différents des vôtres.

— Tu raisonnes autrement quand il s'agit de musique.

Il comprend aussitôt l'allusion à ses discussions houleuses avec Laney.

— C'est différent.

— En quoi est-ce différent ? j'insiste. Tu considères que la soupe pop qu'on nous sert à la radio incarne tout ce qu'il y a de mauvais dans notre société, mais après tout, cette soupe, elle plaît à certains. C'est donc qu'elle leur fait du bien. Alors, du moment qu'on ne t'empêche pas d'écouter la musique que tu aimes, Subway Sect, Siouxsie and the Banshees, ou n'importe quel autre groupe que *toi* tu vénères, tu n'as rien à dire.

Il se tourne vers moi pour me dévisager.

— Très bien, tu marques un point, concède-t-il, non sans réticence. On dirait en tout cas que tu m'écoutes quand je parle de musique, ça fait plaisir.

— Est-ce que June t'écoutait aussi ? je rétorque.

Il m'a fallu du courage pour poser cette question, mais j'en ai marre de tourner autour du pot. Je veux qu'il me parle de June, qu'il me dise ce qu'il sait d'elle et que j'ignore.

— On avait conclu un marché, m'explique-t-il. J'écoutais son bla-bla sur les maths, les livres et tout le reste. Elle écoutait ma musique.

— Mais tu penses qu'elle l'aimait ?

Il se rembrunit.

— Elle n'aimait que les chansons tristes, dit-il.

J'en reste sans voix, le souffle coupé. Jake a dû interpréter mon silence comme la fin de notre conversation, parce qu'il s'empare de la télécommande et se met à zapper de chaîne en chaîne. Il choisit une chaîne spécialisée dans les documentaires animaliers et la nature qui diffuse en ce moment l'émission de Skye Desmond, *Wild at Heart.* Le concept de l'émission, c'est que Skye est débarqué avec son équipe dans un milieu hostile et doit se débrouiller pour survivre — en utilisant des techniques extrêmes comme boire son urine ou piquer du miel à un essaim d'abeilles.

J'adore cette émission, même si, je l'avoue, je suis plus intéressée par les abdominaux et la belle gueule de Skye que par ce qu'il raconte.

Je m'installe sur le lit que je vais partager avec Laney, pour suivre d'un œil distrait les aventures de Skye qui traverse en ce moment la toundra enneigée de l'Alaska. Jake a raison : certains ont besoin de croire en quelque chose qui les dépasse, comme tante Helen. Ou comme Laney, qui se persuade que nous avons un destin tout tracé. J'envie leurs certitudes, mais je ne peux pas les partager. Moi, j'ai besoin de me sentir libre.

Je n'ai jamais abordé ce genre de sujets avec June. C'est trop bête, vraiment. J'aurais aimé avoir avec elle la conversation que je viens d'avoir avec Jake, savoir ce qu'elle pensait de la religion. Mais nous passions notre temps à nous chamailler pour des broutilles.

Maintenant c'est trop tard. Et j'ai la sensation de ne rien savoir de celle qui a été ma sœur.

— Qu'est-ce que ça veut dire, « *Nolite te bastardes carborundorum* » ? je demande.

Jake garde les yeux rivés à la télévision. Skye Desmond est en train d'ôter sa parka, puis ses sous-vêtements, sous le prétexte d'expliquer qu'ils sont conçus pour conserver la chaleur corporelle, mais en réalité pour montrer ses abdos — qu'il exhibe à chaque émission.

— Tu sais très bien ce que ça veut dire.

— Je ne parle pas du sens littéral de la phrase. Je parle de ce que ça voulait dire pour toi et June.

— Ça ne te regarde pas.

J'explose :

— Si, ça me regarde ! June était ma sœur, j'ai le droit de savoir.

— C'était sans importance, insiste-t-il.

Mais je ne le crois pas une seconde.

— Dans ce cas, pourquoi tu avais écrit cette phrase sur le CD de la compilation que tu lui avais offerte ? Ce CD avait de l'importance pour elle. Je le sais parce que c'est ce qu'elle écoutait dans sa voiture quand elle…

Quand elle s'est tuée.

Je n'arrive pas à le dire, mais Jake comprend quand même.

— Qu'est-ce que tu racontes ?

Il me dévisage un long moment, visiblement ému, puis se décide :

— Bon… C'est une phrase que j'avais lue dans un roman dont l'héroïne est une rebelle, ça te va ? J'en avais parlé à June et ça l'avait beaucoup amusée. Elle disait qu'il fallait que je me la récite à voix haute chaque fois que j'avais envie d'envoyer bouler les études. C'était une blague entre nous, d'accord ? Un jeu.

— Et le…

— Non. Ça suffit pour ce soir, l'inquisition. Maintenant, couche-toi et dors.

Il coupe le son de la télévision, lance la télécommande sur la table de nuit et tire sur le cordon qui éteint la lampe de chevet. Je me laisse retomber sur mon oreiller, près de Laney. Skye Desmond adresse un sourire éblouissant à la caméra, en brandissant un couteau. Je crois qu'il est en train d'expliquer comment on s'y prend pour découper proprement un saumon.

Le lendemain matin, Jake commence par acheter une carte à la station-service la plus proche. Ensuite, il nous emmène prendre un petit déjeuner, parce que nous sommes tous les trois affamés — Laney, surtout, qui est dans un état semi-comateux tant qu'elle n'a pas bu sa première tasse de café. Nous nous arrêtons dans le premier endroit que nous trouvons, un petit restaurant qui rassemble tous les clichés : un comptoir à l'entrée, des banquettes en vinyle rouge, des tables en Formica, un carrelage en damier noir et blanc, des serveuses en uniforme rose pâle.

Nous commandons du café, des gaufres et des tartines de pain grillé avec de la confiture de fraises pour Laney ; des pommes de terre rissolées, des haricots noirs et du bacon pour Jake ; des sablés aux myrtilles et des œufs pochés pour moi. En attendant qu'on nous serve, Jake déplie la carte sur la table, en calant les coins avec le sel et le poivre.

Laney se tourne vers lui :

— On ne va pas traverser l'Indiana, j'espère ?

Elle sucre sa deuxième tasse de café, les yeux dissimulés derrière ses grosses lunettes roses.

— L'Indiana, c'est mortel et c'est plein d'Amish.

— Tu n'as pas à avoir peur des Amish, lui dit Jake. Du moins pas de ceux de l'Indiana. On passe d'abord par le Missouri.

Elle porte la tasse à sa bouche en fronçant les sourcils.

— Qu'est-ce qu'il y a d'intéressant, dans le Missouri ?

— Saint-Louis, je réponds. Il y a la célèbre arche. La capitale, c'est Jefferson City.

— Au moins, toi, tu as retenu quelque chose du cours de géographie de sixième, murmure-t-elle. Et après le Missouri ?

Jake se penche sur la carte.

— Eh bien, ça dépend. Si on vise le nord de la Californie, ce sera le Nebraska.

— *Pas* le Nebraska. Et si on visait plutôt le Sud ?

— L'Oklahoma.

— On a le choix entre le Nebraska et l'Oklahoma ? C'est nul !

— Je crois qu'on devrait quand même viser le Sud, j'interviens. C'est mon instinct qui me le dit.

Notre serveuse — Dottie, d'après le nom inscrit sur son badge — arrive avec deux plateaux. Elle est ronde et pulpeuse, elle a des cheveux blonds décolorés et des racines noires un peu trop voyantes.

Dottie pose sur notre table mes sablés, mes œufs, les gaufres de Laney et les tartines.

— Je reviens avec votre commande, chéri, dit-elle à Jake.

Jake sort sa cuillère de sa tasse et la lèche ostensiblement.

— Merci, répond-il avec un clin d'œil.

Puis il se balance sur sa chaise, tout en reluquant les jambes de Dotty qui repart vers la cuisine d'un pas nonchalant.

Je remets la chaise de Jake en place d'un coup de pied.

— Tu es un grossier personnage.

— Quoi, je n'ai pas le droit de dire merci ?

— Pas comme ça.

Je coupe un morceau de sablé et me le fourre en bouche.

— Donc on passe par le Missouri, l'Oklahoma et ensuite… Le Texas, non ?

— Ouais, dit-il. Mais on ne traverse qu'une petite partie du Texas. Regardez.

Il trace une ligne sur la carte avec son doigt.

— Après ça, le Nouveau-Mexique et l'Arizona. J'aurais bien proposé un petit détour par le Nevada pour visiter Las Vegas, mais vous êtes mineures et vous ne pourrez pas jouer, donc non. On peut traverser directement l'Arizona pour rejoindre la Californie, et ensuite rouler jusqu'à la côte et la remonter vers San Francisco.

Dottie revient avec le plateau de Jake qu'elle pose devant lui avec un sourire radieux qui creuse ses fossettes et fait apparaître des rides au coin de ses yeux fatigués.

— Voilà. Si vous avez besoin de quoi que ce soit, appelez-moi.

Jake lève les yeux vers elle tout en mordant dans un morceau de bacon.

— Vous sauriez à quelle distance on est de Saint-Louis ?

— J'ai des cousins à Kirkwood, du côté de Saint-Louis, justement, dit-elle.

Elle se tapote le menton d'un air songeur.

— Je dirais que c'est à deux heures de route environ, ça dépend du trafic.

— Et la fameuse arche, on peut la visiter ? demande Laney d'un ton plein d'espoir.

Je n'arrive pas à croire qu'elle songe à jouer les touristes ! On a déjà perdu une journée en allant à Chicago et j'ai hâte d'arriver en Californie. D'un autre côté, quand je pense au coup de fil d'hier soir, je me dis que plus nous traînons en route, plus tard je rentrerai à la maison.

— L'arche Gateway ? Bien sûr ! Une année, je suis montée jusqu'au sommet avec Pearl, ma petite dernière. Elle n'a fait que hurler.

Dottie rit et penche la tête de côté avec un air intrigué.

— Vous venez d'où ?

Laney lui répond qu'on vient du Michigan et qu'on va en Californie. Qu'est-ce qui lui prend de donner tous ces renseignements à une inconnue ? Elle a oublié qu'on était deux mineures en fugue ? Je lui envoie discrètement un coup de pied sous la table et elle me répond en me tirant la langue. Jake ne bronche pas. Apparemment, ça ne l'inquiète pas que Laney raconte notre vie à cette femme. C'est peut-être moi qui suis parano, alors…

— La Californie ?

Dottie hausse les sourcils.

— Je n'y suis jamais allée. Vous avez de la chance, vous allez voir des vedettes de cinéma !

Le visage de Laney s'illumine.

— Vous croyez ?

— Forcément, il n'y a que ça, là-bas.

Elle rit.

— Si vous croisez George Clooney, dites-lui qu'une certaine Dottie lui envoie des milliers de baisers d'un petit restaurant du fin fond de l'Illinois. Dites-lui aussi qu'il devrait s'y arrêter un jour pour goûter nos crumbles aux pêches qui sont les meilleurs du monde.

Elle est vraiment charmante, je dois l'avouer. J'ai envie de garder un souvenir d'elle.

— Dottie, je pourrais prendre une photo de vous ?

Je sors mon appareil de mon sac à dos et le lui montre.

— Je fais une sorte de reportage sur notre voyage.

Elle sourit nerveusement et tripote sa queue-de-cheval.

— Eh bien, je ne sais pas, je ne suis même pas coiffée.

— Allez, insiste Jake. Vous écrirez au dos votre message pour George Clooney. Si on le rencontre, on lui donnera votre photo. Quand il l'aura vue, il s'empressera de réserver une place sur le premier vol pour l'Illinois.

— Vous êtes gentil, répond-elle en riant. Vous vous faites des idées, mais vous êtes gentil. D'accord pour une photo.

Je colle un œil au viseur et prends ma photo. Elle ne tarde pas à sortir de l'appareil, montrant une Dottie rougissante, une main sur une hanche, l'autre tenant un plateau. Dottie inscrit au dos : « Cher George, Je vous attends au New Sun Diner, dans l'Illinois. A vous pour toujours, Dottie. » Elle remplace les points sur les i par des petits cœurs, c'est touchant.

Tout en terminant notre petit déjeuner — je dois reconnaître que ce que nous mangeons est absolument délicieux —, nous décidons d'aller directement à Saint-Louis et d'y passer la journée. Laney est impatiente de visiter l'arche. Jake, lui, voudrait aller dans un club de jazz. Moi, ça m'est complètement égal : je pourrai les accompagner, ou les attendre quelque part en ruminant ma tristesse et ma solitude. Je pourrai même ruminer tout en les accompagnant.

Dottie emporte nos assiettes vides et revient avec trois parts de crumble aux pêches dans des boîtes hermétiques de styromousse.

— Cadeau de la maison, annonce-t-elle. Vous pouvez en garder un peu pour George, ajoute-t-elle en riant.

Elle écarte d'un revers de la main nos faibles protestations. Jake pose quelques billets froissés sur la table — correspondant à la note, plus un pourboire royal.

Jake Tolan est un type qui laisse de gros pourboires aux serveuses.

Nous arrivons à Saint-Louis dans l'après-midi, sous un soleil éclatant. Dès que nous avons trouvé l'arche Gateway, Laney veut monter et m'entraîne dans une cabine en forme d'œuf qui nous emmène au sommet. Là-haut, nous découvrons une vue à couper le souffle : la ville s'étend à nos pieds, les gratte-ciel s'élancent vers le ciel bleu. C'est tellement beau que je regrette de ne pas avoir emporté mon Nikon, plutôt que mon Polaroïd.

Quand nous redescendons, Jake nous attend avec deux chilis dogs, trois Coca et des frites. Le chili dog est pour moi, les frites pour Laney.

— C'était comment ? demande-t-il.

Je hausse les épaules.

— Pas mal.

— Tu mens, c'était extraordinaire ! s'exclame Laney. Tu ne veux pas reconnaître que j'ai bien fait d'insister pour monter. Sans moi, tu ne ferais jamais rien.

Elle se laisse tomber sur l'herbe et attaque ses frites.

— Tu n'as vraiment pas l'esprit aventureux ! conclut-elle.

— N'importe quoi !

— Oh ! je t'en prie, sois honnête. Dès qu'il s'agit de faire quelque chose qui sort de l'ordinaire, je dois te traîner de force.

— Peut-être que je n'ai pas le cœur à m'amuser en ce moment, je lui rétorque sèchement.

Le regard blessé de Laney me fait aussitôt regretter mes paroles.

— Je plaisantais, Harper, dit-elle.

Elle me regarde droit dans les yeux.

— Je sais que tu traverses une… sale période, et j'essaye d'être indulgente quand tu te défoules sur moi, mais ce serait bien que tu arrêtes. Je suis là pour te soutenir, tu devrais me ménager.

Elle a raison. Si je continue à la houspiller et à la pousser à bout, elle va craquer et me laisser tomber. Et qu'est-ce que je deviendrais, sans elle ? Elle est ma meilleure amie. Ma seule véritable amie. J'ai besoin d'elle.

Je m'empresse de m'excuser.

— Je suis désolée.

Je vais m'installer en tailleur à côté d'elle et la pousse de l'épaule.

— Tu oublies quand même de dire que tu as une drôle de conception de l'aventure : tu veux aller au Canada pour te faire mettre un piercing sur la langue.

Je lui pique une frite, en lui adressant un petit sourire contrit. Elle me sourit en retour et aussitôt je me sens mieux.

— C'est une idée géniale et diabolique, le piercing au Canada, me rétorque-t-elle en riant. Tu imagines la tête de ma mère ?

Elle s'interrompt, le temps de s'essuyer la bouche avec un mouchoir en papier.

— Au fait, Jake, merci pour les frites.

— De rien, répond-il. Je me doutais que vous auriez faim. Pendant que vous étiez là-haut, j'ai trouvé une cabine téléphonique et j'ai réussi à joindre Seth. Il est rentré à White Haven avec Danny et Anna. Par contre, Devon s'est fait arrêter et il est toujours en prison.

— Il peut payer une caution ? je demande.

— Oh oui, il peut. Ses parents sont pleins aux as. Mais d'après Seth il préfère entamer une grève de la faim pour être libéré. Complètement crétin, ce Devon !

— Il dit ça maintenant, lâche Laney. Attendez un peu qu'il se fasse maltraiter par les autres détenus. Ça va le faire changer d'avis.

Elle se lève et sort son téléphone portable de sa poche.

— Je vais appeler Seth.

Nous la regardons s'éloigner, Jake et moi, puis il se tourne vers moi, en haussant les sourcils.

— Qu'est-ce que tu voudrais faire, maintenant ? me demande-t-il. Les musées, la visite du parc, le zoo ?

— Pas de zoo. Laney ne supporte pas. Une fois, on a visité un zoo avec l'école et elle voulait libérer les pingouins pour les ramener au pôle Nord.

— Il n'y a pas de pingouins au pôle Nord. Les pingouins vivent dans l'hémisphère Sud.

— Je sais. Mais elle était persuadée que les pingouins étaient les animaux domestiques du Père Noël.

Il rit et secoue la tête.

— Elle est marrante.

Une sensation dérangeante se love au creux de mon ventre. Avec ses boucles blondes et ses longues jambes, Laney a un franc succès auprès des garçons… Mais Jake… Franchement, ça m'ennuierait qu'il sorte avec elle. Je ne saurais pas dire si c'est parce qu'il me plaît ou parce que je cherche à protéger Laney. Pour être honnête, il doit y avoir un peu des deux.

— Tu as l'intention de draguer Laney ?

Il en reste d'abord bouche bée de surprise, puis répond sèchement :

— J'ai dit qu'elle était marrante, pas que je voulais coucher avec elle.

— Je sais quel effet elle produit sur les garçons. Surtout sur les garçons comme toi.

Jake écrase dans son poing le papier de son hot dog en me fusillant du regard.

— « Les garçons comme moi » ? répète-t-il d'un ton tranchant. Tu ne sais rien de moi, Scott. Même si Laney me plaisait, ce qui n'est pas le cas, je ne chercherais pas à l'approcher. Parce que mon pote Seth s'intéresse à elle.

Je lui ris au nez.

— Tu voudrais me faire croire que les garçons font passer l'amitié avant une belle paire de fesses ?

— C'est le cas pour certains, oui.

Il se lève d'un bond, va jeter ses détritus dans une poubelle et sort un paquet de cigarettes de sa poche arrière.

Il joue très bien la dignité offensée et, pour un peu, je serais presque convaincue. Mais je connais les garçons. Et les hommes.

Je les ai vus à l'œuvre. Mon père, Tyler, ce débile de Kyle — ils sont tous pareils. Jake a l'air différent, mais il ne faut pas s'y fier.

Assez gambergé ! Je me lève d'un bond.

— Je voudrais bien une cigarette, dis-je.

Jake se retourne lentement vers moi.

— Rien ne m'oblige à partager mes cigarettes avec une fille comme toi, ricane-t-il.

Bon. Nous en sommes donc revenus à ce stade. Entre nous, c'est un pas en avant, deux pas en arrière.

Je m'avance vers lui.

— Tu n'es pas sympa.

— C'est *moi*, qui ne suis pas sympa ? s'exclame-t-il d'un ton incrédule. Tu te fiches de moi ou quoi ?

— File-moi une clope et c'est tout.

Il me sort une cigarette et quand il se penche vers moi pour me donner du feu… Seigneur… Ces yeux… Ce sont deux aimants.

Je me rends compte que je passe mon temps à le provoquer, mais c'est plus fort que moi, c'est parce qu'il me trouble. Ah, ces fichues hormones… C'est peut-être à cause d'un trop-plein d'hormones que Laney sort avec tous ces garçons. Ça expliquerait pas mal de choses.

— Tu sais que ça finira par te tuer, déclare Jake d'un ton pince-sans-rire, en désignant ma cigarette.

— Peut-être que c'est ce que je veux, je rétorque.

Réponse complètement débile, parce que c'est faux, je ne veux pas mourir.

Pas du tout.

Je veux juste que June revienne pour me faire la morale parce que je fume une cigarette et qu'elle trouve que c'est une sale habitude. Je veux m'asseoir avec elle sur le toit de notre maison, pour fumer une cigarette volée à maman.

Je ferme les yeux et je tire une longue bouffée de ma cigarette. Je fume, oui. Mais June n'est pas là. Et je ne vois pas ce qui pourrait combler le vide qu'elle a laissé en partant.

Quand j'ouvre de nouveau les yeux, Jake me regarde fixement en secouant la tête.

— Tu es vraiment spéciale, tu sais ? dit-il.

Je souffle un jet de fumée vers le bleu du ciel.

— Oh oui, je le sais, tu peux me croire.

9

Nous passons le reste de la journée à traîner dans un parc. Jake s'endort sur un banc, son chapeau sur les yeux. Laney et moi, nous tuons le temps en jouant aux cartes, puis en faisant des mots croisés. Au bout d'un moment, on s'ennuie tellement qu'on s'amuse à incliner le banc de Jake pour le faire basculer dans l'herbe. Le cri aigu qu'il pousse en tombant nous fait hurler de rire, mais lui, il ne trouve pas ça drôle.

Nous allons ensuite dîner dans une pizzeria. Je suis déçue par ma pizza. On ne peut pas dire qu'elle soit mauvaise, mais elle a un drôle de goût.

— C'est parce qu'ici ils mettent une sorte de fromage blanc dedans, explique Laney. Du Provel.

Elle regarde décidément trop d'émissions culinaires.

Après la pizzeria, Jake décide de nous emmener dans un club de jazz — d'après lui, ce serait « tragique » de passer par Saint-Louis sans profiter de l'ambiance jazz. Tragique… Il ne faut rien exagérer ! Laney insiste pour qu'on s'habille. Elle enfile une petite robe rouge qui lui va à ravir et me prête une jupe — un peu trop courte, je n'ai pas l'habitude, mais tant pis —, une ceinture large et un haut à bretelles croisées. Jake refuse de se mettre en frais et assure que son borsalino suffit largement en matière d'élégance.

Nous voilà donc partis pour le club de jazz. Laney et Jake se montrent gais et enthousiastes. Pas moi.

Comme elle sent que je suis contrariée, Laney ne cesse de me jeter des regards en biais, de me demander si je me sens bien, si j'ai assez mangé, si elle peut faire quelque chose.

Après lui avoir répondu une bonne dizaine de fois que tout va bien, je finis par m'impatienter :

— Laney. Je vais très bien. Détends-toi.

Jake s'en mêle :

— Non, elle ne va pas bien, dit-il. Sa sœur vient de mourir, alors elle ne va pas bien, mais c'est pas une raison pour la traiter comme une handicapée. Lâche-la un peu.

Laney en reste sans voix et ne dit plus un mot. Je prends sa défense, mais au fond je suis soulagée qu'elle cesse de me harceler avec sa sollicitude.

Je sais qu'elle s'inquiète pour moi et j'essaye de faire bonne figure pour la rassurer, de profiter du voyage. Mais c'est plus fort que moi, je n'arrête pas de penser que ce serait tellement mieux si June était là, avec nous. Si je m'écoutais, je me coucherais sur la banquette arrière et je n'en bougerais qu'une fois arrivée en Californie.

Quand nous arrivons au Blue Lounge, je suis agréablement surprise par l'ambiance années 50. Les couples qui dansent sont supersapés et je remercie intérieurement Laney d'avoir insisté pour qu'on se change.

Nous prenons une table et je profite du moment où Laney s'éclipse aux toilettes pour confier à Jake que je me sens coupable de m'amuser alors que ma sœur est morte — ça sort tout seul, sans doute avais-je besoin de vider mon sac. Je parle beaucoup plus librement de June avec lui qu'avec Laney parce que je n'ai pas peur de le blesser et que j'aime bien ses réponses franches et directes. Il ne prend pas de gants avec moi et ça fait du bien.

— Eh bien oui, dit-il. Ta sœur aurait aimé aller en Californie et elle n'a pas pu ? Au lieu de te sentir coupable, tu devrais te dire que c'est pour elle que tu fais ce voyage, pour lui rendre hommage. Ta sœur n'est plus en vie, mais toi, oui. Tu ne vas pas t'interdire de vivre, quand même ? Ce serait complètement stupide.

Son point de vue est réconfortant, je l'avoue, et je décide de cesser de me torturer. Je sors mon Polaroïd pour photographier les danseurs et, tant que j'y suis, je prends aussi Jake, de profil, pour l'expression recueillie que lui inspire la musique. Il me jette un regard surpris, mais ne fait pas de commentaire.

Quand Laney rejoint notre table, il repousse sa chaise et se lève :

— Laquelle de vous, mesdames, va m'accorder la première danse ?

— Pas moi, répond Laney en fronçant le nez. Je me sens lourde. Les frites étaient trop grasses.

— Il ne reste donc plus que toi, déclare Jake en me regardant.

— Pas question.

Je secoue la tête en tirant sur ma jupe. Danser. Ah non ! Et surtout pas avec cette jupe courte !

— Je ne danserai pas avec toi.

— Pourquoi ?

— Je ne danse pas.

— C'est vrai qu'elle ne danse pas, indique Laney. Crois-moi, j'ai déjà essayé plus d'une fois de la convaincre, mais rien à faire. Ça confirme ce que je disais tout à l'heure : elle n'a pas l'esprit aventureux.

Je proteste aussitôt avec véhémence :

— C'est faux !

Mais je sens la chaleur me monter aux joues. Au fond, elle n'a pas tout à fait tort.

— Prouve-le, que c'est faux, me lance Jake.

Il me tend la main en remuant les sourcils, mais je vois qu'il est prêt à se rasseoir. Qu'est-ce qu'il croit ? Que je vais m'accrocher aux barreaux de ma chaise ? Laney aussi le croit, à en juger par son petit sourire. J'en ai marre de passer pour la timide et la rabat-joie de service. Ils ont raison, il faut que je me secoue. Que je prenne des risques. Et tant pis si je me ridiculise.

J'accepte la main de Jake et me laisse entraîner vers la piste de danse, tout en jetant à Laney un regard de défi. Ils vont voir de quoi je suis capable.

Mais, une fois sur la piste, c'est une autre histoire. Je me sens horriblement gauche, comme le jour de la fête d'entrée en sixième, quand ce débile d'Arnold Beaman m'avait invitée à danser et que je n'avais pas osé refuser parce qu'il me faisait pitié — et aussi pour imiter Laney qui flirtait avec tous les garçons. Je lève maladroitement les bras pour m'accrocher au cou de Jake, mais il arrête mon geste, guide une de mes mains vers son épaule et prend l'autre dans la sienne, en entremêlant nos doigts. Il pose ensuite une main sur ma hanche — geste qui me fait rougir de la tête aux pieds.

— On n'est pas au bal de promo du lycée, dit-il. Ne t'inquiète pas. Je n'ai pas l'intention de te peloter.

— J'espère bien ! Il ne manquerait plus que ça !

Il se met à glisser sur le parquet et j'essaye tant bien que mal de le suivre, mais je me sens toujours aussi pataude.

— Attends, attends…, je proteste. Je… Je ne sais pas du tout danser comme ça.

— C'est facile. Tu n'as qu'à te laisser aller.

Facile ? Tu parles ! Les yeux rivés à ses Converse, je tente de suivre leurs déplacements, mais ça ne doit pas être la bonne méthode, parce que, j'ai beau faire, j'ai toujours un temps de retard. Evidemment, au bout de quelques mesures, il me marche sur les pieds. Je pousse un cri de douleur. Voilà ! Je me suis ridiculisée : tout le monde me regarde, y compris les musiciens de l'orchestre. Et merde… J'aperçois du coin de l'œil Laney qui dissimule un rire derrière sa main. Tu parles d'une meilleure amie !

— Tu réfléchis trop, me dit Jake.

Je lui jette un regard furieux.

— Si tu évitais de m'écraser les pieds…

— C'est toujours comme ça, avec toi ? coupe-t-il. Il faut toujours batailler ? Calme-toi et respire.

Il m'attire tout contre lui et je ne peux pas m'empêcher de frissonner.

— Ne regarde pas par terre. Ne réfléchis pas à ce que tu fais. Laisse-toi vraiment aller.

Cette fois, je m'efforce d'appliquer à la lettre sa méthode et… incroyable, ça marche ! Mes pieds suivent tout seuls le mouvement. Voyant que je prends de l'assurance, il me fait virevolter sous son bras, tout en me lançant un regard langoureux qui me coupe le souffle.

— Tu as l'air étonnée d'y arriver, lance-t-il d'un ton amusé.

— Tu es un bon partenaire. J'avoue que je suis impressionnée.

Il fait un pas chaviré sur la droite pour nous rapprocher de l'orchestre. Le saxophoniste m'adresse un clin d'œil en me souriant par-dessus l'embouchure de son instrument. Je lui réponds d'un signe de tête.

— Attention, Harper, pouffe Jake. Si ça continue, les gens vont croire que tu t'éclates autant que moi.

Je ne peux pas m'empêcher de sourire en retour.

— Hum, je réponds.

— Hum ?

Il hausse un sourcil.

— Que signifie ce « hum » ?

— J'avais cru comprendre que tu n'aimais pas trop le jazz.

— Tu te trompes. Il se trouve que je suis en ce moment dans une période Stones, Cream et Pink Floyd, c'est tout.

— Tu es vraiment un passionné, dis donc.

— Oui, on peut dire ça, admet-il en souriant. Sans la musique, la vie serait une erreur.

— C'est de toi, cette phrase ?

— C'est de Nietzsche. Mais c'est très connu.

— Et tu es de son avis ?

— Pas toi ? Tu ne trouves pas ça évident ?

— Je commence à comprendre que rien n'est évident, en ce qui te concerne. Pour être franche, j'ai vraiment du mal à cerner ton personnage. Tu es un rockeur révolté, mais tu aimes Abba et tu ne bois pas : il y a de quoi être déboussolée.

Il hausse les épaules.

— Eh oui, que veux-tu, je suis un garçon compliqué.

Il dit ça sur le ton de la plaisanterie, mais c'est la vérité, c'est un garçon compliqué. En plus d'avoir de beaux yeux, il est intéressant. Je me demande si June le trouvait intéressant, elle aussi. Sans doute. En tout cas, elle l'appréciait. Ils étaient amis. Ou plus. Je ne sais pas trop.

Le morceau se termine sur une longue note de saxophone. Les applaudissements éclatent, Laney se déchaîne et siffle avec deux doigts dans la bouche.

— Elle a bu ? me demande Jake en riant.

— Non. Elle est née comme ça.

Je me sens… plutôt bien, en fait. Pour la première fois depuis la mort de ma sœur, je suis presque joyeuse, et mon premier réflexe quand j'en prends conscience est de me sentir coupable. Puis je me souviens de ce que m'a dit Jake tout à l'heure : profiter des joies de ce voyage est une façon de rendre hommage à June.

Je lui demande :

— Alors, tu penses toujours que je n'ai pas l'esprit aventureux ?

Il sourit.

— Scott, je crois que je suis en train de revoir mon opinion à ton sujet.

En sortant du club de jazz, Jake déclare qu'il se sent d'attaque pour conduire et nous décidons de repartir aussitôt et de rouler toute la nuit. A peine avons-nous démarré que Laney s'endort. Moi, je ne dors pas, mais je ferme les yeux. Se croyant enfin seul, Jake met un disque d'Abba.

J'ai fini par m'assoupir et me réveille vers 4 heures du matin, en entendant Jake fredonner *Take a chance on me*. En ouvrant les yeux, je le surprends en train de battre la mesure sur le volant : Anna ne s'était pas trompée, c'est vraiment un fan d'Abba.

Dès qu'il s'aperçoit que je suis réveillée, Jake éteint la stéréo. Je jette un coup d'œil au paysage : nous avons quitté l'autoroute pour une petite route mal éclairée.

— Il faudrait que je fasse le plein, m'annonce-t-il.

— D'accord, je réponds d'une voix encore rauque de sommeil. On est toujours en Oklahoma ?

— Oui. On en a pour un moment avant d'arriver au Texas.

Le Texas… Nous sommes loin de Grand Lake… Je fais mentalement le compte des Etats qu'il nous reste à traverser. La moitié de l'Oklahoma, le Texas, le Nouveau-Mexique, l'Arizona. Et ensuite, à nous la Californie ! Cela me paraît si loin et si proche en même temps.

Jake s'arrête donc pour prendre de l'essence. Laney dort toujours, les genoux contre la poitrine, recroquevillée. Elle est touchante, quand elle dort, elle paraît plus jeune et plus vulnérable.

Jake s'éloigne pour aller payer. Il y a la queue à la caisse et il en a pour un moment. Prise d'une impulsion, je défais ma ceinture et enjambe mon siège pour passer à l'arrière, en prenant garde de ne pas réveiller Laney. Mon regard scrute la pénombre, jusqu'à repérer la malle. Je m'en approche, je caresse le vieux cuir tanné de son couvercle, je défais sans bruit les fermoirs de cuivre.

L'urne est toujours là, enveloppée dans sa couverture. Je la prends sur mes genoux. Jusque-là, je refusais de l'approcher, mais quelque chose a changé. Je veux la voir et la toucher, parce que je me sens capable d'affronter la vérité : June est morte. Quand je tiens ses cendres entre mes mains, je ne peux plus le nier.

— Harper, murmure la voix endormie de Laney.

Elle passe par-dessus la banquette arrière pour me rejoindre.

— Ça va ? me demande-t-elle.

J'acquiesce, sans quitter l'urne des yeux.

— Oui. C'est juste que… Elle me manque.

— Elle me manque aussi, dit doucement Laney en posant sa joue contre mon épaule.

— Je l'ai traitée d'emmerdeuse.

Laney cherche mon regard.

— Qu'est-ce que tu dis ?

— La veille du jour où elle s'est suicidée… Je me suis disputée avec elle.

J'avale ma salive avec peine. J'ai la gorge rêche.

— Elle est entrée dans ma chambre sans frapper, pour me demander un cahier et je… je me suis mise en colère. Je lui ai dit des choses bêtes et méchantes…

— Tout le monde dit des choses bêtes et méchantes, coupe Laney. Ça n'a pas d'importance. June savait que tu n'en pensais pas un mot. Elle t'aimait et elle savait que tu l'aimais. J'en suis sûre.

Avant que j'aie eu le temps de répondre, la porte arrière s'ouvre et Jake passe sa tête à l'intérieur.

— Désolée d'interrompre votre conciliabule, dit-il.

Il lève un sourcil étonné en voyant l'urne.

Je m'empresse de la remettre dans la malle et de refermer le couvercle.

— Qu'est-ce que tu veux ?

Il lance quelque chose sur mes genoux. Je baisse les yeux : c'est un paquet de cigarettes, des Camel Light.

— Comme ça, tu arrêteras de me piquer les miennes, dit-il.

Laney me jette un regard désapprobateur, mais juge plus

prudent de ne rien dire — de la même manière que je ne dis rien quand elle boit. Nous fermons les yeux sur nos vices respectifs parce que nous savons en quoi ils nous aident.

Nous reprenons la route. Le jour se lève et le bleu profond de la nuit s'embrase à l'horizon d'un halo orangé et vieux rose. Au-dehors, le paysage plat et désolé me paraît mort. Je voudrais me réfugier dans le sommeil, comme Laney, qui s'est rendormie dès que nous sommes repartis, mais je suis trop fébrile pour dormir. Mon esprit marche à cent à l'heure, agité de milliers de pensées qui s'entremêlent comme de la vigne vierge.

Ma sœur m'aimait, je le sais. Et moi aussi je l'aimais. Mais je prêtais à peine attention à elle. J'étais centrée sur mes petits problèmes et j'en ai oublié de lui manifester mon affection.

Si j'avais été plus présente, plus à l'écoute, June ne se serait pas suicidée. Voilà la triste vérité. Jamais je ne pourrai me pardonner.

J'écrase mes poings sur mes yeux. Je suis désespérée. Je voudrais pouvoir arrêter de penser.

Jake remplace le disque d'Abba par une musique grinçante que je supporte sans broncher pendant un bon quart d'heure. Mais je finis par craquer, parce que c'est vraiment trop pénible. J'éjecte le disque.

— C'était quoi, Jake, cette horreur ?

— Heu… C'est Captain Beefheart, répond-il.

Ma réaction semble le dérouter.

— C'est de la merde.

— C'est de la musique d'avant-garde.

Je ricane.

— De la musique d'avant-garde ? C'est de la merde, point barre.

— Il faut du temps pour comprendre leur univers et en plus cet album n'est pas le plus facile.

Il se moque de moi ou quoi ? Je fais descendre ma vitre et fais mine de balancer le disque par la portière. Il me l'arrache des mains en riant.

— OK, j'ai compris, dit-il. Je vais mettre autre chose.

Il lâche la route des yeux pour jeter un coup d'œil sur la pile de CD posée sur le tableau de bord.

— Les Pink Floyd, ça irait ?
— Beurk. Non.
— Bob Dylan ?
— On l'a déjà écouté pendant des heures.
— Bon, bon, bon, dit-il lentement.
Il s'efforce de rester calme, mais je vois qu'il commence à être agacé.
— Si tu me disais ce que tu aimes, ça irait plus vite, lâche-t-il.
Je hausse les épaules.
— J'en sais trop rien. J'aime bien ce que Laney écoute. C'est ce que j'écoute aussi.
— Je ne t'ai pas demandé ce que tu écoutais. Je t'ai demandé ce que tu aimais.
Je prends le temps de réfléchir.
— Bon… J'ai bien aimé certains morceaux de ta musique indie, comme Arcade Fire, Regina Spektor, Magnetic Fields, Tegan and Sara, Ted Leo and The Pharmacists. J'ai adoré le premier album de Rilo Kiley. Laney écoute une rappeuse sri-lankaise que j'aime bien aussi, mais je ne me souviens plus de son nom.
Je marque un temps de pause.
— Et les Beatles. Je ne peux pas le nier. J'adore les Beatles.
— Là, ça commence à devenir intéressant, dit-il en esquissant un sourire.
Il me lance un regard approbateur.
— Laisse-moi deviner… C'est Paul, ton préféré ?
— Raté. Je ne fais pas partie des minettes en folie qui craquent devant McCartney et je trouve que Ringo Starr a toujours été sous-estimé. Et toi ? Je parie que tu es un inconditionnel de John Lennon…
Ça ne m'étonnerait pas qu'il considère Lennon comme une sorte de messie de la musique.
Je l'ai coincé, il hausse les épaules.
— Je plaide coupable.
Eh oui… J'en étais sûre. Ce garçon est trop prévisible !
Il fouille dans la pile de CD et en choisit un qu'il met dans le lecteur. C'est l'album *Let It Be*, je reconnais la première chanson. J'en profite pour étaler ma science, pour une fois que je peux.

— Leur dernier album…

— Le dernier à être sorti, corrige Jake. Mais en fait il a été enregistré avant *Abbey Road.*

Oui, enfin, il chipote, comme toujours. J'écoute en silence, calmement, jusqu'à *Let it be.*

Let it be…

Je voudrais tant que les paroles disent vrai. Je voudrais qu'il y ait des réponses pour ceux qui ont le cœur brisé.

J'ai le cœur brisé. Et personne pour répondre à mes questions. Et je n'en peux plus. Je n'en peux plus de toutes ces questions sans réponses, de ce questionnement sans fin qui m'envahit au point de m'empêcher de vivre. C'est injuste. La vie est injuste. Tout est injuste. Pourquoi June est-elle partie sans prévenir ? Pourquoi m'a-t-elle abandonnée ? Car elle m'a abandonnée. Sans elle, je me sens seule, désespérément et totalement seule. Avec un chagrin immense dont je ne sais que faire.

Mes yeux me piquent comme si j'avais brusquement des milliers d'aiguilles invisibles sous les paupières. Ce sont des larmes ? Je pleure ? Moi, je pleure ?

Jake coule vers moi un regard inquiet.

— Hé…, murmure-t-il d'une voix douce. Qu'est-ce que… ?

— Tais-toi. Je n'ai pas envie de parler.

Je me détourne vers la vitre de ma portière. Le paysage qui défile est flou, brouillé par mes larmes. J'arrive au moins à pleurer en silence, mais je ne suis pas sûre de pouvoir me contenir encore longtemps. C'est à cause de cette chanson qui parle de réconfort avec tant de mélancolie et d'espoir.

Les phares éclairent une pancarte annonçant un relais autoroutier.

— J'ai besoin d'aller aux toilettes, je murmure.

C'est faux. J'ai juste besoin de sortir de cette camionnette pour pleurer tout mon soûl. Sans un mot, Jake prend la sortie donnant accès au relais. Mes larmes refoulées forment un nœud dans ma gorge, je suis au bord de l'étouffement.

Dès que la camionnette s'arrête, je sors précipitamment et pique un sprint vers les toilettes. Mais je ne parviens pas jusque-là, je trébuche et tombe à genoux sur l'herbe.

Je n'ai pas réussi à verser une larme aux funérailles de ma sœur et je pleure à cause d'une chanson ! Est-ce que je suis un monstre ? Les pleurs qui enflaient depuis un moment dans ma poitrine éclatent brusquement. Je reste accroupie dans l'herbe, à me balancer sur mes talons, secouée de sanglots rageurs. J'arrache l'herbe autour de moi à pleines poignées. Je me hais. Pourquoi je souffre comme ça ? C'est trop dur. Trop injuste.

Je sens soudain la présence de Jake derrière moi et cesse d'arracher l'herbe. Entre deux sanglots, je parviens à bredouiller :

— McCartney se trompe. Il n'y aura jamais de réponse pour ceux qui souffrent.

Jake s'approche prudemment.

— Hé, commence-t-il.

Je le coupe aussitôt. Je ne veux pas de sa sollicitude.

— Non.

Je prends ma tête entre mes mains et tente de me ressaisir. Il faut que je cesse de me conduire comme une idiote. Et puis pourquoi faut-il toujours que ce soit Jake, le témoin de mes débordements ?

— Non, quoi ?

— Ne me dis surtout pas un truc gentil. Je me sentirais encore plus nulle.

Jake s'agenouille, puis pose sa main contre mon dos, et c'est comme si ce contact brisait une dernière barrière en moi : je me remets à pleurer, encore plus fort qu'avant.

— Je te rassure, je n'avais pas l'intention de te dire quelque chose de gentil, murmure-t-il. Je voulais juste te dire que tu as les yeux complètement explosés. Si tu te voyais… On dirait que tu viens de fumer de l'herbe avec le masque à gaz de Seth.

Je ris à travers mes larmes et le son de ce rire me surprend autant que celui de mes pleurs. Je ne me souviens pas de la dernière fois que j'ai ri aux éclats.

Je laisse échapper un soupir tremblotant et essuie mes larmes du revers de la main.

— Idiot !

Mais il a réussi à me calmer. Je reprends peu à peu mes esprits. Et maintenant que je ne pleure plus, j'ai honte d'avoir craqué.

— Je suis nulle…

Je voudrais creuser un trou et disparaître à l'intérieur.

— Pleurer à cause d'une chanson, c'est complètement débile, j'ajoute.

— Non, ce n'est pas débile. Au contraire, c'est tout à fait normal.

Je sens toujours sa main tiède contre mon dos et je dois avouer qu'elle m'apaise.

— Tu es gentil de vouloir me rassurer, mais non, ce n'est pas normal. Arrête un peu.

— Je suis sérieux, insiste-t-il. Tu veux savoir pourquoi j'aime tant la musique ? me demande-t-il.

Je renifle.

— Je t'écoute. Eclaire-moi…

Je dois avoir le visage complètement défait.

— Le fils d'Eric Clapton est mort à l'âge de quatre ans en tombant du cinquante-troisième étage.

Pourquoi il me raconte ça ? Quel rapport avec le fait qu'il aime la musique ?

— Clapton a écrit *Tears in heaven* juste après ce drame, poursuit-il. C'est une chanson d'espoir, mais elle est pleine de son désespoir. Un peu comme *Let it be*. Je l'aime beaucoup. Tu devrais l'écouter, je t'assure.

Il se penche vers moi et sa voix s'adoucit encore.

— Moi aussi, ça me fait du bien quand j'écoute une chanson qui exprime mes sentiments. Je me sens moins seul. Tu vois, c'est ça le pouvoir de la musique.

Il me caresse le dos et je ne le repousse pas. Pour la première fois depuis longtemps, j'ai l'impression que quelqu'un vient vers moi sans attendre quoi que ce soit en retour.

— Tout est tellement merdique, je murmure.

Ma voix tremble. Mes larmes se remettent à couler.

— Et moi je fais tout de travers.

Jake hésite.

— Ecoute…, dit-il enfin. Il n'y a aucun moyen d'assumer correctement ce qui t'arrive. Donc arrête une bonne fois pour toutes de dire que tu es nulle, ou merdique, ou je ne sais pas quoi.

Il s'écarte de moi.

— Tu ne vas pas cesser de souffrir du jour au lendemain. C'est comme ça. Mais, au bout d'un certain temps, ça deviendra… supportable. Tu t'habitueras à vivre avec ton chagrin.

Je n'ai pas envie de m'habituer à mon chagrin. Je veux que tout redevienne comme avant !

Il me tend la main pour m'aider à me relever et garde ma main dans la sienne. C'est bon. C'est bon de se raccrocher à cette main.

Nous retournons en silence vers la camionnette. Un monospace bleu est en train de se garer près de nous et trois petits garçons endormis en sortent avec leur mère — sans doute pour une pause-pipi. Le plus petit transporte une couverture en loques qui traîne par terre et il doit trottiner pour suivre les deux plus grands.

Jake ouvre la porte arrière de la camionnette. Nous nous installons côte à côte, en laissant pendre nos pieds au-dehors. Nous mangeons nos parts de crumble aux pêches, puis nous fumons cigarette sur cigarette, en regardant le soleil se lever.

— Il faut que je dorme un peu, soupire soudain Jake. Je vais m'allonger à l'arrière.

— Je vais t'aider à faire de la place.

Nous entassons nos sacs et les valises de Laney à l'avant et calons la malle contre une paroi. Jake étale des couvertures sur le plancher et sort deux oreillers.

— Je pourrais m'installer sur le siège arrière, dit-il.

Il coule un regard hésitant vers Laney qui dort toujours.

— Mais… il faudrait qu'on arrive à la faire bouger.

— Aucune chance. Elle en a pour des heures à rester inconsciente.

— Qu'est-ce que tu proposes, alors ?

— On peut se coucher ensemble.

Je rougis.

— Je veux dire… dormir. Enfin, tu as compris. Moi aussi, j'ai besoin de me reposer et il y a suffisamment de place pour deux.

Jake me dévisage, puis bredouille :

— Euh, oui, bien sûr…

Il me lance un oreiller et je m'allonge sur le côté, après avoir enlevé mes chaussures. Il ferme les portières de la camionnette et vient s'allonger à son tour. Il est tout proche — si proche que je sens son souffle sur ma nuque. Je pourrais m'écarter de lui, mais au lieu de ça, je recule pour coller mon dos à son ventre. Je le sens tressaillir, mais il ne dit rien.

— Tu sais jouer *Let it be* à la guitare ? je demande.

Je parle tout bas pour ne pas réveiller Laney. Je ne voudrais pas qu'elle nous surprenne dans cette position, pelotonnés l'un contre l'autre — même s'il n'y a rien de sexuel entre nous.

Jake remue derrière moi.

— Non, je ne crois pas.

— Mais tu saurais la chanter ?

Il approche sa bouche de mon oreille pour fredonner. Je ferme les yeux.

Bercée par sa voix, je m'endors avec mon chagrin.

10

Le lendemain, Laney doit me secouer pour me réveiller. J'ai encore sommeil, je suis épuisée, j'ai l'impression de n'avoir dormi que quelques minutes. Je roule sur le dos en soupirant. Laney m'observe depuis la banquette arrière, les bras croisés sur le dossier. Elle aussi vient de se lever : elle n'est ni coiffée ni maquillée, mais ça ne l'empêche pas d'être belle et lumineuse.

— Tu as bien dormi ? me demande-t-elle, tout en jetant un regard appuyé du côté de l'oreiller froissé de Jake.

Je me souviens brusquement m'être endormie dans ses bras, bercée par sa voix — souvenir qui me fait rougir… J'espère au moins qu'il s'est levé avant Laney et qu'elle ne nous a pas surpris ensemble.

Je me redresse lentement en position assise.

— Quelle heure est-il ?

— Presque 10 heures, me répond Laney. Jake est allé faire un brin de toilette. Je vais y aller aussi. Tu m'accompagnes ?

Nous nous traînons jusqu'aux toilettes pour nous débarbouiller et nous laver les dents. Je me trouve un visage chiffonné et j'aurais besoin d'une bonne douche… J'espère qu'on prendra ce soir une chambre dans un motel. Où serons-nous ce soir ? Combien de kilomètres aurons-nous parcourus ?

Laney sort du box des toilettes et me lance, l'air de rien :

— Je trouve Jake supermignon.

Je me mets à bafouiller :

— Euh… vraiment ?

Je continue à m'asperger le visage, en inondant le plan du lavabo.

— Je dis ça comme ça ! assure Laney d'un ton dégagé.

Elle s'approche et attrape le fil dentaire, sans me quitter des yeux.

— Ne t'en fais pas. Je n'ai pas de vues sur lui.

Je cherche son regard dans le miroir.

— Je ne m'en fais pas du tout. Pourquoi tu me dis ça ?

— J'ai décidé d'adopter la philosophie de Seth, poursuit-elle comme si elle ne m'avait pas entendue.

Elle coupe un morceau de fil dentaire.

— Je vais mener une vie de célibataire. Plus de coucheries. J'ai droit à ce qui se passe au-dessus de la ceinture, mais c'est tout.

— Tu veux dire mener une vie de nonne ? J'ai un peu de mal à te croire.

— Et pourquoi pas ? J'aurais pu entrer dans les ordres, si l'habit des nonnes n'était pas si moche, déclare-t-elle posément.

Elle en a terminé avec le fil dentaire et applique du gloss sur sa lèvre inférieure, du bout des doigts. Elle pourrait s'en passer, parce qu'elle est superbe au naturel. Ça me tue, parfois, quand je me compare à elle.

— Le sexe rend les garçons idiots, dit-elle d'un ton docte, comme si elle m'informait du résultat de longues heures de méditation. Et comme ils sont déjà idiots de naissance, quand le sexe s'en mêle, tu vois ce que ça peut donner.

— Seth aussi, tu le classes parmi les idiots ? je demande.

Elle presse ses lèvres l'une contre l'autre. Apparemment, elle considère que la question mérite réflexion. Je me retiens de rire.

— Même si Seth a pris ses distances avec le sexe, c'est un garçon, donc un idiot, dit-elle au bout d'une minute.

Je ne lui demande pas si Jake appartient d'après elle à cette même catégorie : Jake est différent, je le sais, je n'ai pas besoin de l'avis de Laney. Il est plus posé et plus réfléchi que la plupart des garçons de son âge. Parfois, il est odieux, c'est vrai. Odieux et insupportable. Mais même là il se distingue, il ne l'est pas à la manière des autres. Jake est mystérieux et insaisissable, on ne peut l'enfermer dans aucune catégorie, pas même celle des idiots.

Quand nous regagnons le parking, il nous attend, adossé

à la portière du conducteur, en mangeant des bretzels qu'il a dû prendre dans un distributeur.

— Vous en avez mis, du temps, bougonne-t-il.

— Ça demande du travail d'être aussi belle, lui rétorque Laney. Qu'est-ce que tu crois ?

Et sur ces fortes paroles, elle contourne la camionnette en se déhanchant, pour monter à l'arrière.

Mon regard croise celui de Jake. Il n'a pas l'air gêné. Il fait comme s'il ne m'avait pas vue pleurer, comme s'il ne m'avait pas consolée, comme si nous n'avions pas dormi ensemble.

Faisons donc comme s'il ne s'était rien passé. Ça me va très bien.

Peu après être entrés au Texas, nous nous perdons pour la première fois. Nous avons quitté l'autoroute pour acheter à manger, mais ensuite c'est la croix et la bannière pour la retrouver, et quand nous y parvenons enfin, nous nous apercevons que nous l'avons prise dans le mauvais sens.

— Il fallait prendre à gauche ! A gauche ! je hurle par-dessus la voix de Mick Jagger.

Jake nous inflige les Stones depuis une heure. J'aime les Stones, mais quand même. Trop c'est trop.

— Pas la peine de gueuler, Scott. Il fallait me le dire sur le moment. On a déjà dépassé cinq sorties.

— Tous les deux, vous me rendez folle, se plaint Laney.

Elle se penche entre nos sièges, son téléphone à la main.

— Prends cette sortie, ordonne-t-elle à Jake en montrant la sortie suivante.

Il tente de protester.

— Mais…

— Sors, je te dis. Ne discute pas.

Comme il est de toute façon perdu, il se résigne à suivre les instructions de Laney, qui suit elle-même celles de son BlackBerry. Après un itinéraire passablement compliqué que nous n'aurions pas trouvé seuls, nous voilà enfin du bon côté de l'autoroute — direction la Californie.

Nous passons devant un immense panneau d'affichage qui vante la qualité de la viande d'une chaîne de restaurants. Je jette un regard du côté de Laney.

— Ton père serait scandalisé s'il savait que nous traversons le Texas sans nous arrêter pour manger un steak.

— C'est certain, approuve-t-elle.

Allongée sur le siège arrière, les jambes étendues, elle fait défiler l'écran de son BlackBerry.

— Et ton père, au fait ? me demande-t-elle. Tu crois qu'il s'inquiète ?

— Non, je réponds.

Je détourne le regard et contemple le paysage. Encore un immense panneau de publicité, mais cette fois pour un restaurant de la chaîne Hooters. Berk !

— Je crois qu'il a décidé de faire comme si on n'existait pas, ma mère et moi.

Ça, au moins, c'est clair comme de l'eau de roche. Je l'ai compris depuis la mort de June.

Jake quitte la route des yeux une seconde pour me dévisager.

— Et l'urne ? demande-t-il. Il ne va pas être furieux que tu l'aies emportée ? Il devait récupérer une partie des cendres, non ?

— Peut-être.

Je hausse les épaules. La réaction de mon père m'importe peu.

Je suis sans doute trop dure avec lui… Après tout, June était sa fille ; il doit souffrir. Mais je comprends maintenant pourquoi ma mère lui en veut à ce point. Il nous traite toutes les deux comme il l'a traitée pendant des années, comme si on était de trop dans sa vie, comme s'il préférait nous oublier. Avec Melinda, il prend un nouveau départ — comme c'est pratique ! Maman et moi, nous ne sommes plus que des fardeaux, et son vœu le plus cher est de nous abandonner sur le bord de la route.

— C'est lui le fardeau, pas vous, rétorque Laney. Il est comme mon père. Il a laissé tomber sa première femme pour un modèle plus récent. C'est dégueulasse.

Jake cherche son regard dans le rétroviseur.

— Et dans ton cas, c'est ta mère, le modèle plus récent ?

— Je ne me fais aucune illusion sur le mariage de mes parents, répond-elle. Ma mère n'était pas vraiment partante pour avoir un enfant… Tu penses bien… Elle avait trop peur des vergetures ! Mais bon, en même temps, ça permettait d'asseoir sa position sociale et financière, si vous voyez ce que je veux dire. Et puis il y avait l'abdominoplastie pour réparer les dégâts.

Elle dit ça d'un ton léger, mais je décèle de l'amertume dans sa voix.

— Le bon côté des choses, c'est que mes parents ne sont pas tout le temps sur mon dos. Du moment que je ne les dérange pas, que je travaille en classe et que je ne fais pas de vagues, ils se fichent du reste.

— Ma mère…, commence Jake.

Puis il se tait. Je tourne la tête vers lui, mais il regarde la route. Je le vois avaler sa salive.

— Elle aussi, elle se fichait de ce que je faisais, reprend-il. Parfois, je me dis que j'aurais été différent si elle avait fait un peu attention à moi.

Nous continuons à rouler dans un silence rêveur pendant quelques minutes.

— Les parents, ça craint, lâche finalement Laney.

— C'est un fait, conclut Jake.

Il n'en dit pas plus et tambourine sur le volant pour accompagner le solo de guitare de Keith Richards. Depuis le début de notre voyage, c'est la première fois que nous tombons d'accord tous les trois, que nous sommes sur la même longueur d'onde.

Cette harmonie entre nous perdure une grande partie de la journée, mais ça ne pouvait pas être éternel et Laney déclenche de nouveau les hostilités quand Jake s'arrête pour appeler son frère d'une cabine, à quelques kilomètres de Santa Fe.

— Le forfait de ton téléphone portable ne te permet pas de passer des textos ? s'étonne-t-elle quand il revient quelques minutes plus tard. Tu n'as pas non plus d'iPod… Tu as la phobie des appareils modernes ou quoi ?

— Il serait temps d'entrer dans le XXIe siècle, Tolan, je plaisante.

— Vous savez ce qu'on dit à propos de ces appareils. Quand ils ne se cassent pas…

Jake attend d'être de nouveau engagé sur l'autoroute pour se tourner vers Laney.

— Toi, par contre, tu es accro à la technologie et ce n'est

pas mieux. Qu'est-ce qu'une gamine de seize ans peut bien faire avec un BlackBerry ?

— J'ai dix-sept ans, corrige-t-elle, comme si ça changeait tout. C'est Harper le bébé, ici.

Je m'empresse de protester.

— Je n'ai que dix mois de moins que toi ! Et on est dans la même classe !

— Peu importe, me rétorque Laney.

Elle se tourne vers Jake.

— N'oublie pas que c'est grâce à ce BlackBerry que nous sommes sur la bonne route. Alors, un peu de respect.

— Désolé, mais je n'ai aucun respect pour…

Je prends mon Polaroïd pour les photographier en train de se chamailler. Ils s'arrêtent tous les deux pour me jeter un regard noir, mais au moins ils ne se disputent plus.

— Préviens-moi, la prochaine fois, proteste Laney en se passant les mains dans les cheveux. On dirait que je sors du lit. Je n'en peux plus de rouler. Je suis toute décoiffée, il faudrait que je retouche mon maquillage. Et en plus j'ai des fourmis dans le pied gauche…

Elle s'arrête net et regarde au-dehors.

— Hé ! Qu'est-ce que c'est que ça ? s'exclame-t-elle.

Nous passons devant une pancarte peinte à la main sur laquelle on peut lire : « Prochaine sortie : Fridgehenge ».

Elle se penche en avant.

— Qu'est-ce que ça peut bien être, d'après vous ? demande-t-elle.

— Un piège à touristes, répond Jake froidement.

Elle l'attrape par les épaules et le secoue.

— Allez, je t'en prie, on devrait aller voir ! On a roulé toute la journée. Je m'ennuie à crever. Je veux respirer l'air frais du Nouveau-Mexique et j'ai besoin de me dégourdir les jambes !

Il lève les yeux au ciel et se tourne vers moi.

— Et toi, qu'est-ce que tu en penses ? demande-t-il.

— Je pense que c'est probablement nul.

Comme cette réponse déchaîne les protestations de Laney, je m'empresse de rectifier :

— Mais Laney étant ma meilleure amie je vote pour le détour.

Laney en rougit de plaisir.

— Voilà ! Bien répondu !

Jake fait un peu la tête, mais il cède et prend la sortie Fridgehenge. En suivant les pancartes, nous aboutissons à une route de terre qui s'arrête brusquement au bout d'un kilomètre et demi. Jake stoppe donc la camionnette et allume ses phares qui éclairent des nuées d'insectes, ainsi qu'une dernière pancarte « Fridgehenge » dont la flèche montre un chemin qui grimpe une colline. Nous échangeons des regards indécis.

Je hausse les épaules.

— Il ne nous reste plus qu'à marcher.

Quand nous descendons de la camionnette, je commence par nous pulvériser tous les trois de répulsif antimoustique. Ça pue et ça nous fait tousser, mais au moins, durant l'ascension de la colline, nous ne sommes pas obligés de nous battre contre des hordes de moustiques porteurs de la malaria, du virus du Nil, ou que sais-je encore. Au sommet, nous sommes arrêtés par une clôture de barbelés entourant une décharge.

— Eh bien, le moins qu'on puisse dire, c'est que ce n'est pas passionnant, déclare Jake, tout en chassant d'un revers de la main un moustique qui bourdonne autour de son visage.

— Ce n'est qu'une décharge, dis-je à Laney, en essayant de reprendre mon souffle.

— Ce n'est pas possible, il doit bien y avoir autre chose, insiste-t-elle.

Elle se hisse sur la pointe des pieds pour regarder alentour, puis se met à gesticuler.

— Regardez, c'est sûrement ça ! Fridgehenge !

Plantés au beau milieu de la décharge, de vieux réfrigérateurs sont disposés en rond, comme les pierres de Stonehenge. C'est assez inattendu.

— On ne peut pas s'approcher un peu ? je demande.

Mais Laney a pris les devants et se dirige déjà vers une faille de la clôture. Elle se baisse pour passer dessous et nous fait signe de la suivre.

De plus près, le spectacle est encore plus déroutant — et d'une certaine manière étrangement beau. Ces réfrigérateurs, pourtant jaunis par le temps et tagués, ont quelque chose de majestueux dans l'écrin mauve et rouge du soleil couchant.

Je prends plusieurs Polaroïd de cette œuvre décalée, sous différents angles, pour être sûre d'en capter tout l'intérêt.

Laney incline la tête de côté d'un air songeur.

— Qu'est-ce que ça peut bien signifier ?

— Je dirais que c'est une critique de la société de consommation et du gaspillage, propose Jake.

— Intéressant, dit Laney.

Puis elle se détourne pour scruter l'horizon, une main sur la hanche.

— Vous croyez qu'il y a un Starbucks dans le coin ? Je donnerai n'importe quoi pour un *macchiato.*

— Et moi pour une douche, je murmure, en tirant sur le col de mon chemisier trempé de sueur.

Puis je range mes photos dans une des poches extérieures de mon sac à dos.

— Moi aussi, approuve Laney. Et je rêve d'un lit douillet.

— Vous aurez votre douche, les filles, mais faites une croix sur le lit, répond Jake avec un sourire narquois. Ce soir, on campe !

Je trouve paradoxal d'utiliser le BlackBerry de Laney — sommet de la technologie — pour chercher le terrain de camping le plus proche. Quand je le fais remarquer à Jake et Laney, ça n'a pas l'air de les amuser. Bon… Pour une fois que je faisais de l'humour…

Laney fait de gros efforts pour ne pas se plaindre ; elle doit se douter que, si elle ouvre la bouche, je ne vais pas me gêner pour lui parler de son « esprit aventureux ». Mais quand Jake paye nos entrées, se sentant acculée, elle ne se retient plus.

— Et comment on va faire, pour aller aux toilettes ? demande-t-elle d'un ton indigné.

— Il y a des installations pour ça, répond-il.

Il colle sur son pare-brise le sticker qu'on lui a remis.

— Et si elles sont trop loin de notre emplacement, tu n'auras qu'à trouver un coin discret. Fais quand même attention aux serpents à sonnette.

Je n'arrive pas à savoir s'il plaisante ou pas.

Laney écarquille les yeux d'une manière comique.

— Il y a des serpents à sonnette, en plus ?

Après ça, elle jure de se barricader dans la camionnette

jusqu'à ce qu'on ait quitté cet Etat pourri. Dès que nous sommes garés, elle s'installe à l'arrière et disparaît sous une couverture. Elle tapote sur son BlackBerry : je parie qu'elle cherche sur Google la liste des serpents du Nouveau-Mexique.

Jake sort de la camionnette pour profiter de la nuit et je décide de le suivre. Pas question de me coucher maintenant. J'ai peur de rêver de June. Chaque fois que je m'endors je redoute de revivre en rêve le moment où je l'ai trouvée dans le garage. Jusque-là, j'ai réussi à refouler les images associées à ce souvenir, mais je les sens qui bouillonnent juste sous la surface, prêtes à se manifester au moment où je m'y attendrai le moins — comme un serpent venimeux caché dans les hautes herbes.

Jake grimpe sur le toit de Joplin et me hisse près de lui. Nous nous étendons côte à côte, les mains sous la tête, pour contempler les étoiles. Le spectacle est grandiose. Non seulement les étoiles sont plus nombreuses qu'à Grand Lake, mais elles semblent plus grandes et plus brillantes.

— Tu connais des constellations ? je demande.

— Pas vraiment. Je connais la Croix du Sud, mais on ne peut la voir que dans l'hémisphère Sud. Je connais une chanson qui en parle…

— Bien sûr que tu connais une chanson… Avec toi, tout passe par les chansons.

Il m'ignore et poursuit :

— De Crosby, Still & Nash. Je préférais ce qu'ils faisaient quand Neil Young était dans le groupe, mais cette chanson-là est très réussie.

Il se met à chanter. C'est vrai que c'est une belle chanson. J'aime sa voix, mais je m'abstiens de le lui dire, évidemment, parce que je suis certaine que le compliment l'agacerait.

Mais, quand il a fini de chanter, je ne peux pas m'empêcher de faire un commentaire :

— Tu devrais monter un groupe.

— Moi ?

Il paraît sincèrement étonné.

— Je joue de temps en temps avec les instruments d'Eli, ça me suffit. Lui, il a un groupe avec lequel il répète dans la cave de l'immeuble. Le musicien, c'est Eli, pas moi.

Je vois le problème. Il a l'impression qu'il ne pourra jamais égaler son grand frère — un peu comme moi avec June —, aussi, il n'essaye même pas. Ça me fait un point commun avec lui.

— Tu as déjà écrit des chansons ?

— Non. Je ne suis pas auteur. Ni compositeur.

Il hausse une épaule.

— Je n'ai rien à dire.

Là, il va un peu loin. Je ne peux pas m'empêcher de rectifier.

— Toi ? Tu n'as rien à dire ? J'ai du mal à y croire.

Je contemple de nouveau les étoiles. A quoi peut bien ressembler la Croix du Sud ? Je ne connais que la Grande Ourse, que June m'a montrée quand nous étions enfants.

Le silence s'installe, créant entre nous une étrange intimité qui me met mal à l'aise. Je tente de relancer la conversation :

— C'est tellement silencieux, ici.

— Tu t'ennuies ? me demande Jake.

Il coule de mon côté un regard moqueur.

— Tu veux jouer à Top 3 ?

— Si on jouait plutôt à Action ou Vérité ?

— Action ou Vérité ? Tu me prends pour un gamin de douze ans ou quoi ?

Il cale ses pieds contre les miens. Je le laisse faire.

— Il m'arrive de me demander si tu n'as pas douze ans, en effet.

Je m'attends à ce qu'il proteste, mais à ma grande surprise il soupire et dit :

— D'accord pour Action ou Vérité, si ça peut te faire plaisir…

Il tourne la tête vers moi et ajoute :

— A condition que je commence.

— J'accepte.

Je pose un bras sur mes yeux et me concentre quelques secondes avant de lancer :

— Vérité !

— Qu'est-ce que tu penses à cet instant précis ? me demande-t-il.

Drôle de question ! Je bouge un peu mon bras et ouvre un œil pour l'observer. Non, il ne plaisante pas. Il attend ma réponse, l'air grave. Bon. A quoi je pense… ?

— Je pense que…

J'inspire.

— Ma sœur aurait adoré Fridgehenge.

Il sort une cigarette de sa poche et l'allume, sans me quitter des yeux.

— Tu crois ?

— Oui. Elle aimait bien l'ironie décalée. Et l'esprit récupération de l'art contemporain.

Je souris.

— Elle portait souvent un T-shirt avec une conserve de soupe de tomates imprimée. Soi-disant conçu par un artiste… Je n'ai jamais compris en quoi c'était de l'art, mais elle, elle prétendait que oui.

Jake tire sur sa cigarette dont le brandon rougeoie dans le noir.

— On peut voir de l'art dans pas mal de choses.

— Je suppose.

Je resserre les pans de mon gilet sur mon ventre. Jamais je n'aurais cru que les nuits dans le désert pouvaient être aussi froides.

— A présent, c'est mon tour. Action ou Vérité ?

— Action, répond-il aussitôt.

Je ne suis pas surprise qu'il préfère Action, comme Laney. Quand nous jouons toutes les deux, j'en profite pour lui demander des trucs dingues, comme faire le tour de son jardin toute nue — la nuit bien sûr, quand les voisins ne peuvent pas la voir.

Mais je ne peux quand même pas demander à Jake de se mettre tout nu, même si ça me tente, j'avoue. Qu'est-ce que je pourrais bien lui lancer, comme défi ? J'ai trouvé !

Je me redresse sur un coude et lui souris.

— Action : compose une chanson.

— Là, tout de suite ? demande-t-il en faisant la grimace.

— Euh, non… Je te laisse le temps du voyage. Tu devras me la chanter avant notre retour.

Notre retour. J'ai le ventre noué quand je pense au moment du retour. Il faudra bien rentrer, pourtant. Affronter ma mère, tante Helen, la chambre de June. Et tout le reste.

Je m'efforce de ne plus y penser. Je suis si bien sur ce toit de camionnette, sous les étoiles. Je ne voudrais pas gâcher ce moment : je me concentre sur le jeu.

— Alors ? Tu vas l'écrire, cette chanson ?

Jake détourne le regard.

— Je ne sais pas. Peut-être.

Je suis déçue. J'avais espéré qu'il relèverait le défi pour m'épater, mais visiblement il s'en fiche de m'épater. Je ne compte pas pour lui. Pas du tout. Je ne suis que la sœur de June.

— Bon, je n'insiste pas.

Je lève de nouveau les yeux vers l'immensité du ciel nocturne, pour ne plus voir le visage fermé de Jake.

— Dans ce cas, puisque tu refuses Action, j'ai droit à Vérité. Qu'est-ce qui est arrivé à tes parents ?

Il inspire profondément, comme quelqu'un qui remplit ses poumons d'air avant de plonger sous l'eau.

— Mon père est parti quand j'avais quatre ans et il est en prison depuis que j'en ai neuf : vol à main armé et détention d'armes illégale, si tu veux tout savoir.

— Oh…

Je ne sais pas quoi dire. Je ne m'attendais pas à une vérité aussi… crue. Pour moi, les gens qui vont en prison vivent sur une autre planète. Je me rends compte que c'est différent pour Jake.

Il faut que je trouve quelque chose à dire. Mon silence atterré est affreusement gênant.

— Ça… ça craint, je murmure enfin.

Il hausse les épaules.

— Pas tant que tu crois. Au fond, ça valait mieux pour moi. Mon père… n'était pas ce qu'on peut appeler un type bien.

— Et ta mère ?

— C'est plus compliqué. Elle en a eu marre de jouer le rôle de la maman… Alors elle est partie.

Il n'en dit pas plus et je n'ose pas insister.

— C'est ton tour, maintenant dit-il. Vérité : parle-moi de tes parents.

— Je n'ai pas dit que je prenais Vérité.

— Pas de problème. Action : parle-moi de tes parents.

Il triche, mais je fais semblant de ne pas m'en apercevoir :

— June t'avait parlé d'eux ? je demande.

— Elle m'a dit qu'ils avaient divorcé, c'est tout, répond-il. Laisse-moi deviner le reste… Ton père a eu une aventure avec sa secrétaire ?

Il me lance un regard amusé. Il est gonflé ! Je ne vois pas ce que ça a de drôle.

— Pas exactement. Il y a une autre femme, oui, mais ça n'est pas sa secrétaire. Elle s'appelle Melinda et elle est serveuse. Il jure qu'il ne s'est rien passé entre eux avant le divorce.

— Ta famille est désespérément sage. C'est décevant.

— Oui, je sais que c'est une histoire banale à pleurer. Je crois que mes parents ont tout simplement cessé de s'aimer.

Je soupire.

— Mon père fait comme si nous n'existions plus. Ma mère est maintenant persuadée que tous les hommes sont des salauds hypocrites.

— Je comprends mieux maintenant d'où tu tiens ton opinion des hommes, déclare Jake.

Je me demande s'il plaisante ou pas. Dans le doute, je lui donne une petite tape, pour lui apprendre.

— Oh ! ça va. C'est mon tour, maintenant.

— Je choisis Vérité, dit Jake. Trouve-moi quelque chose de salé. Surpasse-toi, qu'on rigole un peu. Je trouve le jeu un peu mou.

Oh ! pour ça, je vais me surpasser ! Je vais lui poser la question qui me brûle les lèvres depuis qu'Anna m'a parlé de June et de lui.

— Est-ce que tu es sorti avec June ?

Je le sens se raidir près de moi.

— Qu'est-ce qui peut te faire croire que je suis sorti avec elle ?

— Je ne sais pas… Voyons…

Je lève les yeux au ciel.

— Premièrement parce que tu joues la carte du mystère chaque fois que je te demande comment tu l'as connue. Deuxièmement parce que tu l'avais présentée à tes amis.

— C'est Anna qui t'a parlé de ça, hein ? dit-il posément.

Il tire une longue bouffée de sa cigarette avant de poursuivre.

— Je l'ai emmenée deux ou trois fois avec moi, parce qu'elle avait besoin d'air. Chez vous, c'était lourd. L'ambiance lui pesait. Le divorce de tes parents. Les conflits pour le choix de l'université. Et en plus elle se sentait seule parce qu'elle venait de laisser tomber le nul avec qui elle sortait.

— Tu parles de Tyler ?

— Il s'appelait Tyler ? Oui, Tyler.

Il fronce les sourcils.

— Bref. La première fois qu'on a fait une sortie ensemble, c'est le jour où je suis allé voir un copain de Seth qui jouait dans un groupe, à Detroit.

— Un copain de Seth ? Quel genre de groupe ? Punk ?

Je me redresse de nouveau sur un coude. Ça devient intéressant.

— Ne me dis pas que tu as invité June à un concert punk ?

— Un concert, c'est beaucoup dire, c'était plutôt une petite soirée musique. Mais punk, oui. T'en fais pas, elle a détesté. Elle m'a dit « qu'elle n'avait rien compris ».

Il rit.

— C'est vraiment bizarre. Des fois j'ai vraiment du mal à croire que vous étiez sœurs. Tu ne lui ressembles pas du tout.

Il ne me manquait plus que ça. Encore quelqu'un qui me compare à June. Oui, je sais que je ne lui ressemble pas !

— Merci, je réponds.

J'ai du mal à cacher mon amertume.

— Ce n'était pas une critique, précise-t-il.

Comme il voit que je continue à faire la tête, il se justifie encore :

— June, elle était… je ne sais pas comment dire… Mal dans sa peau ! Voilà. Elle était mal dans sa peau. Elle aimait bien passer du temps avec moi parce que je la sortais de son quotidien et qu'elle pouvait oublier le personnage qu'elle jouait chez vous. Je crois qu'elle se cherchait, qu'elle ne savait plus où elle en était. Tu vois ce que je veux dire ?

— Oui, je vois. Et je pense que tu as raison. Elle en avait marre de son personnage.

Donc, ma sœur détestait sa vie. Avec Jake, elle cherchait à découvrir autre chose, mais ça n'a pas suffi à lui redonner espoir. Alors elle a tout lâché.

Mais moi je ne suis pas comme elle. Du genre à lâcher, d'après ce que dit Jake.

— Et tu penses que, moi, je suis bien dans ma peau ?

J'ai sorti une cigarette, il se penche vers moi pour me donner du feu.

— J'en sais rien, me répond-il avec franchise. Mais ce qui est sûr, c'est que tu n'es pas aussi fragile qu'elle. Ta sœur, c'était une poupée de porcelaine.

Une fille hyper sensible, il veut dire — pas comme moi.

— Tandis que moi je suis en béton armé, c'est ça ? Je ne ressens rien, sauf quand j'écoute une chanson triste.

Je tire sur ma cigarette.

— Tu n'as toujours pas répondu à la question principale. Tu es sorti avec elle ou pas ?

— Jamais.

Le ton est sans appel. Je comprends qu'il ne dira pas un mot de plus.

Il roule sur lui-même pour descendre du toit de la camionnette, puis je l'entends ouvrir la portière du conducteur et la refermer en claquant. Il a l'air furieux que j'insiste. Merde. C'est pourtant normal que ça m'intéresse, non ? Il commence à m'énerver, avec ses sautes d'humeur.

Je descends à mon tour pour aller me planter devant sa portière. Il a baissé sa vitre. Les bras sur le volant, le menton appuyé contre, il regarde droit devant lui.

— J'ai une autre question, lui dis-je. Il faudrait que tu choisisses Vérité.

— On ne joue plus, Scott. Et en plus, ce n'est pas ton tour.

— Une dernière. Jake. C'est important pour moi.

Je m'agrippe au rebord de sa vitre et attends qu'il tourne la tête vers moi.

— Je veux savoir. Est-ce que tu as une idée de… Pour June… Ce qui a pu… Pourquoi elle a…

Ma voix tremble, je n'arrive pas à aller jusqu'au bout de ma question.

— Non, répond-il posément.

Il soupire et se frotte le visage à deux mains.

— Elle était triste… Trop fragile pour affronter la vie… J'en sais rien, en fait. Il ne faut pas chercher une explication à tout.

Son expression s'adoucit.

— J'aurais aimé comprendre aussi, tu sais, murmure-t-il.

— Mais, June, elle s'en fichait, qu'on comprenne. Sinon elle aurait laissé un message.

Je fais mine de m'éloigner, mais il me retient par le poignet et me plaque contre sa portière.

— Hé, murmure-t-il.

De sa main libre, il écarte une boucle de mon visage et la cale derrière mon oreille.

— Tu n'es pas ce que tu disais tout à l'heure.

— Qu'est-ce que j'ai dit ?

Ma voix est à peine un murmure. Mon cœur bat à un rythme sauvage. Jake se penche vers moi, son visage n'est plus qu'à quelques centimètres du mien. Il suffirait que j'avance d'un millimètre pour que nos bouches se touchent.

— Tu n'es pas en béton armé, dit-il.

Je sais qu'il ne faut surtout pas que je l'embrasse. Non. Et moi, je ne vais pas l'embrasser. Mais s'il m'embrasse je ne le repousserai pas. Je pourrais dire que c'est parce qu'il fait froid et que j'ai besoin d'être réchauffée. Ou que je suis perdue et déboussolée, loin de chez moi (non, d'accord, là faut pas pousser). Ou encore prétendre que je suis prise d'un coup de folie. Mais tout ça, ce serait bidon. Alors, disons que s'il approche trop près ses lèvres des miennes, eh bien, en vertu de la loi d'attraction, ou un truc comme ça, je ne pourrai pas résister à celle de ses lèvres. Et c'est tout. Ça ne signifie rien de plus. C'est une question d'atomes. Purement.

Mais, contrairement à ce que je croyais, il n'essaye pas de m'embrasser. Il me regarde, un très long moment, tout en faisant glisser ses doigts le long de mon poignet pour me prendre la main.

J'ai un poids sur la poitrine, tout à coup, et envie de pleurer. Mais ce n'est pas parce qu'il ne m'embrasse pas. Pas du tout.

— Qu'est-ce que tu en sais, si je suis en béton armé ou pas ? je lui rétorque sèchement.

Puis je libère ma main et lui tourne le dos, avant de m'éloigner en frissonnant.

Cette nuit est vraiment glaciale.

11

— Oui, papa, je sais. Mais non, je t'assure, je ne pensais pas que tu serais aussi inquiet. Non, il ne se passe rien de grave, papa. Harper avait besoin de se changer les idées, alors je l'ai accompagnée.

La voix de Laney me tire du sommeil. Je la cherche du regard. Elle est assise en tailleur près de moi et enroule nerveusement une boucle de cheveux autour de son index. Nos regards se croisent. Elle ne me sourit pas.

— Non, je ne mens pas, dit-elle dans le téléphone. Non, nous n'avons pas besoin d'argent. Oui, d'accord, je le ferai. Je te le promets ! Dis-leur que c'est très sympa… Papa, c'est une expression, une façon de parler ! Très bien, je sais. Bien sûr. Je t'aime aussi. Bye.

Elle raccroche et me tend le téléphone.

— Il faut que tu appelles ta mère.

Je m'assieds en enroulant la couverture autour de mes épaules. Je n'avais pas envie de penser à la maison. Ne pourrait-on pas m'épargner ça pour aujourd'hui ?

— Pourquoi je l'appellerais ? je grommelle.

— Parce que, si tu ne le fais pas, tes parents vont nous mettre les flics aux trousses.

Ah. OK. C'est une bonne raison, mais je tente quand même de résister.

— Ils bluffent.

Je sens bien que ce n'est pas très convaincant et Laney n'y croit pas une seconde.

— Harper, je suis sérieuse, insiste-t-elle. Mon père n'est pas du tout content.

— Il a gueulé ?

— Il a gueulé d'autant plus que ta famille le prend très mal et lui met la pression. Il n'a pas arrêté de me répéter que ton devoir était de rentrer chez toi et d'assumer la situation. Et bla. Et blabla. Pour le *road trip*, bah, il n'en fait pas une histoire. Tu comprends, il a lu Jack Kerouac quand il avait vingt ans.

Je mordille ma lèvre inférieure.

— Tu crois vraiment que mes parents vont prévenir les flics ?

— D'après ce que m'a dit mon père, ta tante Helen menace de s'en charger s'ils ne le font pas. Il a réussi à l'en empêcher jusque-là mais, si tu n'appelles pas aujourd'hui, il ne répond plus de rien. Ça me déplaît de te le dire, mais il a raison. Tu dois rassurer tes parents.

Mon ventre se noue.

— Je le ferai. Dès qu'on sera en Californie.

— Non, proteste farouchement Laney. Tu les appelles *maintenant*.

Elle compose le numéro et me colle l'appareil à l'oreille avant que j'aie eu le temps de réagir. J'essaye de repousser sa main mais, trop tard, on décroche déjà de l'autre côté.

— Allô ?

C'est ma mère… Au moins, je n'aurai pas à me disputer avec tante Helen.

— Salut, maman.

— Harper ?

Sa voix me paraît calme et posée. Elle n'est donc plus en colère contre moi ? D'un autre côté, on peut difficilement juger de l'humeur d'une personne avec deux syllabes.

— C'est toi ?

Elle a l'air vraiment bien disposée. Je tente la plaisanterie.

— Qui voudrais-tu que ce soit ? A moins que tu n'aies une enfant cachée, ça ne peut être que moi.

— C'est bon d'entendre ta voix.

OK. Je peux continuer sur le même ton. C'est une agréable surprise parce que je m'attendais à un registre plus agressif — cris, sanglots et reproches.

— Tu vas bien ? demande-t-elle. Tu as un problème ?

— Aucun problème. Je vais très bien. Et Laney aussi.

J'en reviens pas qu'elle soit si calme. Je me demande ce que ça cache… Mon regard croise celui de Laney et elle m'encourage d'un sourire.

— Euh… Et toi, maman ? Comment ça va ?

Elle demeure silencieuse un instant, avant de lâcher :

— C'est une drôle de question, Harper, franchement. Qu'est-ce que tu voudrais que je te dise ?

Elle n'a pas tort. Je tripote nerveusement le trou de mon jean, au niveau du genou, et en sort de petits fils blancs.

— Ben, par exemple… Est-ce que tu as repris le travail ?

— Quoi ? Si j'ai…

Elle s'en étouffe…

— Harper, une de mes filles vient de mourir et l'autre est en fugue. Tu me vois au boulot ? Atterris un peu.

— Oui, maman. J'avoue que la question était stupide.

Finalement, ce n'est pas si décontracté que ça. Même si elle est moins en colère, elle souffre. Et ça me fait mal d'entendre qu'elle souffre.

— Je suis désolée, maman. J'aurais préféré ne pas te faire de peine. Je sais que tu crois que je m'en fiche, mais c'est faux.

— Est-ce que ça veut dire que tu rentres à la maison ?

— Non, pas tout de suite. Je rentrerai bientôt, je te le promets. Mais avant je dois… je dois faire quelque chose.

— Faire quoi ?

— C'est pour June, je murmure. Fais-moi confiance. Je t'en prie, fais-moi confiance.

Sa respiration s'accélère et je crains un instant qu'elle ne se mette à pleurer, mais elle parvient à se contrôler :

— D'accord, murmure-t-elle enfin d'une voix brisée. Je te fais confiance, Harper.

Quand nous raccrochons, je suis un peu rassurée : je crois que c'est bon, personne ne préviendra les flics. Je rends le téléphone à Laney en soupirant de soulagement.

— Elle est vraiment folle d'inquiétude, ta mère, déclare-t-elle. Pas comme mes parents.

Elle semble presque… jalouse.

— Oui, elle s'inquiète. Mais toi, tu as de la chance que tes parents te laissent autant de liberté.

Elle hausse les épaules et range son téléphone dans la poche de son jean. Elle demeure un moment tête baissée, silencieuse, puis elle descend de la camionnette, sans un mot.

Je croyais que Laney appréciait sa liberté, mais je viens de comprendre qu'elle préférerait une mère comme la mienne, pénible et exigeante, mais aimante.

Et moi qui n'ai cessé de lui répéter qu'elle avait de la chance que ses parents lui fichent une paix royale…

J'ai l'impression d'être une fille ingrate et une piètre amie.

Une piètre amie, surtout.

Jake me fait la tête. C'est tout juste s'il m'adresse un mot quand nous rassemblons nos affaires pour partir. Dès qu'il démarre, il met la musique à fond et conduit en silence. Je n'ai même pas droit à mon cours d'histoire de la musique. J'ai eu le temps de voir la pochette du CD avant qu'il ne la lâche sur le plancher — Fleetwood Mac. Les paroles sont bateau, mais les mélodies agréables.

Tant pis. Je ne dis rien moi non plus et colle mon front à la vitre pour admirer le paysage. Le décor a changé depuis que nous sommes au Nouveau-Mexique. Nous traversons de longues étendues désertiques, semées d'une rare végétation. Au loin, on devine des zones rocheuses.

Laney sort son nécessaire à ongles et entreprend de se passer du vernis. Je regarde mes doigts de pied. Ça fait longtemps que je ne me suis pas fait les ongles, mon vernis commence à s'écailler, mais on voit toujours le pointillé rouge sur mon gros orteil, celui qui n'est pas droit parce que June est entrée et…

Je relève la tête. Bon, je ne peux même pas regarder mes doigts de pied sans penser à June et me sentir coupable. Au prochain arrêt, j'achèterai du dissolvant pour enlever ce vernis.

— Laney, tu peux me passer du vernis ? je demande.

— Quelle couleur ?

— Noir.

Elle ricane.

— Je suis choquée.

Mais elle fouille dans son sac et en sort un petit flacon qu'elle dépose dans la paume que je lui tends.

Une main à plat contre le tableau de bord, je commence par me vernir le pouce. Ce n'est pas évident, avec Joplin qui brinquebale sur les bosses de la route.

— Ça pue, ton truc, se plaint Jake quand j'entame l'index.

Je lève les yeux au ciel.

— C'est bon, j'ai presque fini.

Je termine ma main droite et referme ostensiblement le flacon. J'ai envie de provoquer ce prétentieux, c'est plus fort que moi.

— Je vois que tu daignes me parler, c'est chouette.

Il me jette un regard noir.

— Continue comme ça si tu veux me faire changer d'avis, grommelle-t-il.

— Moi, j'aime bien quand tu te tais, Jake, lance Laney, tout en secouant sa main et en examinant ses ongles fraîchement vernis. Mais je te trouve sympa, va, t'inquiète pas. On est bien, dans ta camionnette. Si ça ne tenait qu'à moi, on se baladerait sur les routes tout l'été. Surtout que je sais ce qui m'attend en rentrant : ma mère va me priver de sortie pour m'obliger à préparer l'examen d'entrée à la fac vingt-quatre heures sur vingt-quatre et sept jours sur sept.

— Elle veut que tu entres à l'université du Michigan ? je demande.

— Bien sûr, tu penses… C'est là qu'elle est allée. Alors, pour elle, il n'y a pas mieux. Mais moi je préférerais New York ou la Californie du Sud. Là où il se passe quelque chose.

Elle soupire.

— Mon père, lui, il veut m'envoyer à Dartmouth. Comme si je pouvais être admise à Darmouth ! Mes résultats ne sont pas aussi brillants qu'il le pense. Je ne suis même pas sûre d'obtenir mes premiers vœux.

— Comme la vie est dure ! dit Jake d'un ton neutre. Papa est prêt à te payer l'université de tes rêves : quelle angoisse !

— Où tu veux en venir ?

— Il t'arrive de t'écouter parler ? demande-t-il en haussant la voix, avec un mélange de dégoût et d'incrédulité. Tu n'auras peut-être pas Dartmouth ? Pauvre petite ! Je vais te prêter un mouchoir pour que tu puisses pleurnicher sur ton triste sort.

— Qu'est-ce qui te prend, Jake ? proteste Laney. Tu ne me connais pas. Tu ne sais pas ce que je vis.

— Je sais *exactement* ce que tu vis, lui rétorque-t-il. Tu es une gosse de riche qui a tout ce qu'elle veut. Comme elle ne peut se plaindre de rien, elle se plaint que papa et maman ne l'aiment pas assez. Et pour se consoler, bien sûr, elle couche avec toute la ville.

Laney sursaute comme si on l'avait giflée. Je me tourne vers Jake.

— Qu'est-ce que tu viens de dire ?

Il serre les dents.

— Je me demande pourquoi je me donne tant de mal pour les enfants gâtées que vous êtes. Toutes les deux.

— Excuse-toi, je murmure d'une voix blanche. Excuse-toi tout de suite ou je descends de cette camionnette, même si je dois aller en Californie à pied. Tu m'entends ?

Il coule un regard en biais de mon côté, sans répondre.

— Tu m'entends ?

J'ai hurlé si fort qu'il en a lâché le volant.

Soudain, il y a un bruit sourd et la camionnette fait une embardée. Laney crie. Je m'agrippe au tableau de bord. Jake jure tout haut, écrase les freins et s'arrête sur le bas-côté.

Pendant quelques secondes nous restons assis en silence, hébétés.

— Tout le monde va bien ? demande Jake d'une voix altérée.

— Que… Qu'est-ce qui s'est passé ? murmure Laney.

— Je crois qu'on a un pneu crevé. Harper, ça va ?

Je ne réponds pas. Mes mains tremblent, mais je parviens à défaire ma ceinture. Je descends de la camionnette, je claque violemment ma portière et lui balance un coup de pied. Je me suis fait atrocement mal au gros orteil et dehors il fait une chaleur à crever, mais je m'en fous. Je ne veux pas rester avec ces deux crétins. Je me tourne vers le désert. Je me barre ! J'entends une portière s'ouvrir et Laney m'appeler, mais je m'en fous. Je-m'en-fous. Je m'enfonce dans le désert, en direction d'un gros rocher. Je vais grimper là-dessus. Je ne veux rien entendre. Rien savoir.

Une fois installée au sommet du rocher, je contemple le désert qui s'étend devant moi, à perte de vue — une terre orange et jaune, qui se fond à l'horizon avec un ciel d'un bleu incroyablement pur et profond. Je reste là, sous le soleil ardent qui me brûle les yeux. Jusqu'où va cette étendue de sable ? Combien de temps faudrait-il marcher pour rencontrer la civilisation ?

Je hais tout et tout le monde. Jake et sa fichue camionnette.

Laney qui se laisse maltraiter sans réagir. J'ai toujours cru qu'elle n'avait peur de rien, mais je constate qu'elle se laisse piétiner comme un vulgaire paillasson. Elle me déçoit.

Jake aussi me déçoit. Il est mesquin. Il ne vaut pas mieux que les autres.

Tous des nuls !

— Bande de nuuuuuls !

Le cri a jailli du plus profond de moi-même. Il se répercute dans le désert avec un long écho que j'écoute, le souffle court. Je ne suis plus qu'une boule de colère et de souffrance.

— Harper ! supplie Laney. Descends de là !

Elle semble sur le point de pleurer.

— Arrête ! Arrête ça !

Je me tourne lentement vers Jake et Laney qui sont maintenant au pied de mon gros rocher. Moi, du haut de mon promontoire, je les domine. « Je suis la sentinelle du désert ! » je leur crie. Laney a l'air paniquée, mais Jake pas du tout.

Laney lève une main.

— Ça va, calme-toi. Tout va bien.

— Cesse de répéter que tout va bien. C'est le contraire, tout va mal ! je hurle. Ça ne va pas du tout ! Je ne suis pas d'accord pour que tu laisses ce type te traiter comme une merde.

Je montre Jake du doigt.

— Et toi, je t'interdis de te défouler sur ma copine sans la moindre raison. Et j'en ai marre qu'on…

Je me tais en voyant un pick-up apparaître sur la route. Il ralentit en passant à hauteur de la camionnette, mais il ne s'arrête pas. Nous attendons en silence qu'il ait disparu.

— Je suis désolé, dit Jake.

Il se tourne vers Laney.

— Je ne pensais pas ce que j'ai dit.

Elle hausse une épaule.

— Oh que oui, tu le pensais, lui rétorque-t-elle en évitant de croiser son regard. Mais ça ne fait rien. Ça m'est égal. Enfin, ça ne m'est pas égal, mais je ne t'en veux pas.

Elle lève les yeux vers moi.

— Voilà, on s'est réconciliés. Tu vas descendre de là, maintenant ?

— D'accord.

Je m'assieds et me laisse lentement glisser du rocher.

— Allons changer ce pneu, dis-je.

— Merde.

Jake fouille du regard l'arrière de la camionnette.

— Merde, merde et merde, répète-t-il.

Il m'énerve à répéter « merde » comme ça.

— Tu es vraiment trop nul. Un pneu de secours, mais pas de cric. Tu es vraiment nul.

— Eli a dû me l'emprunter et oublier de le remettre.

Il continue à déplacer sacs et couvertures, à la recherche du cric. Mais nous avons déjà tout remué. Il peut chercher. Pas de cric.

— Merde. Merde.

Laney s'est assise sur le bord de la route et échange des textos avec Seth depuis quinze minutes.

— Qu'est-ce qu'il dit, Seth ? je demande.

— Il dit, je le cite : « Jake est un naze. »

Seth est bon psychologue, vraiment.

Jake jure une dernière fois, puis va s'asseoir sur le capot en tapotant nerveusement ses poches pour chercher ses cigarettes. Je vais me poster devant lui.

— Qu'est-ce qu'on va faire ?

Il ne m'accorde pas un regard et secoue son briquet qui rechigne à s'allumer.

— Est-ce que j'ai l'air d'avoir une réponse à cette question ? lâche-t-il enfin.

J'ai envie de lui coller une claque, je le jure.

— Il y a un truc qui ne tourne pas rond chez toi, Tolan.

Je lui arrache le briquet des mains et le jette à terre.

— Pourquoi tu es aussi désagréable ? Je te parle, là, tu pourrais me répondre normalement.

Il me regarde fixement, avec sa cigarette coincée entre ses lèvres.

— On n'est pas des amis, Harper. Fais gaffe à ce que tu me dis. Tu ne peux pas te permettre n'importe quoi avec moi.

Ah. OK. Pigé. Bien reçu. On n'est pas des amis. J'ai compris. Ça fait mal d'entendre ça. Mais il a raison. Après ce voyage, je rentrerai chez moi et j'oublierai Jacob Tolan, ses cheveux en bataille, son attitude insupportable. Et je m'en porterai très bien.

Probablement.

Peut-être.

Je n'ose pas le regarder dans les yeux.

— J'ai compris, Tolan. Puisque tu n'as pas de solution, je vais demander à Laney d'appeler une dépanneuse.

— Attends ! Non ! Laisse-moi une minute pour réfléchir.

— On ne peut pas attendre les bras croisés, Tolan. On est au beau milieu de nulle part, au cas où tu ne l'aurais pas remarqué.

— Oui, mais si on appelle une dépanneuse et que les mecs se mettent à poser des questions sur vous deux, moi je risque de gros ennuis…

— T'es parano.

— Facile à dire. C'est pas toi qui risques la prison, Scott.

— C'est toi qui as absolument voulu venir avec nous, je te rappelle. Personne ne t'a mis un revolver sur la tempe. Si tu considérais que c'était trop dangereux, tu aurais dû rester chez toi.

Il ouvre la bouche pour répondre, puis la referme. Il ne me regarde plus, il fixe un point derrière moi. Je me retourne. Une berline cabossée, à rayures noires et blanches, cahote sur la route. Elle approche, nous dépasse, puis s'arrête brusquement et recule en faisant crisser ses pneus. La portière du conducteur s'ouvre, dans un nuage de poussière.

Un garçon aux cheveux teints en rose se penche par la portière.

— Qu'est-ce qui vous arrive ? Des problèmes avec votre camionnette ?

— Heu…

Jake se laisse glisser à bas du capot et époussette son jean.

— Oui. Un pneu crevé. J'ai une roue de secours, mais je ne trouve pas mon cric.

— Oh ! si c'est que ça, on va vous arranger ça vite fait, répond le garçon d'une voix détachée.

Jake et moi, nous échangeons un regard.

On ?

Cinq autres passagers sortent de la voiture : quatre garçons et une fille. Les garçons portent des T-shirts défraîchis et troués, des pantalons larges avec des chaînes. Ils ont les cheveux teints de couleurs criardes et le visage couvert de piercings — sur le nez, les sourcils, les lèvres, les oreilles. La fille est un peu plus présentable : boucles rouges, cuissardes, minijupe. Un groupe de punks dans le désert, sortant d'une berline zèbre : c'est complètement surréaliste.

Le garçon aux cheveux roses est reparti vers sa voiture pour discuter avec ses potes et j'en profite pour échanger mes impressions avec Jake :

— J'ai des hallus ou quoi ? C'est un mirage ? Tu crois que je souffre de déshydratation ?

Jake suit du regard le garçon aux cheveux roses qui est maintenant en train d'ouvrir son coffre.

— Euh… Je me pose les mêmes questions que toi.

Le garçon revient avec un cric et une clé en main, puis se dirige avec Jake vers le pneu à changer. Les autres nous entourent, Laney et moi, en se présentant — ils sont trop nombreux et la chaleur m'empêche de me concentrer, impossible de retenir leurs noms. Je leur donne donc des surnoms : Mlle Cheveux Rouges, M. T-shirt Goonies, M. Piercing — celui-là a tellement de piercings qu'on ne voit plus son visage.

T-shirt Goonies rejoint Cheveux Roses et Jake. Je lui emboîte le pas et reste un peu en arrière pour les regarder.

— J'espère que tu sais ce que tu fais, mec, dit Cheveux Roses à Jake. Mon père m'oblige à avoir des outils dans ma bagnole, mais je ne suis pas très calé en mécanique et j'ai jamais changé un pneu.

Jake, lui, a l'air d'être calé, suffisamment en tout cas pour changer un pneu. Avec l'aide des deux autres, l'opération ne lui prend que quelques minutes.

Cheveux Roses manifeste son admiration.

— Putain ! s'exclame-t-il.

— Ce n'est pas compliqué quand on sait s'y prendre, répond Jake, modeste, tout en s'essuyant les mains à son jean.

— Non, je parle pas du pneu. Je parle de ton T-shirt. Il est classe !

Jake porte un T-shirt noir avec les mots Robot Suicide Squad inscrits en blanc, et en dessous un robot qui tient un pistolet contre sa tempe.

— C'est vrai qu'il est classe, dis-je. C'est quoi Robot Suicide Squad ? Un groupe ?

— Oui. Un groupe heavy grunge, parfois hardcore, parfois nu metal, ça dépend des albums.

Il se tourne vers Cheveux Roses.

— Tu es un fan, si je comprends bien ?

— Carrément ! s'exclame Cheveux Roses. Vous allez à leur concert, c'est ça ?

— Leur concert ? Quel concert ?

— Mec, ils jouent à Flagstaff. On a traversé presque tout le pays pour ça. Vous devriez venir. Ça va être légendaire.

Jake hésite.

— Je ne sais pas si…

— On devrait y aller, je coupe. Si ça te fait envie. On n'est pas à un jour près.

Il ne mérite pas autant de gentillesse de ma part, mais tant pis. Ça nous fera du bien à tous les trois de briser la monotonie du voyage. On peut bien perdre quelques heures pour se défouler, avant que ça ne dégénère vraiment entre nous.

— Eh bien…

Il fait la moue.

— Pourquoi pas…

Cheveux Roses pousse un cri de triomphe en lançant son poing en l'air.

— Trop cool !

Trois heures et demie plus tard, nous y sommes. Il y a un monde fou mais, encadrés par Cheveux Roses et ses amis, nous avons réussi à nous faufiler jusque devant la scène.

C'est la première fois que j'assiste à un concert. A Grand Lake, il n'y en a jamais. Il m'est arrivé d'aller écouter des groupes amateurs dans une cave, le samedi soir. En général, la musique est pourrie et l'ambiance encore plus.

Ici, c'est aussi une cave, mais rien à voir, il s'agit du local d'un night-club aménagé pour la circonstance et il y a dix fois plus de monde que dans les « concerts » locaux que j'ai pu voir. L'ambiance aussi est très différente. C'est chaud ! La foule nous presse et nous bouscule — nous sommes aussi tassés que des sardines en boîte.

— Les RSS tu vas voir, ils déménagent ! me hurle dans l'oreille Mlle Cheveux Rouges. Tu vas adorer, sans déconner !

Je veux bien la croire, mais quand même j'aimerais bien

que les grosses brutes derrière nous cessent de pousser comme ça. D'ailleurs, je remarque qu'il n'y a pas de filles dans notre coin, tout devant.

— Pourquoi il n'y a pas de nanas ? je hurle à Mlle Cheveux Rouges.

Elle fait la grimace.

— Qu'est-ce que tu dis ?

Je laisse tomber : impossible de se faire entendre, le groupe qui passe en première partie vient d'entrer sur scène, accueilli par des hurlements. Dès qu'il commence à jouer, j'ai la réponse à ma question : les gens qui nous entourent se jettent les uns contre les autres — en rythme, bien entendu. Rien n'est interdit, des gestes qui seraient considérés dans la vie de tous les jours comme des agressions caractérisées sont ici non seulement permis, mais encouragés. Ça doit être ça, le pogo, j'en avais entendu parler. Comme je n'oppose pas beaucoup de résistance, je finis par être éjectée sur le côté, dans une zone moins agitée — où je me retrouve avec une majorité de filles.

J'en suis encore à essayer de comprendre ce qui m'est arrivé, quand j'aperçois Jake qui tente de s'extraire de la masse compacte des danseurs. Il vient voir si tout va bien pour moi et j'en suis agacée d'avance. Je n'ai pas besoin qu'il me protège, est-ce qu'il va le comprendre à la fin ? Ça commence à me taper sur les nerfs, d'être considérée comme la faible du groupe — ça doit être parce que je ne veux surtout pas ressembler à ma mère.

Mais je m'étais trompée, Jake ne vient pas pour me protéger, mais pour me ramener dans la fosse aux lions. Il me prend par la taille et se penche vers moi pour me hurler dans l'oreille :

— Tu ne vas quand même pas te laisser chasser par cette bande d'excités ?

Je baisse les yeux vers sa main qui me tient la taille et je rougis. Décidément, il me trouble et je me sens toute bizarre dès qu'il m'approche. Pourquoi faut-il qu'il soit si canon ?

Je devrais lui faire la tête pour l'attitude infecte qu'il a eue toute la journée, mais je n'y arrive pas.

— Pas du tout, je réponds. Je voudrais y retourner, mais je ne sais pas comment m'y prendre.

— Tu n'as qu'à te servir de tes coudes.

Je fais ce qu'il dit et ça marche ! Les coudes en avant, je

parviens à me frayer un chemin et à reprendre ma place. Quand Robot Suicide Squad entre en scène et se met à brancher ses instruments, mon chemisier est déjà trempé de sueur. Il fait tellement chaud qu'on peut à peine respirer, mais ça m'est égal. C'est grisant, d'être là, dans cette fosse, et de devoir se battre pour y rester.

Le concert se déroule sans autre incident. Je reçois quelques coups, mais rien de bien méchant. Le groupe est aussi violent que le public — le bassiste se jette contre le mur et se roule par terre, le chanteur se frappe la tête avec le micro jusqu'à s'ouvrir le front. Chaque fois que je lève les yeux vers Jake, je le surprends à me regarder avec un grand sourire et, quand je lui crie « Quoi ? » par-dessus la musique, il se contente de secouer la tête et de reporter son attention sur la scène.

Le concert est fini, les musiciens saluent et débranchent leurs instruments. Avant de disparaître, le batteur s'arrête pour jeter ses baguettes dans le public. Apparemment, il n'a pas peur de blesser quelqu'un. Ou il s'en fiche.

Je sors de la salle avec Jake, laissant les pogoteurs qui continuent à se bousculer sur une musique diffusée maintenant par les enceintes.

Je suis en train d'attendre Jake devant les toilettes quand Laney arrive en courant et se jette dans mes bras.

— C'était génial !

Je l'avais perdue de vue au début du concert, et je suis soulagée de constater qu'elle est en un seul morceau.

— Je vais t'en montrer un, de truc génial, chérie, murmure un grand type derrière elle.

C'est vraiment une baraque et il n'est pas rassurant. Il a une toile d'araignée tatouée sur la nuque et un anneau dans le nez — relié par une chaînette à une boucle d'oreille.

— Je te remercie, pas la peine, je crois que je sais de quoi il s'agit et ça ne m'intéresse pas, lui répond-elle sèchement.

— Oh ! ça m'étonnerait.

Il s'approche encore de nous. Son haleine empeste l'alcool, il a dû boire un litre de Jack Daniel's.

— Alors dis-moi, tes seins, ils sont pas bidons, au moins ?

— Je t'ai dit que tu ne m'intéressais pas, rétorque-t-elle en lui tournant le dos.

Il répond par un rire gras et lui colle la main aux fesses. Elle pousse un cri rageur et fait volte-face. Je m'empresse d'intervenir en l'attrapant pour la faire passer derrière moi. D'où il sort, ce type ?

— Fiche-lui la paix.

— Je t'ai pas parlé, espèce de frustrée.

— Y a un problème ?

C'est Jake qui vient d'arriver et se plante à côté du type, lequel lui rit au nez et lâche :

— Tu devrais tenir tes putes en laisse.

Je n'aime pas *du tout* me faire traiter de pute et réagis aussitôt :

— Va te faire foutre !

Le type n'attendait que ça. Il tente de se jeter sur moi, Jake s'interpose, et, évidemment, récolte en récompense un poing en pleine figure qui l'envoie à terre. Autour de nous, ça crie et ça ricane.

Ah, oui, c'est supermarrant, vraiment…

Et on n'a pas fini de rire.

J'attrape la chaîne du type, celle qui relie son nez à son oreille, et tire d'un coup sec. Il hurle de douleur : je viens de lui déchirer la narine.

— Espèce de pute, crache-t-il.

Mon poing part tout seul, droit sur son nez qu'il écrase avec une sorte de craquement.

— Merde, murmure Laney derrière moi.

— Merde, renchérit Jake, toujours par terre.

— Merde, je marmonne.

Pendant quelques secondes un grand silence se fait autour de nous. Tout le monde retient sa respiration tandis que le type titube, en tenant à deux mains son nez qui pisse le sang. Puis, soudain, quelqu'un le pousse ; et c'est le signal de départ d'un véritable pugilat.

Tout le monde se bat, même Laney. De mon côté, je rends de mon mieux les coups que je reçois quand, soudain, des bras puissants me ceinturent par-derrière. Je donne des coups de pied, je me débats, je hurle à pleins poumons. Mais je ne suis pas de taille à lutter. Mon agresseur me soulève, m'emporte loin du groupe, pousse une porte du pied et me jette sans ménagement dans une ruelle, derrière le bâtiment. Je roule sur moi-même et lève les yeux : merde, c'est un videur de la boîte !

— Et reste là, dit-il, avant de me claquer la porte au nez.

Je me redresse lentement en position assise. Je m'en tire avec quelques égratignures. J'ai de la chance.

J'entends un rire.

— Dure soirée, on dirait ?

Je plisse les yeux pour scruter la ruelle et distingue un peu plus loin une silhouette et le brandon d'une cigarette — au clou de girofle, d'après l'odeur. La silhouette s'avance pour se placer sous la lumière d'un lampadaire. C'est un garçon. Il a des cheveux d'un noir de jais, une peau très blanche, et le sourire le plus chaleureux que j'aie jamais vu.

— J'ai connu pire, je réponds en me relevant.

Mes jambes ne sont pas très assurées. J'inspecte mon coude qui me fait mal. Il ne saigne pas, c'est déjà ça.

— Tu n'es pas du coin, on dirait, lance le garçon.

— Qu'est-ce qui te fait dire ça ?

— Tu n'as pas l'air à ta place.

Je ne sais pas si je dois interpréter cette remarque comme un reproche ou comme un compliment.

— Franchement, si ça veut dire que tu me trouves différente de ceux qui se battent à l'intérieur, tant mieux pour moi.

Il agite la main pour chasser la fumée de devant son visage et fait la grimace.

— Les crétins qui se battent ? Ignore-les. Malheureusement, il y a toujours des néo-nazis qui viennent se donner en spectacle, à ce genre de concerts. Ils n'écoutent pas les paroles des chansons, sinon ils sauraient que RSS est antinazi et aussi contre le sexisme, le racisme, la société capitaliste, et l'ordre établi.

— Contre tout, en somme…

— Presque tout, admet-il en riant.

Il s'adosse au mur de brique et la lumière qui éclabousse son visage éclaire un large pansement sur sa tempe droite.

— Tu es le chanteur de Robot Suicide Squad, je murmure.

— Quentin Williams, pour te servir.

Il se repousse du mur pour me saluer avec cérémonie, ce qui m'arrache un sourire. Puis il s'avance pour me serrer la main. Sa paume est chaude et sèche.

— Harper Scott.

— Harper, comme Harper Lee, l'ami de Truman Capote, l'auteur de *Ne tirez pas sur l'oiseau moqueur* ?

— C'est ça. Lui-même.

Je suis étonnée. En général, les gens ne font pas le rapprochement entre mon prénom et Harper Lee.

— Tu es d'où, puisque tu n'es pas d'ici ? demande-t-il.

— Du Michigan. C'est moins chaud qu'ici. Je parle du temps.

— Tu as fait tout ce trajet pour assister à notre concert ?

— Pas exactement. Pour vous, on a fait seulement un petit détour. On va en Californie, en fait.

Comme il a l'air tout déconfit, je m'empresse d'ajouter :

— Mais je vous ai trouvés super. Vraiment.

Il sourit.

— Bah, t'en fais pas, j'ai un ego démesuré, mais je me soigne. Alors, qui est ce « nous » ?

Je n'ai pas le temps de répondre : des pas précipités résonnent dans la ruelle.

— Harper !

C'est Laney, suivie de près par Jake. Ils s'arrêtent devant nous, haletants.

— Ça va, vous deux ? je demande.

Laney est courbée en deux, les mains sur les genoux, à bout de souffle.

— C'est plutôt à toi qu'il faudrait poser la question. Dis donc, tu n'y es pas allée de main morte, avec le grand baraqué. Entre la narine que tu lui as arrachée et le coup de poing qui a suivi, je crois qu'il n'a plus de nez.

— Pas mal ! approuve Quentin.

— Je vous présente…

— Quentin Williams ! coupe Jake d'un ton surexcité. Vous étiez géniaux, ce soir !

— Ah, voilà qui met un peu de baume à mon ego blessé, déclare Quentin en m'adressant un sourire complice. On fait une petite soirée entre nous, dans notre bus de tournée. Vous voulez vous joindre à nous ?

12

En fait, un bus de tournée, c'est un peu comme une fumerie d'opium : même décoration exotique et même atmosphère enfumée. Qui aurait cru que les punks appréciaient les coussins patchwork à glands ?

— Cet endroit est incroyable, murmure Laney en s'avançant tout au fond du bus. Ça doit être génial, de voyager là-dedans.

Quentin incline la tête de côté et repousse une mèche rebelle qui lui retombe devant les yeux.

— Oui, ça va. En plus la tournée est sympa. Sauf qu'il fait un peu trop chaud pour moi à Flagstaff. Mais le public était bon. Je vous présente les membres du groupe. Le type qui a le cou tatoué, c'est notre batteur, Dom. A côté de lui, c'est le bassiste, Shane…

— Attends, coupe Laney en ouvrant des yeux comme des soucoupes. C'est eux, là… ?

Je jette un coup d'œil par-dessus son épaule : le batteur et le bassiste sont affalés sur une banquette et se roulent des pelles.

Je laisse échapper un petit cri de surprise. Laney étouffe un rire dans sa main et se penche vers mon oreille.

— C'est superchaud, dis donc.

C'est le moins qu'on puisse dire. Je suis tout simplement hypnotisée par ce couple.

— Qu'est-ce que vous avez pensé du concert ? demande Quentin.

— Génial ! répond Jake. Le solo de basse de *Revolution is an excuse to party*, ça me tue chaque fois. Et je ne parle pas de la suite d'accords dans le deuxième couplet. J'ai mis un temps fou à l'apprendre.

Il devient écarlate. Il m'amuse. Il est mignon, dans le rôle du fan.

— Hé, Dom ! crie Quentin au batteur. Quelqu'un trouve que ton mec joue bien. Il faut fêter ça. Ça arrive tellement rarement.

— Enfoiré ! lui rétorque Shane.

Il quitte les bras du batteur et se lève pour venir nous saluer.

— Merci, mec, dit-il à Jake. Tu joues de la basse, toi aussi ?

— Pas vraiment. Je gratouille un peu, sans plus. La basse n'est même pas à moi. C'est celle de mon frère.

Je m'empresse de protester.

— Il joue superbien !

Jake a vraiment du talent et je n'admets pas qu'il passe son temps à se déprécier.

Shane me jette un regard amusé, puis se tourne de nouveau vers Jake.

— Tu composes ?

— Non, répond-il précipitamment en secouant la tête. Non, je ne compose pas.

— Dommage.

Avant de monter dans le bus, je suis passée prendre mon appareil photo dans la camionnette. C'est le moment de le sortir.

— Hé ! je lance, tout en me déchargeant de mon sac à dos. Vous seriez d'accord pour… ?

Je montre timidement mon Polaroïd.

Dom est en train de se rouler un joint, il s'arrête net.

— Une minute. T'as l'intention de mettre ça en ligne sur internet ?

— Euh… Non. Bien sûr que non.

— Alors c'est OK.

Ils s'installent sur une banquette et commencent à délirer : ils ricanent, grimacent, grognent en imitant le cri du cochon. Je les laisse se déchaîner, je connais mon job, ils vont finir par m'oublier et c'est là que je ferai de bonnes photos. Au bout de quelques minutes, ma patience est récompensée, ils ne me regardent plus. Je prends Jake commentant passionnément une suite d'accord avec Shane, Laney riant aux éclats des aventures de Quentin interpellé par les flics de San Antonio,

Dom battant un rythme sur ses cuisses et sur l'épaule de Shane, avec ses mains et le bout de son nez.

Je me sens dans l'ambiance, mais à l'écart, en observatrice, et ça me va parfaitement.

L'atmosphère saturée de fumée finit par me déranger et j'annonce à Quentin que je sors pour respirer un peu d'air frais.

— Je viens avec toi, me dit-il.

Nous voilà tous les deux dans le parking sombre et désert. La nuit est étrangement immobile, comme si tout était en suspens. Il n'y a pas un souffle de vent.

— Qu'est-ce que vous allez faire, en Californie ? me demande-t-il.

Je baisse les yeux vers mon appareil.

— Rien de spécial.

— Allez, pas de cachotteries. On ne traverse pas tout le pays sans une bonne raison.

Je n'ai pas envie de lui parler de June — c'est ma vie privée et ça ne le regarde pas —, mais il faut bien que je réponde quelque chose :

— Il y a des gens qui pensent qu'il suffit de voyager pour changer. Ce n'est pas du tout mon point de vue. Celui qui veut changer, il doit se bouger à l'intérieur. Pas la peine de voyager pour ça.

Je lève les yeux vers lui.

— Tu comprends ce que je veux dire ?

Il me regarde fixement, avec une expression pénétrée, puis il ricane :

— Franchement, je ne vois pas le rapport avec ma question. Et je ne comprends pas où tu veux en venir.

Oui, évidemment qu'il ne comprend pas. Personne ne me comprend. Moi-même, parfois, j'ai du mal à me comprendre.

Il m'arrache brusquement mon Polaroïd, puis le colle à son œil. Je cache instinctivement mon visage dans mes mains quand le flash crépite.

— Allez, dit-il d'un ton cajoleur. Ce n'est pas juste. Tu prends tout le monde en photo, mais tu ne veux pas qu'on te prenne ?

— Je déteste qu'on me prenne en photo.

Je le surveille entre mes doigts écartés, tandis qu'il abaisse lentement l'appareil. Je plonge pour le lui reprendre, mais il est plus rapide que moi et le lève au-dessus de sa tête. J'essaye de sauter pour l'attraper, mais il le tient à bout de bras et je n'arrive même pas à l'effleurer. Finalement, je capitule, essoufflée.

— Rends-moi mon Polaroïd.

— Je te le rendrai, dès que j'aurai pris une photo de toi, promet-il.

Je soupire.

— D'accord. Vas-y.

Je prends la pause, tandis qu'il me regarde à travers le viseur, mais il secoue la tête.

— Non. Ça ne va pas. Je veux un sourire.

— Je ne peux pas sourire sur commande. Il me faut une bonne raison, pour sourire.

— Très bien. Je vais t'en donner une.

Il avance vers moi et commence à me chatouiller les côtes. Etant très chatouilleuse, je me mets à rire et à supplier, tout en me tortillant.

— Stop ! Non ! Pitié ! Quentin, non ! Pas les chatouilles !

Il s'arrête brusquement et me prend la taille, tout en se penchant vers moi. Je sens son souffle chaud sur mon visage. Ma respiration rauque me fait honte, je ne sais plus où j'en suis. Ce garçon ne sait rien de moi, à part que je prends des photos et que je divague — c'est d'ailleurs peut-être pour ça qu'il a envie de m'embrasser. Moi, je ne sais même pas si j'ai envie qu'il m'embrasse. Peut-être suis-je impressionnée parce qu'il est plus âgé que moi et que c'est un musicien de rock. Peut-être suis-je simplement sous le charme de son sourire qui, il faut l'avouer, est une tuerie.

Mais, dommage pour lui, plus il s'approche et plus je trouve qu'il pue l'herbe, l'alcool et la sueur.

— Merde, quelle saloperie, ce briquet !

Jake descend du bus en secouant son briquet qui ne veut pas marcher, puis il nous aperçoit, Quentin et moi, penchés l'un vers l'autre, sur le point de…

Il arrête de secouer le briquet et nous regarde fixement pendant quelques secondes, tétanisé, avant de faire volte-face et de remonter dans le bus sans un mot.

Je repousse Quentin et lui prends l'appareil des mains.

— Laisse-moi tranquille.

Il me regarde d'un air confus.

— C'était une blague.

— Si c'était une blague, elle n'était pas drôle.

Mes jambes n'arrêtent pas de trembler. Seigneur… Cette expression, sur le visage de Jake…

— Ce mec, c'est ton petit copain ? demande Quentin.

Il a l'air simplement intrigué. Visiblement, il s'en fiche que je sorte ou pas avec Jake.

— Non ! Pas du tout !

Je m'arrête le temps de retrouver mon souffle et reprends plus calmement :

— Non, il n'est pas mon petit copain.

Il hausse un sourcil, comme s'il n'en croyait pas un mot.

— Je ne suis rien pour personne, Quentin. Tu peux me croire.

Je rajuste mon chemisier. Une photo pend de mon appareil, je la sors : c'est moi, le visage dans les mains. Je la déchire rageusement et jette les morceaux.

Quentin les regarde tomber.

— Tu es vraiment en colère, il me fait remarquer.

— Tu crois ?

Je soupire. Je m'en veux terriblement d'avoir failli lui céder.

— Je ne m'attendais pas à ce que tu me tombes dessus. Tu m'as déstabilisée.

— Certaines filles aiment bien être déstabilisées.

— Je ne suis pas n'importe quelle fille, je réponds sèchement.

Il me regarde, avec un demi-sourire.

— Ça c'est vrai, dit-il. Tu n'es pas n'importe quelle fille.

Quand nous retournons dans le bus, je m'attends à ce que Jake me fasse la tête, mais pas du tout, il se comporte normalement et ne fait pas de commentaire en me voyant écarlate. Pour moi, en tout cas, la soirée est fichue. Aussi, lorsque Quentin annonce quelques minutes plus tard qu'ils doivent partir, j'ai du mal à cacher mon soulagement.

Au moment où je vais quitter le bus, Quentin me retient par l'épaule.

— Hé, murmure-t-il.

Je jette un coup d'œil du côté de Jake qui attend au pied des marches, les bras croisés, les yeux rivés au sol, comme s'il était fasciné par les mégots de cigarettes.

— On pourrait rester en contact par Facebook, propose Quentin.

Facebook. C'est très punk rock, vraiment !

Ne sachant quoi répondre, je me contente d'acquiescer en silence. Quentin n'insiste pas et remonte dans le bus.

Je me dépêche de rattraper Jake et Laney qui sont déjà à l'autre bout du parking.

Une fois dans la camionnette, Jake continue à faire comme si de rien n'était. Nous consultons la carte pour choisir notre itinéraire, puis nous prenons vers l'ouest. Je me sens coupable vis-à-vis de lui et ça m'agace prodigieusement.

Avant d'entrer sur l'autoroute, nous nous arrêtons d'un commun accord dans un supermarché pour faire des provisions.

Laney n'a pas dit un mot depuis que nous avons quitté le bus — ce n'est pas dans ses habitudes de se montrer aussi taciturne et je me demande ce que ça cache. Dans le magasin, nous nous séparons. Je prends un sandwich à la dinde, des Skittles et une bouteille d'eau, puis rejoins Laney qui est postée devant un distributeur de boissons fraîches.

— Qu'est-ce que tu fais ? je demande.

Elle me lance un regard surpris, comme si je la tirais d'une profonde rêverie.

— Oh ! tu sais, l'éternel dilemme, me répond-elle après un temps d'hésitation. Je ne sais pas si je vais prendre un Coca à la cerise ou un Coca Light.

J'acquiesce d'un air solennel.

— Je vois. C'est une question importante.

— Exactement, dit-elle.

Elle jette un coup d'œil à la porte par-dessus son épaule.

— Tu n'as qu'à payer et m'attendre dans la camionnette. J'en ai pour une minute.

Je hausse les épaules.

— D'accord.

En sortant, je me trouve nez à nez avec Jake. Il boit un café — et fume une cigarette, bien entendu.

J'opte pour une approche décontractée : je vais faire comme lui, comme si de rien n'était.

— Alors, tu as pris quoi ?

— Des trucs, répond-il d'un ton vague.

— Merci de ta précision.

Il ne me regarde même pas, il préfère détailler les aspérités du trottoir. Je n'y tiens plus, j'explose :

— Il ne s'est rien passé entre Quentin et moi !

Merde ! Pourquoi faut-il toujours que je sois aussi impulsive ? C'est raté pour le calme et la dignité ! Jake tapote sa cigarette en me fixant d'un air impassible.

— D'accord.

— Et même si on avait fait quelque chose, tu n'aurais rien eu à dire.

— D'accord.

— Mais je voulais quand même que tu saches.

— D'accord.

— Si tu dis « D'accord » une fois de plus, je te donne une gifle.

Il hausse les sourcils.

— Une gifle ?

— Oui. Une gifle. Et une vraie.

— Ecoute, dit-il.

Il prend une profonde inspiration.

— Tu as raison. Ça ne me regarde pas. Tu es libre de faire ce que tu veux avec qui tu veux. Je m'en fiche.

Il ne me croit pas ! Il ne me croit pas quand je lui dis qu'il ne s'est rien passé entre Quentin et moi ! Et ça me fait mal. Très mal.

Je l'observe un long moment, puis je lâche.

— Parfait.

— C'est encore loin, la Californie ? demande Laney qui nous rejoint en mâchonnant un morceau de réglisse.

— D'après le type de la caisse, on a encore cinq heures de route jusqu'à LA, répond Jake. Alors voilà ce que je propose : on ne s'arrête pas à LA, on va jusqu'à Huntington Beach qui nous met sur la route de la côte, on dort dans un motel et on passe la journée de demain au bord de la plage, avant de filer sur San Francisco.

— Ouais ! s'exclame Laney en lançant son poing en l'air. J'en pouvais plus de rouler.

J'admets que moi aussi je n'en peux plus. Je voudrais bien dormir dans un lit douillet, plutôt que sur la banquette d'une camionnette. J'ai l'impression que ça fait une éternité que je suis sur les routes.

Je demande à Jake :

— Tu crois que tu vas tenir le coup sans dormir ?

Il lève sa tasse de café en souriant.

— C'est pour ça qu'on a inventé la caféine, non ?

Entre le concert punk et ma rencontre avec un certain musicien de Robot Suicide Squad, la journée a été riche en émotions et je suis épuisée, mais je fais l'effort de rester éveillée pour tenir compagnie à Jake. Il a mis Nirvana quand nous avons démarré. Il est maintenant dans une période années 90 et nous avons eu droit récemment à REM, Soundgarden, les Pixies, et même Courtney Love — c'est-à-dire qu'il continue à se cantonner au grunge, au punk et au rock alternatif. Comme Laney le lui fait remarquer, il lui rétorque que c'est la seule bonne musique des années 90.

Laney proteste, comme il fallait s'y attendre :

— Tu oublies le rap. Si tu n'es pas capable d'apprécier Tupac, KRS-One et A Tribe Called Quest, tant pis pour toi, tu rates quelque chose.

Je ne suis pas d'humeur à écouter leurs chamailleries à propos de la musique : je cale ma tête contre la vitre de ma portière et ferme les yeux. Je sombre aussitôt dans un sommeil profond et sans rêves. Une heure plus tard, Jake me réveille :

— Hé, dit-il doucement, tandis que je me redresse. On est en Californie.

Aussitôt, mon cœur s'emballe. Je me redresse sur mon siège. Le paysage n'a pas changé depuis tout à l'heure et la même autoroute morne s'étend à l'infini devant nous, mais nous y sommes, c'est la Californie !

— On est en Californie ?

Laney se penche entre nos sièges en se frottant les yeux.

— Ça y est ?

Jake prend un air confus.

— Désolé, je n'aurais pas dû vous réveiller. Je sais bien qu'il n'y a rien de spécial à voir.

Je m'empresse de protester.

— Non, non, tu as bien fait.

— Je sais ce qu'il manque pour que ce moment soit parfait ! s'exclame Laney.

Elle détache sa ceinture, passe par-dessus son siège et revient au bout de quelques instants avec l'urne de June.

— Il faut qu'elle voie ça, elle aussi, me dit-elle.

Je sais que cette urne n'est pas June. Je le sais. Mais je suis quand même émue.

On l'a fait. On y est arrivé !

Nous demeurons silencieux, conscients de l'importance de cet instant. Puis Laney dit :

— Quand je pense que tu t'es battue avec ce grand type.

Elle pouffe, puis Jake se met à rire, puis c'est moi. C'est vrai que la situation était comique, quand on y réfléchit.

— Tu oublies de remercier ce preux chevalier qui s'est battu pour défendre notre honneur ! dis-je, en prenant Jake par le menton.

— Notre héros, chantonne Laney en posant sa joue contre la sienne.

J'attrape aussitôt mon appareil pour les prendre en photo. Jake proteste.

— Je déteste quand tu fais ça, grommelle-t-il.

— Je sais. Mais c'est en souvenir de ton attitude héroïque.

Je secoue la photo pour la faire sécher et la range avec les autres dans la boîte à gants. Jake en profite pour sortir un disque — et c'est reparti pour un intermède musical ! Il a choisi une chanson de circonstance, qui parle du ciel étoilé de Californie.

— Qui est-ce ? je demande.

— Wilco. Je ne t'ai pas encore fait écouter ?

— Non, je ne crois pas.

— Il était temps de remédier à cette lacune ! s'exclame-t-il. Ça vous intéresse, mesdemoiselles, quelques informations sur ce groupe ?

Laney ricane.

— Comme si on pouvait t'arrêter quand tu es lancé !

— Très juste, vous ne pouvez pas.

Je me cale sur mon siège, ferme les yeux et me laisse bercer par la voix de Jake.

13

Nous nous arrêtons comme prévu dans un motel de Huntington Beach, au bord de la mer. Jake insiste pour avoir une chambre individuelle, sous prétexte qu'il a besoin de solitude. Laney se moque de lui et lui demande s'il a pris suffisamment de chaussettes pour… Elle n'a pas le temps de finir sa phrase, il lui claque la porte au nez.

Quant à moi, je suis ravie d'avoir enfin un lit pour moi toute seule, même si le vieux matelas est trop dur et sent le moisi. J'en profite pour m'étaler, bras et jambes écartés. Bercée par le ronron du ventilateur qui tourne au plafond, je ne tarde pas à sombrer.

Je suis réveillée en pleine nuit par des sanglots étouffés. Je crois d'abord que c'est ma mère qui pleure, puis je me souviens que je suis à des milliers de kilomètres de la maison. La lumière de la salle de bains est allumée, le lit de Laney est vide.

— Laney ?

Je repousse les draps et me lève pour aller frapper à la porte de la salle de bains.

— Laney, qu'est-ce qui se passe ?

Comme elle ne répond pas, j'essaye d'ouvrir la porte, mais elle est verrouillée de l'intérieur. Merde, qu'est-ce que ça veut dire ? Je frappe encore, je secoue la poignée. Laney ne répond pas, mais je l'entends toujours pleurer. Cette fois, je commence à paniquer. Je veux savoir pourquoi Laney pleure. Je revois June, dans le garage. Mon cœur se serre. Je ne peux plus respirer.

Jake. Jake saura quoi faire.

Je vais tambouriner à la porte de Jake, telle que je suis, pieds nus, en T-shirt et culotte.

— Qu'est-ce qui se passe ? demande-t-il en ouvrant.

J'entends de la musique derrière lui. Il a dû emporter son lecteur CD dans sa chambre. Décidément, il ne peut pas vivre sans musique.

— C'est Laney. Elle est enfermée dans la salle de bains, elle pleure, elle ne veut pas ouvrir.

Il me suit sans un mot dans notre chambre et ne perd pas de temps à essayer de convaincre Laney de se montrer.

— Ça va, je peux forcer la porte, dit-il.

— Je ne sais pas pourquoi, mais ça ne me surprend pas.

— Tu aurais une épingle à cheveux ?

— Oui, j'en ai une dans ma poche. Tiens, la voilà. J'ai aussi un chewing-gum, un lacet de chaussure et un stylo. Ça t'intéresse, MacGyver ?

— Non, il me faudrait une carte bancaire, plutôt.

— Je n'ai pas de carte bancaire ! Je n'ai que seize ans !

J'essaye de réfléchir.

— Attends !

Je fouille dans mon sac, à la recherche de mon portefeuille.

— Ma carte de bibliothèque. Ça va ?

Il glisse la carte entre la porte et l'embrasure, pèse de tout son poids contre le battant, introduit l'épingle à cheveux dans la serrure et remue la poignée jusqu'à ce qu'un déclic se fasse entendre. Dès que la porte cède, je le bouscule pour me précipiter dans la salle de bains.

Laney est assise par terre, adossée à la baignoire, les genoux ramassés contre la poitrine. En me voyant entrer, elle détourne son visage trempé de larmes et agrippe à l'aveugle le rideau de douche. Je me laisse tomber à genoux près d'elle et tente de la forcer à me regarder. Elle est toujours secouée de sanglots et je sens ses épaules qui tremblent.

— Laney, arrête. Arrête. Qu'est-ce qu'il y a ? Qu'est-ce qui ne va pas ?

Elle ferme les yeux et avance une main pour me tendre un drôle d'objet qui ressemble à un thermomètre.

— Mais qu'est-ce que… ?

Je me tourne vers Jake pour quêter de l'aide. Il est debout près du lavabo et tient à la main une boîte d'emballage.

Et soudain je comprends. L'objet que me tend Laney n'est pas un thermomètre.

C'est un test de grossesse.

— Laney… Tu es… Laney, tu es enceinte, c'est ça ?

Elle ouvre les yeux et acquiesce.

Mon cœur se glace. Ça n'a aucun sens. Laney, ma meilleure amie, enceinte ? De ce salaud de Kyle, qui l'a soûlée pour abuser d'elle ? Pendant quelques secondes, je suis sous le choc, incapable de bouger, anéantie par la catastrophe. Puis je regarde le visage trempé de larmes de Laney et je la prends dans mes bras. Elle a besoin de moi, il faut que je réagisse.

— Qu'est-ce que je vais faire ?

Elle pleure maintenant un long flot de larmes silencieuses.

— Je ne peux pas avoir un bébé. Comment je ferais pour… Comment je pourrais… ?

Elle se tait. Elle semble complètement dépassée.

— Ne t'inquiète pas, je murmure. On trouvera une solution.

Elle secoue la tête et se remet à sangloter.

— Je ne peux pas avoir un bébé. Je ne peux pas. Je ne peux pas.

Je la serre contre moi. Elle ne cesse de répéter « je ne peux pas » contre mon épaule, jusqu'à ce que sa voix se brise lentement. Je n'entends plus à présent que sa respiration haletante. Laney a la larme facile — comparée à moi, en tout cas —, mais je ne l'ai jamais vue pleurer comme ça.

— Laney, si tu veux…

J'hésite.

— Si tu veux… arrêter…

— Tu veux dire *avorter…*

— Oui. Si tu veux avorter, on trouvera un moyen. Et… si tu ne veux pas, on se débrouillera. Quoi que tu décides, je t'aiderai.

Elle demeure silencieuse un long moment.

— Je… je ne sais pas ce que je veux.

— D'accord.

J'écarte des mèches qui lui retombent sur le front et lui caresse les cheveux. Laney aime bien les cajoleries. Moi, ce n'est pas trop mon truc, mais je ferais n'importe quoi pour la consoler.

— D'accord, je répète. Tu n'es pas obligée de prendre une décision tout de suite.

Elle se tasse sur elle-même.

— Même si je décidais de... de tout arrêter...

Sa voix se brise, comme si elle allait de nouveau éclater en sanglots.

— Comment je ferais pour payer ? Je ne peux pas demander l'argent à mes parents. Ils...

— Ne t'inquiète pas pour l'argent, coupe Jake. Je te le donnerai.

Laney le fusille du regard.

— C'est très généreux de ta part, vraiment ! Mais tu aurais tort. Après tout, je n'avais qu'à pas coucher avec toute la ville, non ?

Jake mériterait que je le tue pour ce qu'il a dit à Laney. Je sais mieux que personne qu'elle couche un peu trop facilement, mais là, c'est différent. Kyle a profité de ce qu'elle était déboussolée, il l'a soûlée et... Ce Kyle est une véritable ordure, il n'a aucune excuse. C'est lui, en fait, que j'ai envie de tuer.

— J'ai eu tort de te dire ça, je regrette sincèrement, murmure Jake.

Il regrette *sincèrement* ? Encore heureux...

Il regarde Laney droit dans les yeux.

— Ecoute... C'est à toi de décider si tu veux ou non garder ce bébé, mais sache que tu as le choix. Si tu veux avorter, je t'aiderai.

Après toutes ces émotions, j'aurais dû dormir comme une souche jusqu'à pas d'heure, mais pas du tout, je me réveille aux premières lueurs de l'aube. Je reste un moment dans mon lit, les yeux rivés au plafond, à contempler une drôle de trace brun-roux sur le blanc défraîchi, en me demandant si c'est une trace de main. Ensuite je ferme les yeux et compte à rebours jusqu'à cent. Comme ça ne marche pas, je recommence — sans plus de résultat.

Je décide donc d'aller courir.

De nous deux, c'était June la sportive. Pendant trois ans, elle a fait partie de l'équipe de patinage de vitesse du lycée.

Ce n'était pas dans ce sport qu'elle réussissait le mieux, mais c'était celui qu'elle préférait, parce que, disait-elle, courir lui vidait la tête.

J'ai justement besoin de me vider la tête. Entre ce qui arrive à Laney, ce que je ressens pour Jake et ce que je ressens pour ma sœur, je ne sais plus où j'en suis. Je voudrais que quelqu'un me fabrique un monde en noir et blanc, pour que je m'y retrouve.

Je n'ai que quelques marches à descendre pour rejoindre la plage. Je reste interdite quelques secondes devant le spectacle. C'est la première fois que je vois le Pacifique ! Un champ bleu et sans fin s'étend devant moi, magnifique et grandiose, même si je ne reconnais pas le bleu turquoise de la carte postale de June. Des vagues couronnées d'écume blanche s'échouent en rugissant sur le sable. J'avance tout au bord de l'eau et joue à reculer quand elles arrivent sur moi. A cette heure matinale, il n'y a ni baigneurs ni promeneurs, juste quelques surfeurs intrépides qui rament à plat ventre sur leur planche.

Je me mets à courir le long de la plage, en dérangeant des groupes de mouettes qui s'envolent sur mon passage. Mes chaussures s'enfoncent dans le sable humide, mes poumons me brûlent, mes jambes n'en peuvent plus, mais je continue à courir. June avait raison, ça vide la tête : je ne pense plus à rien. Il n'y a plus que moi, mon cœur qui bat à mes oreilles, le bruit de l'océan et le ciel au-dessus de moi.

N'ayant aucun entraînement, je ne tarde pas à m'arrêter, à bout de souffle, au bord du malaise. Je sais que je devrais continuer à marcher, pour récupérer lentement et éviter les crampes, mais mes jambes refusent de faire un pas supplémentaire : je m'effondre sur le sable, le regard tourné vers la mer. Je sens venir des sanglots, mais ils meurent dans ma gorge. Je crois que je vais vomir, mais non, j'ai seulement quelques haut-le-cœur.

June n'est plus là. Pour la première fois, je prends pleinement conscience du caractère irréversible de son absence. J'ai mal partout, mon cœur se serre. Tout mon corps souffre du manque et c'est une douleur atroce, pire que tout ce que j'ai connu. Je ne sais pas si je pourrai supporter cette douleur jour après jour, ni où je vais trouver la force de répandre les cendres de June pour la laisser partir.

Je finis par me décider à rentrer et remonte lentement l'escalier qui mène au motel. En entrant dans la chambre, je trouve Laney réveillée : assise sur son lit, elle tient dans ses mains une tasse contenant un liquide fumant. La télévision est allumée et diffuse un message publicitaire.

— Je veux absolument un BeDazzler, déclare-t-elle.

Elle parle d'un jean clouté que l'on montre à l'écran.

— Je tâcherai de m'en souvenir au moment de ton anniversaire.

— Je compte sur toi, répond-elle.

Elle me balaye du regard, de haut en bas.

— Où étais-tu passée ?

— Je suis allée me promener, je réponds d'un ton évasif, tout en me dirigeant vers la salle de bains.

Je ferme la porte derrière moi et reste un moment assise sur le couvercle des toilettes, la tête dans les mains, le temps de me reprendre. En revenant dans la chambre, j'avise la cafetière posée sur la commode.

— Tu as fait du café ? Tu t'es surpassée.

Elle hausse les épaules.

— Tu sais ce qu'on dit. Aux grands maux les grands remèdes.

Nous regardons une chaîne publicitaire, la seule que nous captions correctement. Laney commente les spots d'un ton exagérément enthousiaste. Elle fait comme si tout allait bien et je rentre lâchement dans son jeu. Il faudra parler sérieusement de son problème, mais plus tard, ça peut attendre.

Vers 11 heures, je vais frapper à la porte de Jake avec une tasse de café. Pas de réponse. Il dort encore, sans doute. J'ai déjà renoncé et m'éloigne dans le couloir, quand sa porte s'entrouvre lentement. Je me retourne et… je manque d'en lâcher mon café !

— Merde, Jake ! je m'exclame, en mettant une main sur mes yeux. Va mettre un pantalon.

— Arrête de faire l'hystérique. Je ne suis pas tout nu.

Il marque un temps de pause et ajoute.

— Tu devrais au contraire en profiter pour te rincer l'œil.

Je préfère ne pas relever cette remarque déplacée.

Jake me prend la tasse de café des mains et je risque de nouveau un coup d'œil de son côté. Adossé à la porte, il m'observe, une expression amusée sur le visage. Il est rasé de près et ne porte qu'une serviette blanche autour de la taille, nouée très bas sur ses hanches étroites.

J'essaye de ne pas regarder. Mais je n'y arrive pas.

— Tu n'es vraiment pas correct, je murmure.

Mais je manque de conviction.

— Oui, et ça te plaît, dit-il en secouant ses cheveux trempés.

Comme il m'éclabousse je pousse un petit cri de surprise.

— Moi, je ne me pavane pas en soutien-gorge, je proteste.

— Dommage, parce que je payerais cher pour voir ça.

Je lui tourne le dos et attends qu'il enfile un jean. Je ne me retourne qu'après l'avoir entendu remonter sa fermeture Eclair : il est en train de boucler sa ceinture. Pour me donner une contenance, je demande :

— C'est quoi, le programme, aujourd'hui ?

— Il n'y en a pas. C'était le but, je te le rappelle.

Il se peigne les cheveux avec soin. D'habitude il est hirsute et ça fait drôle de le voir bien coiffé. Il a des oreilles parfaites, bien collées à son crâne, ni trop grandes ni trop petites.

J'ai un superbeau mec à moitié nu devant moi et je m'extasie sur ses oreilles… J'ai vraiment un problème !

— J'ai cru que tu dormais encore, dis-je, en essayant de ne pas regarder ses oreilles.

Ni son torse. Bon, je vais regarder par terre. C'est plus sûr.

— Tu n'as pas arrêté de conduire. Comment tu fais pour tenir le coup ?

— Grâce à un savant mélange de caféine, de résistance et de volonté, explique-t-il.

Il prend la tasse de café sur la table de nuit et boit une gorgée.

— Où tu as trouvé ça ? Il a un goût infect.

— C'est Lancy qui l'a préparé.

— Ah, dit-il seulement.

Et il boit une autre gorgée.

— Vous devriez aller m'attendre sur la plage. Je vous

rejoins avec un petit déjeuner. Des beignets par exemple. Ça te dit, des beignets ?

J'emprunte un maillot de bain à Laney et nous descendons sur la plage où nous étendons nos serviettes. Elle s'allonge pour bronzer et moi pour lire un peu. Jake arrive bientôt avec un sac de papier blanc taché d'huile qu'il laisse tomber sur le sable.

A cette heure-ci, notre plage ressemble à celle de la carte postale de June. Le soleil est haut dans le ciel, l'eau est d'un bleu plus vif qu'au petit matin, les surfeurs sont plus nombreux à suivre la crête des vagues. Laney continue à parfaire son bronzage, qui est pourtant déjà irréprochable — et nous ne sommes qu'au début de l'été. Elle a de la chance. Moi, quand je m'expose trop, je brûle.

Jake aussi est bronzé et la couleur brun clair de sa peau fait ressortir le vert de ses yeux.

Pour déjeuner, nous allons sur le marché de la jetée. Laney achète une cage à oiseau en métal d'une couleur bleu sarcelle. Jake achète du pain, des fruits et un bouquet d'œillets qu'il nous offre — encore un truc qui ne colle pas avec son personnage. De retour sur la plage, Laney et moi essayons de tresser les fleurs dans nos cheveux. Les miens sont trop lisses et trop fins, mais je parviens à glisser dans ceux de Laney une tige qui se balance chaque fois qu'elle bouge la tête.

Nous passons une journée calme et reposante : exactement ce qu'il nous fallait. L'après-midi, nous fouillons le sable à la recherche de coquillages et paressons sur nos serviettes. Quand nous avons trop chaud, nous piquons une tête pour nous rafraîchir. La mer est agitée et des rouleaux nous ramènent sur le bord dès que nous tentons de nous en éloigner, nous restons donc à patauger là où nous avons pied. Laney grimpe sur les épaules de Jake et je m'amuse à les faire tomber — ils ont sur moi l'avantage de la taille, mais je suis très motivée et je finis par y arriver.

— Ce n'est pas toi qui m'as fait tomber tout à l'heure, me dit Jake plus tard dans la soirée. C'est une vague monstrueuse qui m'a sapé à la base.

Le soleil s'est couché depuis un moment et nous sommes rentrés au motel. Laney s'est réfugiée dans la chambre et regarde la télévision sous les couvertures. Jake et moi, nous jouons aux cartes sous la véranda.

— J'ai gagné, un point, c'est tout ! Et si c'est grâce à une vague, ça signifie simplement que le dieu de la mer était avec moi. Il s'appelle comment déjà ? Triton ?

— Triton, c'est dans *La Petite Sirène*. Le dieu de la mer, c'est Poséidon chez les Grecs et Neptune chez les Romains.

— Dis donc, pour quelqu'un qui avait besoin d'un tutorat, tu sais beaucoup de choses.

— Mouais.

Il prend le temps d'allumer une cigarette avant d'abattre sa dernière carte — le roi de trèfle.

— Dis donc, pour quelqu'un qui est si dynamique, tu es nulle au 8, déclare-t-il en imitant le ton de ma voix.

Je lève les yeux au ciel et rassemble les cartes.

— Bon, je vais voir comment va Laney.

J'entre dans la chambre. Sur l'écran de télévision, une femme gesticule devant une centrifugeuse qui est visiblement l'objet de sa convoitise. Les reflets de l'écran donnent au visage de Laney une couleur bleutée irréelle. Elle est allongée sur le dos, les yeux fermés, étrangement immobile.

Trop immobile.

Et soudain, je suis transportée dans le garage, près de la voiture de June, et je la vois, allongée sur la banquette arrière. Elle ne bouge pas. Sa main tient encore un flacon de cachets. J'ouvre la portière et je me mets à la secouer, pour la réveiller, en ne cessant de répéter son nom. *June, June... Réveille-toi. June. June. June. Ne me laisse pas, June. Réveille-toi. Réveille-toi.* Mais elle est déjà glacée. Glacée. On m'appelle.

— Harper ? Harper ! Harper !

Je bats des paupières.

Ce n'est pas June que je secoue, mais Laney, qui me regarde avec des yeux exorbités. Et elle respire ! Elle respire ! Je suis tellement soulagée que je la lâche. En reculant, je butte contre Jake, qui est là aussi et m'avertit de sa présence en posant ses deux mains contre mon dos.

— Je suis désolée, je bredouille. Désolée... J'ai cru que tu étais...

Morte. J'ai cru qu'elle était morte, mais je ne peux pas

le dire tout haut. Je me précipite dans la salle de bains et je vide mon estomac dans les toilettes. Derrière moi, Laney me caresse les cheveux.

Quand j'ai fini de vomir, je la repousse pour aller me rincer la bouche et me passer de l'eau sur le visage.

— Ça va, dis-je. Retourne te coucher. J'ai juste besoin de prendre l'air. Je t'assure.

C'est un mensonge et elle le sait, mais elle n'insiste pas.

Personne ne me contredit jamais quand je dis que ça va.

Une fois que Laney s'est recouchée, je sors sous la véranda. Jake est là, accoudé à la rambarde, dos à moi. Il se retourne en sursautant quand je claque la porte, comme s'il était surpris. Mais il m'attendait, j'en suis sûre. Ses yeux le trahissent.

Je m'adosse au mur et me laisse lentement glisser à terre. Je n'ai plus rien à vomir, mais j'ai encore un nœud à l'estomac — un peu comme quand on arrive en classe en ayant oublié de faire un devoir à rendre et que le prof commence à ramasser les copies.

Jake vient s'asseoir en face de moi.

— Est-ce que tout va bien ? me demande-t-il.

Il veut dire est-ce que *je* vais bien.

— Oui, je réponds. Je suis toujours en vie.

Et sur ce j'éclate de rire. Ma réaction doit lui paraître inappropriée parce qu'il me fixe d'un air inquiet. Je n'aime pas qu'il me regarde comme ça, aussi je m'empresse d'ajouter :

— Je t'ai déjà dit de ne pas faire ça.

— Qu'est-ce que je fais ?

— Tu es adorable, puis tu deviens brusquement odieux. Et ensuite, pour te faire pardonner, tu te bats pour nous. Comment veux-tu qu'on s'y retrouve ?

Il a encore une ombre bleutée sous l'œil droit, séquelle de la bagarre de la veille. Je suis tentée d'avancer la main pour la caresser, mais je m'abstiens, parce que je ne sais pas s'il se laisserait faire.

— Ce n'était pas la première fois que je prenais des coups, répond-il posément.

Je sais qu'il ne parle pas de bagarres de lycéens, mais d'autre chose. De son père qui le battait, probablement. Ça doit être terrible, d'avoir peur de prendre des coups. Mon père à moi n'avait pas plus de présence qu'un fantôme, c'est vrai, mais je n'ai jamais eu à avoir peur de lui. La seule chose que je craignais, c'était son indifférence.

Les parents sont censés protéger les enfants, mais j'ai l'impression qu'ils ne sont pas nombreux à être doués pour ça.

Je baisse la tête, repousse mes cheveux derrière mes oreilles et change de sujet.

— Je voulais te remercier pour… pour avoir proposé de payer pour Laney, pour le…

Il secoue la tête.

— Pas la peine d'en parler.

Il se baisse pour ramasser un filet de clémentines qu'il a posé par terre, prend le petit couteau de poche que je lui ai prêté tout à l'heure et commence à éplucher un fruit avec des gestes précis et efficaces.

— Comment ça se fait, que tu aies tant d'argent ? je demande.

Il me lance un regard offensé. Il prend ça pour une insulte. Il croit peut-être que je le méprise parce qu'il n'est pas aussi riche que Laney et moi — dont la famille est moins aisée que celle de Laney, mais tout de même très à l'aise.

J'essaye de rattraper ma bourde :

— Je n'ai pas voulu dire que… que tu… C'est juste que ce serait une grosse somme pour n'importe qui.

— Je sais ce que tu as voulu dire, me répond-il du même air posé. Et tu as raison. Je n'ai pas cet argent. Mais je peux me débrouiller pour le trouver.

— Comment ?

— Notre petite expédition me bouffe presque toutes mes économies, mais il m'en restera un peu. Et si je vends le disque d'Hendrix que m'a offert Seth, ça ira, je pense.

Il me tend un quartier de clémentine.

— Goûte, dit-il. Elles sont délicieuses.

— Jake, il n'en est pas question.

— Très bien. Ça en fera plus pour moi.

Il enfourne le quartier avec un grand sourire.

— Je parlais du disque.

Il soupire.

— Je sais.

— Tu ne peux pas le vendre. Il a trop de valeur.

Je n'arrive pas à croire qu'il est prêt à sacrifier un disque avec l'autographe de Jimmy Hendrix. Il ne l'avouera jamais, mais je sais qu'il y tient, j'ai vu l'expression de son visage quand Seth le lui a donné. Il était tout simplement émerveillé. La musique, c'est tout, pour lui.

— Je ne suis pas fétichiste à ce point-là, Scott.

Je le dévisage.

— Si, tu l'es. Je sais que ce disque est précieux pour toi.

— Moins précieux que certaines choses.

Il me met une clémentine dans les mains.

— Allez, mange.

Moins précieux que certaines choses… A quoi fait-il allusion ? A Laney ? A moi ? A June ? Je ne sais toujours pas ce que June représentait pour lui. Je le crois quand il me dit qu'ils n'étaient pas… ensemble… mais il y avait forcément entre eux quelque chose de très fort. Sinon il n'aurait pas traversé le pays avec l'urne qui contient ses cendres.

— Tu étais très proche de June… Tu… Tu dois m'en vouloir, de ne pas avoir su l'aider…

Il fronce les sourcils. Je m'éclaircis la gorge avant de poursuivre.

— Tu penses que j'aurais dû me rendre compte qu'elle était malheureuse, non ?

Je baisse les yeux vers mes mains.

— Tu penses que, si j'avais fait un peu plus attention à elle, elle ne se serait pas suicidée.

— Pas du tout, proteste-t-il.

Je fais la moue.

— Ne te moque pas de moi. La première fois qu'on s'est vus, aux obsèques, tu m'as trouvée détestable. Avoue-le, tu ne me connaissais pas, mais tu m'as détestée, d'emblée.

— Ce n'est pas… Je… Enfin…

Il fait rouler une clémentine sur le sol, d'avant en arrière, et je la suis des yeux pour ne pas avoir à regarder son visage.

— Je… Peut-être… Un peu…

Il lâche la clémentine. Je le dévisage. C'est dur d'entendre ça, mais au moins il ne me ment pas.

— Je m'en voulais de ne m'être douté de rien et il me fallait un bouc émissaire. Tu étais sa sœur, donc toute désignée.

Il prend une longue inspiration et cherche mon regard.

— Mais maintenant que je te connais, c'est différent.

Il croit me connaître ? Peut-être, après tout… Cela fait moins d'une semaine que nous nous sommes rencontrés, mais je me suis beaucoup confiée à lui — plus qu'à Laney. Au début, en tout cas, parce qu'il était un inconnu et parce que ça m'était égal qu'il me juge. Mais maintenant, c'est différent : son jugement m'importe, je ne veux pas qu'il me haïsse.

Et je voudrais qu'il comprenne à quel point c'est dur pour moi.

Je lâche :

— C'est moi qui l'ai trouvée.

Je regrette aussitôt cette confidence, mais je ne pouvais plus garder ça pour moi — c'était un peu comme essayer de contenir un ouragan dans un bocal de conserve. Sans doute aussi ai-je l'impression que je la lui devais parce qu'il nous a emmenées jusqu'ici, sans rien demander en retour.

Mais peut-être aussi que je cherche simplement à me rapprocher de lui.

Il lève les yeux vers moi et attend la suite.

— June partait plus tôt que moi au lycée et c'était Laney qui passait me chercher en voiture. Ce matin-là, elle était en retard…

Je me souviens très précisément de ce que j'ai fait avant de descendre : j'ai fourré mes livres en vrac dans mon sac et j'ai attrapé sur mon bureau un devoir sur Nathaniel Hawthorne que je n'avais même pas terminé. En passant dans la cuisine, j'ai pris au passage une pomme dans le réfrigérateur. J'étais énervée parce que j'étais en retard et que je risquais une heure de colle.

— En descendant au rez-de-chaussée pour attendre Laney, j'ai entendu le moteur de June qui tournait dans le garage. Je suis allée voir, en me disant qu'après tout, puisque June était encore là, je pouvais partir avec elle. La lumière n'était pas allumée, j'ai trouvé ça bizarre. J'ai allumé, je me suis approchée de la voiture. Ça sentait les gaz d'échappement, mais… je ne sais pas… je n'y ai pas vraiment prêté attention. Comme le siège du conducteur était vide, j'ai jeté un œil à l'arrière. June avait les yeux fermés et elle était recroquevillée sur la banquette, avec un bras qui pendait sur le plancher. J'ai ouvert la portière. Elle avait une drôle de couleur de peau — pâle, sans vie.

Jake demeure silencieux, aussi je prends une longue inspiration et poursuis :

— Je croyais qu'elle dormait.

J'ai presque envie de rire, tellement c'est grotesque, que j'aie pu croire que June avait dormi dans sa voiture.

— J'ai voulu la secouer pour la réveiller, mais quand j'ai vu son visage de près j'ai compris. Ce n'était plus elle. J'ai su tout de suite qu'elle était partie.

Ça a été un choc terrible et j'aurais pu réagir en faisant barrage au souvenir, comme dans le cas de l'amnésie sélective, mais au contraire je me souviens de tout dans les moindres détails. De la position du corps de June dans la voiture. Du visage de ma mère quand les secours lui ont annoncé qu'il n'y avait plus rien à faire. De ses hurlements qui ne s'arrêtaient pas.

Franchement, je préférerais avoir oublié.

— Je lui en veux terriblement, dis-je.

C'est dur d'admettre que j'en veux à ma sœur et j'ai honte de ma rancœur et de ma colère. Elle a dû beaucoup souffrir, pour en arriver là, et je n'ai pas le droit de la haïr. Mais je me sens révoltée chaque fois que je prends conscience qu'elle n'a pensé qu'à elle, qu'elle nous a tous trahis — surtout moi, sa petite sœur, qu'elle a abandonnée avec une mère brisée et une culpabilité insurmontable.

— Elle n'a même pas dit adieu. Elle n'a pas laissé de message. Rien du tout. Et pour ça, je la hais. Mais je me hais aussi, parce que je n'ai pas su l'aider.

Maintenant que j'ai tout dit, je me tais. La nuit est calme et silencieuse, tranquille. Quelques insectes bourdonnent autour de la lumière dorée des lampes, une voiture quitte le parking en faisant crisser ses pneus. Au loin, nous entendons le bruit étouffé des vagues.

— Tu n'as pas à te sentir coupable, me répond Jake, si doucement que je l'entends à peine. Tu n'aurais rien pu faire. Rien du tout.

Je secoue la tête.

— *Si*, j'aurais dû. J'aurais dû.

— Arrête de dire n'importe quoi et sers-toi de ton intelligence. Tu n'es pas responsable des choix de June.

Il ment, je suis sûre qu'il ment pour me consoler. Et même s'il ne ment pas, même s'il ne se trompe pas, ça ne change rien. June n'est plus là, elle a choisi de nous quitter et je me demanderai toute ma vie pourquoi je n'étais pas suffisamment importante pour lui donner envie de rester.

Je me mets à pleurer tout bas. Jake fait mine de se rapprocher de moi, mais je lui fais signe de rester à distance.

— Ça va aller. Je vais bien.

Je dois absolument contrôler mes émotions. Les enfouir de nouveau.

— Non, tu ne vas pas bien, proteste-t-il. Et c'est normal. Personne n'attend de toi que tu ailles bien.

Je murmure :

— Peut-être, mais ça n'a aucune importance, d'accord ? Le fait que j'aille bien ou pas, ça n'a pas d'importance.

Il pose une main sur mon genou et je me tourne vers lui, pour scruter son visage. Il me regarde avec tant de gentillesse et de compréhension que j'en ai la gorge nouée.

Il se penche vers moi, lentement. Je ne bouge plus. Je suis tétanisée.

— Pour moi, ça a de l'importance, murmure-t-il tout contre ma bouche.

Puis il m'embrasse.

Ça fait déjà quelques jours que je me dis que, s'il m'embrasse, je lui rendrai son baiser. Mais je n'en ai pas le temps. A peine ai-je senti la ferme pression de ses lèvres contre les miennes qu'elles se retirent. Je devine à son expression figée qu'il regrette. Je ne m'en offense pas, je comprends qu'il a peur.

— Je n'aurais pas dû, dit-il précipitamment. Je suis un idiot.

— Oui, c'est bien vrai. Tu es un idiot.

Je l'attrape par le col de sa chemise et l'attire à moi. Il laisse échapper un son étouffé, hésite une seconde, puis entrouvre les lèvres. Cette fois, nous nous embrassons pour de bon — d'abord d'une manière gauche, le temps de s'apprivoiser, puis avec abandon. Je m'installe sur ses genoux, incline un peu la tête — et c'est comme deux pièces d'un puzzle qui s'ajustent parfaitement.

Sa bouche a exactement le goût que j'attendais — un goût de tabac, de citron, de sel et d'océan. Il embrasse bien. Mieux que tous les garçons que j'ai embrassés jusque-là. La liste n'est pas très longue, c'est vrai : je n'ai échangé que des baisers à la sauvette, dans des soirées, avec des gamins maladroits.

Jake, lui, n'est pas du tout maladroit. Il me prend le menton d'une main et me serre contre lui de l'autre. Je m'agrippe à son cou. Il remue et son pied heurte les clémentines qui roulent sous la véranda.

Il s'écarte de moi et les regarde, comme s'il hésitait à se lever pour les ramasser. Je ne veux pas. Je veux rester dans ses bras.

— Laisse tomber, je murmure contre sa bouche.

Il me presse de nouveau contre lui, puis il me saisit par les hanches et me met debout.

Nous allons jusqu'à sa chambre en titubant, toujours enlacés. Dès que la porte s'est refermée sur nous, il m'écrase contre le mur en se pressant contre moi et recommence à m'embrasser sauvagement. C'est tellement dingue que je crois que je pourrais décoller de la planète s'il ne me tenait pas aussi fermement.

Je me repousse de lui et libère mes bras pour l'enlacer. Seigneur. J'adore sa bouche. J'adore ses mains. Je voudrais entrer dans sa peau. On s'embrasse comme des fous, avec une rage désespérée.

— Attends, murmure-t-il.

Il s'écarte à son tour et nous nous regardons, à bout de souffle. L'espace d'une seconde, j'ai peur qu'il ne veuille plus de moi et me sorte un truc bateau du genre : « On ne peut pas faire ça, je suis désolé. » Mais pas du tout. Il me sourit et propose :

— Si je mettais de la musique ?

Il se dirige vers le lecteur de CD posé sur la commode. Je reste derrière lui et lui retire sa veste pendant qu'il passe en revue sa collection. Je ne peux pas m'arrêter de le toucher, c'est plus fort que moi.

Je murmure contre sa nuque :

— Toujours aussi obsédé par la musique.

— Eh bien, oui, mais la musique c'est vital. C'est ça qui fait l'ambiance.

— Je n'en doute pas. Et qu'est-ce que tu vas nous mettre ? Abba ?

Il éclate de rire.

— C'est tentant, mais je pensais à quelque chose de plus adapté.

Il marque un temps de pause.

— Ça y est. Je crois que j'ai trouvé ce qu'il nous faut.

Quand je reconnais *Touch me*, des Doors, je ne peux pas m'empêcher de rire. C'est quand même un peu cliché, je m'attendais à plus subtil. Il se tourne vers moi avec un sourire jusqu'aux oreilles, me prend par la taille et se met à chanter en faisant le pitre. Je chante avec lui.

Puis nous recommençons à nous embrasser.

Mes mains glissent sous sa chemise, sur son ventre musclé et tendu. Je sens les siennes qui me pressent la taille. Quand je m'aventure sous la ceinture de son jean, il fait un bond en arrière et me dévisage d'un air effaré.

Bon. Je vois. C'est à moi d'accélérer les choses, sinon on n'en finira jamais. Mon cœur bat si fort que j'ai l'impression qu'il va jaillir de ma poitrine et s'envoler dans la pièce, mais je rassemble mon courage et lâche, en avançant crânement le menton :

— Tu as des préservatifs ?

Il fait d'abord une drôle de tête, comme s'il ne comprenait pas où je voulais en venir. Puis il percute, je le vois à son air abasourdi. Mais qu'est-ce qu'il croyait ? Qu'on allait s'embrasser contre les murs toute la soirée ? En temps ordinaire, je m'en serais contentée, mais pas ce soir, pas avec lui.

— Euh, oui… oui, j'en ai, bredouille-t-il.

Il jette un regard éperdu sur son portefeuille posé sur la table de nuit.

— J'en ai, mais… Est-ce que c'est vraiment ce que tu…

Je coupe :

— Oui, c'est ce que je veux.

— Harper…

Il prend le temps de chercher ses mots.

— On n'est pas… On n'est pas obligés de… Je ne pense pas que…

C'est très délicat de sa part, mais en même temps un peu

condescendant. Pourquoi cherche-t-il à me protéger de moi-même ?

Je réponds d'un ton impatient :

— Bien sûr qu'on n'est pas obligés.

Et là-dessus je lui enlève sa chemise d'un geste brusque, la jette par terre et recule pour apprécier le spectacle.

— Tolan, je ne fais que ce que j'ai envie de faire, tu ne t'en es pas encore rendu compte ?

Il rit.

— Oh que si…

Je pose mes deux mains à plat sur son torse, le fais reculer jusqu'au lit, basculer sur le matelas. Je m'installe sur lui et nous recommençons à nous embrasser. A un moment donné, je ne sais plus trop quand ni comment, je me retrouve sans mon chemisier et il se met à batailler avec l'attache de mon soutien-gorge.

Il faut que je lui dise :

— Je ne suis jamais allée jusque-là.

Le sang afflue à mon visage. S'il rit, ou s'il me repousse, je lui flanque une gifle et après je rentre dans un trou de souris pour mourir de honte. Mon cœur bat comme un colibri affolé.

Une expression que je n'arrive pas à déchiffrer passe dans son regard.

— On devrait peut-être s'arrêter, alors, dit-il.

Un nœud d'angoisse me serre de nouveau le ventre. Je ne supporterais pas qu'il me repousse. J'essaye de répondre d'une voix détachée, pour ne pas achever de me ridiculiser.

— Tu es préoccupé par ma virginité ou tu n'en as pas envie ?

Il secoue la tête.

— T'es dingue ou quoi ? Bien sûr que j'en ai envie. Crois-moi. C'est juste que… Je ne voudrais pas que tu regrettes.

— Je ne regretterai pas. Je suis une grande fille. Je sais ce que je veux. Et je veux que tu…

Il me fait taire d'un baiser et me fait rouler sur le dos. Derrière nous, Jim Morrison parle maintenant d'un voyage à LA. La mélodie est un peu trop répétitive à mon goût, mais je dois avouer que sa voix est incroyablement sexy. La chanson m'emporte dès que j'arrête de réfléchir — ce qui se produit assez rapidement parce que les baisers et les caresses de Jake m'en empêchent.

Il abandonne ma bouche quelques secondes pour déboutonner mon jean, tout en quêtant ma permission du regard.

— Tu es d'accord ?

J'acquiesce en tremblant. Je peux à peine respirer, j'étouffe, mais j'ai des frissons partout, comme si on m'avait plongée dans une baignoire remplie de glaçons.

Jake cherche mon regard.

— Tu es vraiment sûre ?

Oui, je suis sûre. Je ne veux pas qu'il s'arrête. Je veux qu'il continue et je ne veux plus réfléchir. C'est un peu comme quand on court : tant qu'on ne s'arrête pas, on n'a pas le temps de réfléchir. Ce serait beaucoup plus facile pour moi s'il cessait de me demander toutes les cinq minutes si je suis d'accord pour continuer.

Je veux. Vraiment. Alors pourquoi ai-je envie de pleurer ?

— Oui, je réponds.

Sa peau est brûlante, comme si un brasier couvait en dessous. J'ai les bras et les jambes mous comme de la gelée. Je glisse mes mains dans ses cheveux et cherche sa bouche.

— Oui, je répète.

Cette fois, il a compris. Il m'embrasse furieusement le menton, la gorge, les seins. Il couvre mon ventre de petits baisers. Il descend encore. Je me cambre. Au-dessus de moi, le plafond devient flou.

Et la musique m'emporte.

Loin.

De plus en plus loin.

14

Entre June et moi, le sexe était un sujet tabou. Même si elle avait couché avec Tyler, elle ne me l'aurait pas dit. Mais je suis prête à parier qu'elle attendait le bal de fin d'année pour faire l'amour avec lui à la lueur des bougies, dans un hôtel, sur un lit tapissé de pétales de roses — bref qu'elle rêvait d'une mise en scène romantique sortie tout droit de *N'oublie jamais*. Sauf qu'ils ont rompu à cause d'une pom-pom girl. Et ensuite June est morte. Elle n'est jamais allée au bal de fin d'études.

Je l'imagine très mal avoir une « première fois » comme la mienne. Mais après tout, je n'en sais rien. Il y a un mois, si on m'avait dit qu'elle allait se suicider, je ne l'aurais pas cru.

En me réveillant le lendemain matin, je profite de cinq secondes bénies durant lesquelles je ne me souviens de rien. Ni de Jake, ni de June, ni même où je suis et ce que je fais là. C'est quand je m'étire et sens le drap glisser sur ma peau que je me rends compte que je ne porte pas de T-shirt. J'ouvre les yeux…

Bon sang, oui, je suis nue. Et dans la chambre de Jake.

Des bribes de la nuit précédente me reviennent peu à peu à la mémoire, comme les morceaux d'un puzzle : Laney dans son lit, moi vomissant dans les toilettes, les clémentines, le roi de trèfle, mes larmes, les baisers, mon dos pressé contre le mur de la chambre, la voix chaude et rauque de Jim Morrison.

Je me laisse retomber sur l'oreiller. Le lecteur de CD est muet. Jake n'est plus dans le lit. Où est-il passé ? Il veut sans doute prendre des distances pour me faire comprendre que ce qui s'est passé hier ne doit pas se reproduire. Nous n'en avons pas parlé, après… Nous sommes restés allongés, nos jambes emmêlées, ma tête sur son épaule. Puis nous nous sommes endormis en écoutant les Doors.

J'ignore dans quel état d'esprit je vais le trouver ce matin et j'avoue que ça m'inquiète. Il regrette, c'est plus que probable. Il s'est levé sans m'attendre pour ne pas avoir à m'affronter…

Le salaud.

Tout en m'efforçant de refouler ma colère et ma honte, je m'habille à la hâte en ramassant les premiers vêtements qui me tombent sous la main — le slip de Jake et un grand T-shirt portant l'acronyme CBGB sur le devant. Peu importe. J'ai juste besoin d'être suffisamment couverte pour regagner ma chambre. Je ne voudrais pas que Laney se réveille et se rende compte que je n'ai pas dormi avec elle.

Quand j'ouvre la porte, je me trouve nez à nez avec… Jake, qui fume une cigarette, accoudé à la rambarde. Il a mis son drôle de chapeau et jette un coup d'œil par-dessus son épaule en m'entendant sortir. Il me sourit. Bien entendu, mon pauvre cœur ne résiste pas à ce sourire et se met à palpiter, comme si des milliers de papillons voletaient dans ma poitrine.

— Salut, me lance-t-il.

Je le rejoins.

— Salut.

Je reste quand même à distance et me penche par-dessus la rambarde pour regarder le parking. Je cherche quelque chose de pertinent à dire sur nous et sur hier soir. Pas facile. Je viens de me lever et je n'ai pas l'esprit très clair.

Jake me plaît vraiment, mais entre nous c'est compliqué — comme tout le reste. Nous n'aurions pas dû coucher ensemble, mais je ne regrette pas et je ne me sens pas coupable.

Il me pousse du coude.

— Tu as bien dormi ? demande-t-il.

J'explose :

— Faut pas t'imaginer que j'ai décidé de devenir ta femme.

Nous nous regardons en silence, gênés.

— Très bien, dit-il lentement, avec un petit sourire qu'il cherche à retenir.

J'ai même l'impression qu'il a carrément envie de rire.

— Je ne voudrais pas que tu croies…

Existe-t-il un moyen de dire un truc pareil sans se ridiculiser ?

— Je ne vais pas devenir un pot de colle et tout ça. Ni graver un cœur et nos initiales sur un tronc d'arbre. Encore moins me fiancer. Enfin, tu vois ce que je veux dire.

— Oui, je vois que ce n'est pas la peine d'appeler le Radisson pour réserver une salle de réception, me répond-il posément.

Il sourit gentiment.

— T'inquiète pas, Harper. J'ai compris. Je n'attends rien de spécial.

C'est bien ce que je voulais, n'est-ce pas ? Pas d'attente. Pas de pression.

Alors, pourquoi suis-je tellement déçue ?

— On en parlera plus tard, si tu veux, poursuit-il.

Il se penche pour me déposer un baiser sur le front.

— Va préparer tes affaires. Il faut qu'on parte, on a une longue journée devant nous.

J'ignore ce que Jake entend par « plus tard », mais il n'a pas l'air pressé d'aborder le sujet qui est resté en suspens entre nous. Nous passons devant un Denny's et il nous annonce que c'est là qu'on va prendre notre petit déjeuner.

Comme il disparaît dans les toilettes aussitôt entré, je suis tentée de le suivre pour exiger l'explication qu'il m'a promise, sauf que… Je ne sais pas comment entamer la conversation. Et même si je savais, je ne vais tout de même pas régler mes comptes avec lui devant un urinoir.

Laney s'installe avec moi dans un box. Elle ne se doute de rien, pour Jake et moi, sinon elle ne se serait pas gênée pour faire des allusions. Je préfère ne rien lui dire. Ce serait égoïste de ma part de l'inquiéter avec mes petits problèmes de cœur alors qu'elle est carrément dans le rouge.

A nous deux, je crois qu'on aurait de quoi alimenter pendant un an des scénarios de films pour la chaîne Lifetime.

Laney sourit au serveur qui dépose devant nous une grande cafetière et trois verres d'eau. Puis elle sort de son sac un journal qu'elle entreprend de lire :

— Quoi de neuf sur la planète ? je lui demande, tout en me versant du café.

Je n'aime pas trop l'amertume du café et d'habitude je n'en bois pas, mais aujourd'hui, c'est différent : je me sens brusquement plus âgée et il me faut un café bien noir. Laney hausse un sourcil derrière son journal.

— Voyons… Famine, maladie. L'une des jumelles Olsen est de nouveau en cure de désintoxication. Tout est normal, en somme.

Elle tourne un page et prend un air surpris.

— Oh ! attends… Ecoute ça : « Harper Scott a passé la nuit dans le lit de Jacob Tolan. »

J'en renverse une partie de mon café sur la table. Merde.

— Tu… Tu savais ?

Elle a un sixième sens pour ce genre de choses ou quoi ?

— Ramasse ta mâchoire qui traîne par terre, pouffe-t-elle. Franchement, ce n'était pas difficile à deviner. Tu es entrée ce matin dans la chambre en portant ses sous-vêtements.

Elle agite sa cuillère dans ma direction.

— Eh non, je ne dormais pas. Dis donc, j'ai halluciné quand j'ai vu son slip Looney Tunes.

Elle ricane.

— Bon, dis-moi tout. C'était comment. Bien ou pas ?

— Hum…

Je prends une poignée de mouchoirs en papier dans le distributeur et éponge lentement le café que j'ai renversé sur la table. J'espère que Laney va changer de sujet, mais pas du tout, elle attend sa réponse.

— C'était… Je ne sais pas…

Je hausse les épaules.

Elle se penche par-dessus la table avec un sourire entendu.

— Est-ce que c'était… romantique ? Genre Kate et Leonardo dans *Titanic* ? Ou bien sauvage, plutôt Clark Gable et Vivien Leigh dans *Autant en emporte le vent*, quand il l'entraîne dans l'escalier et qu'elle fait semblant de résister ?

Bien sûr, elle veut tout savoir.

Je froisse les mouchoirs en papier dans mon poing et soupire.

— Je n'ai pas du tout envie de rentrer dans les détails.

— Oh ! je t'en prie… Moi, je *veux* des détails. Sois sympa, moi je t'ai toujours tout raconté quand tu me le demandais.

— Je ne t'ai jamais demandé de détails, Laney. C'est toi qui me racontais tout et qui m'obligeais à écouter. Je t'assure que je ne peux pas raconter ça comme ça. Je ne peux pas.

— D'accord, soupire-t-elle en s'adossant à son siège.

Elle me dévisage avec attention.

— Dis-moi au moins si… si ça va ?

Je jette les mouchoirs trempés sur la table d'un geste rageur.

— Je déteste que tu me poses cette question.

— Je sais. Mais est-ce que ça va ?

— Oui.

Je la regarde droit dans les yeux.

— Laney… Ta première fois… C'était… bien ?

— Non, répond-elle avec franchise. Pas si tu parles de, euh… de plaisir.

Si elle n'y a pris aucun plaisir, pourquoi était-elle si pressée de recommencer ? Je sais qu'après Dustin Matthews, son « premier », elle s'est empressée d'enchaîner. Il y a vraiment des fois où je ne la comprends pas.

C'est son tour à présent de changer de conversation.

— Alors, dit-elle. Et Jake ?

— Quoi Jake ?

— Tu es amoureuse de lui ?

Amoureuse ? Non. Certainement pas. Hier, c'était une erreur. Notre souffrance nous a rapprochés et… Bah, encore la faute de ces fichues hormones. C'était un moment d'égarement et de faiblesse. Je ne regrette rien, mais aucun rapport avec l'amour.

On ne peut pas être amoureuse d'un garçon qu'on connaît depuis à peine une semaine. Surtout quand ce garçon a le don de vous taper sur les nerfs. Même s'il est séduisant, charmeur, intéressant, et qu'il sait vous écouter. Même si c'est le seul être avec qui vous avez la sensation d'être enfin vous-même.

N'est-ce pas ?

Pour rejoindre San Francisco, nous n'avons plus qu'à suivre l'autoroute qui longe la côte. Ça va nous prendre des heures, mais nous nous sentons ragaillardis par notre journée de repos à Huntington Beach et nous discutons joyeusement, tout en écoutant de la musique et en admirant les paysages magnifiques que nous traversons.

Puis, brusquement, Jake coupe trois voies pour quitter la I-5 et prendre la route 46.

Je vérifie sur la carte.

— Tu te trompes de chemin, lui dis-je. On aurait dû rester sur l'autoroute jusqu'à…

— Je sais. C'est juste un petit détour. Un dernier.

— Un détour ? Il me semble qu'on en a fait assez…

— Fais-moi confiance. Ça vaut le coup.

Je dois prendre sur moi pour ne pas pester et lui demander des comptes à propos de ce détour dont il n'a pas jugé utile de nous informer à l'avance mais, quand il met les Beach Boys, j'oublie ma mauvaise humeur. Je me cale les pieds sur le rebord de la fenêtre de ma portière et bats la mesure. Derrière, Laney chantonne tout en feuilletant un magazine de mode.

L'air salé de l'océan s'engouffre dans l'habitacle et c'est agréable. Finalement, je me sens bien. Avec tout ce qui m'arrive, je me sens bien ! C'est dingue ! Je crois qu'on devrait me décerner la médaille du courage : je suis de bonne humeur alors que ma sœur est morte, que ma meilleure amie est enceinte, et que je viens de perdre ma virginité avec un type que je déteste.

Bon, j'admets que *détester* est un mot un peu trop fort. Je *déteste* les cours d'éducation physique. Je *déteste* Fox News. Mais je ne déteste pas Jake : il m'agace, il m'énerve, il m'exaspère, il me déstabilise. Nous avons une fâcheuse tendance à nous chamailler et le fait d'avoir couché ensemble ne va pas simplifier nos relations.

D'un autre côté, il m'arrive de le trouver touchant. Je dresse mentalement une liste de ce que j'apprécie en lui : son comportement imprévisible, le fait qu'il essaye de nous cacher qu'il adore Abba, sa manière directe de rendre coup pour coup. Il ne craint pas le conflit, au moins, et avec lui je me sens protégée, sans pour autant me sentir dominée. Il me bouscule, aussi, mais dans le bon sens du terme : il m'oblige à affronter ce que je cherche à enfouir tout au fond de moi.

Le but de notre détour se révèle être une ville du nom de Cholame. En voyant la pancarte, Laney se déchaîne.

— Cholame ! s'exclame-t-elle. Sans blague ? On est à Cholame ?

Je ne vois pas de quoi s'extasier. C'est une petite ville pourrie. A côté, Grand Lake est une mégalopole. Voyant que je ne percute pas, Jake m'explique : c'est là que James Dean est mort.

Je comprends mieux pourquoi Laney a le front collé à la vitre et regarde de tous les côtés.

— Sur cette route ? Ici ?

— Pas exactement. Le carrefour a été modifié dans les années 70 et le lieu précis de l'accident se trouve sur une propriété privée. Mais on peut le voir de la route.

Evidemment Laney est aux anges. Elle va pouvoir rendre hommage à James Dean, star décédée dans la fleur de l'âge, selon les termes consacrés… Combien de fois m'a-t-elle fait regarder *La Fureur de vivre* et *A l'est d'Eden* ? James Dean est l'une de ses idoles. Jake n'aurait pas pu lui faire plus belle surprise — à part l'emmener à Monaco, là où est enterrée Grace Kelly.

Nous nous garons dans le parking d'un petit café, devant le mémorial de James Dean, une sculpture de béton et d'acier qui enveloppe un arbre, entourée d'un jardin japonais jalonné de plaques avec des citations d'Elia Kazan, de lord Byron et de James Dean lui-même. Il n'y a que nous dans le parking. Je prends quelques photos, puis je m'écarte avec Jake, pour laisser Laney se recueillir.

Je demande à Jake :

— Comment tu savais que c'était ici, le mémorial de James Dean ?

— Je m'y suis déjà arrêté une fois, avec mon frère. C'est très facile à trouver, il suffit de filer tout droit à partir de…

— Tu es déjà venu en Californie ?

Il me regarde d'un drôle d'air.

— Je suis né ici. Enfin, pas ici. A Echo Park.

— Je ne savais pas.

Bien entendu que je ne savais pas. Comment aurais-je pu savoir ? Jake ne dit rien de lui et moi je ne lis pas dans les pensées. Je jette un coup d'œil du côté de Laney :

— Et pourquoi tu as tenu à venir ici ?

Il marque un temps de pause et hausse les épaules.

— Pour elle, pour lui remonter le moral, me répond-il. Je me suis dit que ça lui ferait du bien d'oublier un peu ses ennuis.

Je le dévisage sans un mot. Il peut décidément se montrer

adorable. Et quand il est adorable, je ne retrouve pas le personnage distant et égoïste que j'ai l'impression de connaître. Du coup, je me sens perdue : je ne sais plus si je dois le fuir ou le coincer contre un arbre pour l'embrasser comme une dingue.

Il me surprend à le dévisager et plisse le nez.

— Quoi ? demande-t-il. Qu'est-ce qu'il y a ? Pourquoi tu me regardes comme ça ?

— Pour rien, je réponds précipitamment.

Pour couper court à ses questions, je lui pique son borsalino et le mets sur ma tête. Il rit et tente de le récupérer. Laney s'arrête pour nous regarder d'un air désapprobateur, une main sur la hanche.

— Désolée, dis-je.

J'ai tellement ri que j'en suis tout essoufflée.

— Désolée, je répète. Continue à euh… te recueillir. Ne t'occupe pas de nous.

— On va se tenir correctement, promet Jake d'une voix grave et solennelle.

Il vient se planter près de moi, épaule contre épaule, raide comme un soldat — ce léger contact me fait rougir jusqu'aux oreilles.

Après un dernier adieu solennel au mémorial — Laney embrasse le bout de ses doigts et les presse contre les blocs métalliques —, elle remonte avec nous dans la camionnette. Nous reprenons la route, en chantant les Beach Boys à tue-tête.

D'après la carte, la route inter-Etats depuis Cholame aurait été la plus directe et nous aurait permis de traverser le pont de San Francisco, mais Jake a tenu à passer par la côte. Il avait raison : le spectacle des falaises à pic de cette côte sauvage et découpée valait largement quelques heures de trajet en plus.

Nous quittons enfin l'autoroute pour entrer dans San Francisco. Jake sort de son pare-soleil un bout de papier plié qu'il me tend. Il y a griffonné une adresse, de son écriture brouillonne.

— Elle habite pas loin, dit-il.

Laney avance la tête entre nos sièges.

— Et qui c'est, *elle* ?

— Elle s'appelle Carmen.

— Tu es sûr qu'on peut rester chez elle. Elle est *clean* ? On ne risque rien ?

— Elle sortait avec mon frère.

— Tu parles d'une référence, grommelle Laney.

Jake allonge le bras pour lui donner une claque sur l'épaule.

— Carmen est cool, je te jure. Je la connais depuis que je suis gosse. Elle est comme une grande sœur pour moi, tu vois ? On s'écrit encore et tout.

J'ai du mal à imaginer Jake assis à son bureau en train d'écrire une lettre à une amie. Surtout avec son écriture en pattes de mouche.

— Elle est au courant de notre arrivée ? je demande.

— Eh bien…

Il s'éclaircit la gorge.

— Pas vraiment.

Laney lui donne une tape sur le crâne.

— Jake ! Tu veux dire qu'on va débouler comme ça ! Mais c'est très grossier !

— Et si elle n'est pas là ? je renchéris, en lui donnant moi aussi une tape, et même deux, pour faire bonne mesure. Qu'est-ce qu'on fait si elle n'est pas là ? T'es dingue, Jake ! Merde, on te faisait confiance !

— Vous pourriez arrêter de me maltraiter ? se plaint-il.

Il se passe la main dans les cheveux.

— Elle sera là. D'accord ? Détendez-vous, maintenant.

Jake arrête la camionnette devant un immeuble crème, avec un toit de tuiles rouges. Il y a un Interphone pour entrer. Il sonne à « Delgado ».

Nous attendons. Pas de réponse.

Je murmure :

— Jake, je crois que je vais t'étrangler.

Il fait une chaleur accablante. Si nous devons attendre l'arrivée de cette femme, ne serait-ce que quelques heures, nous risquons de mourir d'un coup de chaud.

Jake lève les yeux au ciel et donne trois brefs petits coups de sonnette, puis recule pour scruter la façade de l'immeuble. Quelques secondes plus tard, une fenêtre s'ouvre au deuxième étage et une femme avec une longue queue-de-cheval apparaît dans l'embrasure.

— Je vous ai déjà dit que je n'avais pas l'intention de m'abonner à votre fichu magazine ! hurle-t-elle.

— On n'a rien à vendre, répond Jake. On est juste venus rendre visite à ma *chula* préférée.

La femme se penche, les mains en visière au-dessus des yeux.

— Jacob ? C'est toi ?

— En personne, lance-t-il avec un grand sourire.

Elle étouffe un cri et se met à rire.

— Attends une seconde, dit-elle enfin.

Puis elle disparaît de la fenêtre et réapparaît bientôt en agitant un petit objet doré qui brille au soleil.

— L'Interphone ne marche pas. Je t'envoie la clé.

Jake recule, les bras tendus ; elle lâche la clé, qu'il attrape au vol avec adresse. Après avoir ouvert la porte, il nous laisse passer, Laney et moi, puis nous suit dans l'escalier.

Nous grimpons rapidement les marches en courant. Une fois en haut, je m'apprête à demander où se trouve l'appartement de notre hôtesse, quand une porte s'ouvre. Carmen sort dans le couloir, vêtue d'un vieux polo jaune taché de peinture rouge, d'un jean défraîchi troué aux genoux et taché lui aussi de rouge — elle a également une traînée rouge sur la joue droite. En dépit de sa tenue négligée, je lui trouve une allure folle : c'est une très belle femme, avec des cheveux d'un noir de jais, une peau mate et de grands yeux marron.

— *Vato* ! hurle-t-elle en fonçant tout droit sur Jake.

Elle se jette sur lui et le serre passionnément dans ses bras.

J'échange un regard entendu avec Laney : nous détenons une nouvelle pièce du puzzle Jacob Tolan.

— Je suis désolée de vous recevoir dans cette tenue, mais je suis en train de repeindre le salon… Je ne me doutais pas que…

Carmen libère Jake et s'essuie les mains à son jean.

— Mais qu'est-ce que tu fais à San Francisco, Jake ? Où est ton frère ?

— Eli est resté dans le Michigan. Il fallait bien que quelqu'un s'occupe du magasin.

Il se tourne vers nous pour nous jeter un regard interrogateur, comme s'il attendait notre permission.

— Elles sont avec moi, on est venus du Michigan en camionnette, explique-t-il.

— Oh…

Elle le dévisage avec attention.

— Et vous êtes venus faire quoi ?

Laney intervient :

— L'une de mes tantes possède une maison au bord de la plage à Santa Barbara. On a eu envie de voir ce que c'était… On ne termine le lycée qu'une fois, non ?

Les yeux de Jake cherchent les miens, mais je me contente de hausser les épaules. J'ignorais que Laney allait improviser ce superbe mensonge. C'est plutôt subtil, quand on y réfléchit… Simple, mais efficace. La maison de la tante c'est le petit détail concret qui rend l'affaire crédible. L'allusion au lycée laisse entendre que nous avons plus de dix-huit ans et que Carmen peut nous héberger sans crainte. Laney fera carrière dans le cinéma ou dans le théâtre, pas de doute.

L'explication semble satisfaire Carmen, qui acquiesce sans un commentaire, en glissant son bras sous celui de Jake.

— Tu n'es pas très poli, Jake, lui déclare-t-elle. Tu pourrais faire les présentations.

— Voici… mes amies, dit-il avec une légère hésitation. Laney, Harper, je vous présente Carmen Delgado. Carmen, voici Laney et Harper.

— Ravie de faire votre connaissance, dit Laney. Et… je ne voudrais pas me montrer impolie, mais dites-moi que vous avez la clim… Je vous en supplie.

Carment rit.

— Oui. Vous avez raison, il fait très chaud. Rentrons.

Elle nous fait entrer dans son appartement, qui est petit mais confortable, avec un parquet de bois ciré et de nombreuses fenêtres qui laissent entrer la lumière. Les meubles du salon sont recouverts de bâches en plastique. Deux pots de peinture trônent au milieu de la pièce, par terre, avec un grand rouleau et plusieurs pinceaux. La moitié de la pièce est rouge vif, l'autre est encore couleur crème.

— Désolée pour la pagaille, je refais la déco, explique Carmen sur un ton d'excuse.

Je remarque un chat noir qui se fait les griffes sur la bâche qui recouvre le canapé. Un autre chat, tigré celui-là, est perché sur l'accoudoir et nous observe d'un œil intrigué.

Je commente :

— Vos chats ont l'air ravi de tout ce remue-ménage.

— Ils cherchent une bêtise à faire, assure Carmen d'un ton bon enfant.

Le chat noir fait un bond et se met à jouer avec une pelote de ficelle. Carmen s'installe sur le canapé et caresse le tigré qui se met à ronronner bruyamment.

— Ce rouge te va très bien, dit Jake. Il me plaît.

Il se laisse tomber près de Carmen et le plastique crisse sous lui.

— Oui, je suis contente, approuve-t-elle.

Elle lui tapote le genou et regarde Laney.

— Si vous voulez vous rafraîchir, j'ai des Popsicles[1] dans le réfrigérateur, au bout du couloir. N'hésitez pas à vous servir.

Laney, qui n'est pas du genre à refuser une telle offre, file droit dans la cuisine. Je prends le fauteuil face au canapé. Le chat de Carmen s'installe sur ses genoux et elle lui caresse la queue d'un air distrait tout en l'enroulant autour de ses doigts.

— Comment va ta mère ? demande Jake.

— Tu la connais. Elle me fait la morale. Elle voudrait que je me marie et que j'aie des enfants.

Elle rit.

— Et Eli ? Il ne m'appelle plus.

Jake hausse les épaules.

— Il va bien. Le magasin l'occupe beaucoup.

— Et toi ? demande-t-elle d'une voix soudain plus douce. Tout va bien pour toi ?

— Oui, mais…

— Ah, il y a un mais… Je m'en doutais…

— On cherche un endroit où dormir. Juste pour une nuit ou deux.

— Tu as des ennuis, Jacob ? Sois franc avec moi, ou j'appelle ton frère pour lui demander de quoi il retourne.

— Non, ne l'appelle pas.

— Et pourquoi ?

— Ne l'appelle pas !

— Il ne sait pas que tu es là, c'est ça ?

1 *Popsicle* est une célèbre marque de glaces à l'eau.

Comme Jake ne répond pas, elle se presse les mains sur ses tempes.

— Il ne sait pas, répète-t-elle. J'ai compris. Jake, franchement…

Elle soupire.

— … ce n'est pas du tout correct de ta part de ne pas le mettre au courant de ce que tu fais. Tu me places dans une drôle de position. J'ai au moins le droit de savoir ce que tu es venu faire à San Francisco.

Je décide d'intervenir.

— C'est ma faute, je murmure.

Ils me regardent tous les deux comme s'ils se souvenaient brusquement de ma présence.

— C'est pour moi qu'il est venu en Californie, j'explique. Ou plutôt, c'est pour ma sœur.

Et je raconte tout à Carmen. Enfin, pas tout, mais presque. La mort de June. Son rêve d'aller en Californie. Les cendres. Je m'étonne de la facilité avec laquelle je déverse tout ça. J'ai eu un peu de mal à commencer, mais ensuite ça coule tout seul.

Carmen m'écoute jusqu'au bout sans un mot. Quand j'ai terminé, elle se lève et me prend dans ses bras, ce qui me met un peu mal à l'aise. Puis elle va embrasser Jake et revient vers moi, pour m'embrasser encore. Enfin, elle recule et nous considère tous les deux d'un air pensif.

— Vous pouvez rester ici, bien entendu, dit-elle. Et j'ai une idée pour les cendres. Charlie, le mari de ma copine Tina, a un bateau à la marina de Sausalito. J'ai coiffé et maquillé trois demoiselles d'honneur à leur mariage, plus la bouquetière, et ils me doivent un service.

Je n'arrive pas à croire que ça puisse être aussi simple…

— Vraiment ? Vous feriez ça ?

— Bien sûr, ce n'est pas grand-chose, répond-elle en souriant.

Je me tourne vers Jake. Lui aussi me sourit. Ils sont si gentils avec moi… Si ça continue, je vais me mettre à pleurer.

Depuis le début de notre aventure, je n'ai cessé de me demander si on parviendrait à aller jusqu'au bout et, à présent, la solution est là, à portée de main : ma sœur va avoir les adieux qu'elle mérite.

— Bon, il faut que j'aille ranger la chambre d'amis, déclare

Carmen en soupirant. Je l'ai transformée en débarras, on peut à peine y entrer.

Je propose aussitôt de l'aider. Je veux bien briquer ses toilettes, changer la litière de ses chats, devenir son esclave. Je ferais n'importe quoi pour la remercier.

Carmen sourit.

— C'est très gentil, mais je vais me débrouiller.

Elle se tourne vers Jake et lui ébouriffe les cheveux avec tendresse.

— Franchement, tu aurais pu me prévenir. Si tu savais dans quel état est cette chambre…

Elle lève les yeux au plafond et se signe, puis quitte le salon.

Au même moment, Laney revient en léchant un Popsicle à la cerise. Nous devons avoir un drôle d'air, parce qu'elle nous jette un regard intrigué.

— J'ai raté quelque chose ?

15

Carmen est une femme exceptionnelle, une perle rare : elle est belle, drôle, intelligente. Et elle sait préparer les *quesadillas* comme personne !

Je ne comprends pas qu'Eli Tolan ait pu la laisser partir…

Assises sur sa terrasse, nous mangeons dans des assiettes en carton, pendant que Laney prend une douche et que Jake peint le salon. D'ici, il y a une belle vue sur le quartier. L'air est frais et sent bon le sel et l'océan — nous ne devons pas être loin de la baie.

Je lève les yeux vers Carmen dont le profil se détache dans le clair de lune.

— Je peux vous demander quelque chose ?

— Bien sûr.

— C'était comment, de grandir avec Jake et Eli ?

Je veux qu'elle me parle des Tolan. Et surtout de Jake, à dire vrai. Pourquoi n'a-t-il pas de contacts avec sa mère ? Qu'est-ce qui a bien pu le rendre aussi cynique ? Les gens ne naissent pas avec une armure, je suis bien placée pour le savoir. Mon armure, je l'ai forgée progressivement, et c'est probablement la même chose pour Jake. Si quelqu'un sait comment et pourquoi, c'est bien Carmen.

— Les frères Tolan…, murmure-t-elle d'un ton pensif.

Elle secoue la tête et rit, comme si elle se souvenait brusquement de quelque chose qu'elle avait oublié depuis longtemps.

— Eh bien… Nous avons été voisins pendant quelques années. Je les aimais bien. C'était de braves gamins. Eli et moi… on est sortis ensemble un temps. Il me plaisait parce qu'il était différent des autres garçons. Je tenais beaucoup à lui. Quand nous avons rompu, ça m'a brisé le cœur.

— Pourquoi ça n'a pas marché, entre vous ?

— On était jeunes. Je croyais pouvoir le sauver, sans doute… J'avais seize ans… Je ne savais rien de la vie.

Elle sourit.

— Il parlait sans cesse de partir. Il voulait aller à New York, vivre une vie d'artiste et crever la faim. Moi, j'aime la Californie. Je ne partirai jamais. Eli n'avait pas d'attache, il était de nulle part. Avec sa mère, il avait pris l'habitude de bouger…

Elle se tait et hésite.

— Jake t'a parlé d'elle ?

Je baisse les yeux.

— Je ne sais pas tout, mais j'ai cru comprendre qu'elle était plutôt… instable.

Carmen pose ses coudes sur ses genoux et son menton sur ses poings, le regard perdu dans le vide.

— Elle adorait ses fils, dit-elle enfin, d'un ton ferme. Mais elle n'était pas capable de s'en occuper. Ils devaient toujours se débrouiller seuls. Eli lui en voulait beaucoup, au point de la haïr. Après le lycée, il a quitté la maison et coupé les ponts avec elle. Du coup, je ne sais pas trop pourquoi, elle a recommencé à déménager, avec Jake. Il m'écrivait souvent. Ses lettres parlaient surtout de musique, des groupes et des chansons qu'il écoutait — ce genre de choses. Je ne savais pas ce qui se passait.

J'ai envie de la questionner, mais je me tais. J'ai compris qu'il suffit d'attendre pour qu'elle me dise tout. Elle semble émue et tripote l'anneau qu'elle porte au pouce en évitant mon regard.

— Elle est partie, dit-elle enfin, si bas que je l'entends à peine. Un jour, elle est sortie et elle n'est plus revenue. Jake est resté seul pendant près d'un mois avant que quelqu'un ne s'en rende compte. Il n'avait rien dit à personne. Ce n'était pas la première fois que sa mère disparaissait sans prévenir, mais elle revenait au bout de quelques jours. Je pense que cette fois-là aussi il attendait qu'elle revienne.

— Et c'est pour ça qu'il est allé vivre avec son frère.

— Oui, ça fait trois ou quatre ans qu'Eli s'occupe de lui.

— Et leur mère ?

Carmen soupire et demeure un moment silencieuse. Le chant des criquets résonne dans l'air humide.

— Les gens comme elle… Ceux qui ne veulent pas qu'on les retrouve. Ils s'arrangent pour vraiment disparaître.

Ce soir-là, je m'endors en pensant à ma mère. J'essaye d'imaginer ce que je ressentirais si elle disparaissait sans me prévenir. Ce serait terrible… Etre abandonné par ses parents, c'est pire que les perdre dans un accident. Ma mère est loin d'être parfaite et je lui en veux parce que June était sa préférée, mais je sais qu'elle m'aime et qu'elle a toujours été là pour moi. Je me rends compte que je ne lui en suis pas suffisamment reconnaissante.

Le lendemain, je me réveille la première et décide de m'occuper du petit déjeuner. Autrefois, maman nous préparait des œufs bénédictine. Je l'ai vue faire, ce n'est pas très compliqué, je me sens capable de l'imiter — même si je ne suis pas une cuisinière émérite. Une chance, je trouve dans la cuisine de Carmen tous les ingrédients qu'il me faut.

Mais, comme il fallait s'y attendre, je me brûle avec la poêle avant même d'avoir cassé le premier œuf.

— Merde !

Je lâche aussitôt la poêle pour sucer la portion de peau brûlée, entre le pouce et l'index. Ça fait atrocement mal.

— Des problèmes ?

Jake m'observe depuis le seuil, adossé au chambranle, les bras croisés, avec une petite moue qui cherche à cacher un demi-sourire. Il est encore tout endormi et chiffonné, mais… je ne pensais pas qu'on pouvait être sexy à ce point au saut du lit.

Je soupire.

— Je ne suis pas comme Laney, je ne passe pas mon temps à regarder des émissions culinaires.

Il s'avance vers moi et me saisit le poignet pour inspecter la brûlure : la peau est déjà gonflée et d'un rouge écarlate.

— Il faut mettre ta main sous l'eau, dit-il.

Il ouvre le robinet et guide ma main sous l'eau froide.

— Ne bouge plus.

— Oui, chef, je réponds d'un ton moqueur.

Il prend la poêle et la replace sur la plaque.

— Qu'est-ce que tu fais ? je demande.

— Je finis ce que tu as commencé, me répond-il d'un ton taquin.

Il passe en revue les ingrédients rassemblés sur le plan de travail : œufs, jambon, poivre noir, muffins anglais, yaourts, moutarde, mayonnaise légère.

— Hum…

Il semble perplexe.

— Tu préparais quoi, exactement ?

— Des œufs bénédictine, je soupire.

Et, comme il me jette un regard surpris, j'éprouve le besoin de me justifier :

— Eh bien quoi ? Ma mère en faisait souvent. Il me semblait que ce n'était pas si compliqué.

— On va oublier tes projets ambitieux et se contenter d'un petit déjeuner plus classique. Je propose du pain perdu.

Il écarte tous les ingrédients, sauf les œufs et le pot de mayonnaise. Il fouille ensuite dans le réfrigérateur et sort du lait, du beurre et du sirop d'érable, puis il referme la porte avec son pied — il est en chaussettes.

Je hausse les sourcils.

— Tu mets de la mayonnaise dans ton pain perdu, toi ?

— La mayonnaise, c'est pour ta brûlure.

Je garde ma main sous l'eau fraîche tandis qu'il s'active à la préparation du pain perdu. Il casse un œuf dans un saladier, le bat, et jette des morceaux de pain dans la préparation.

— On dirait que tu as le coup de main… Tu en fais souvent, du pain perdu ?

— Je n'en ai pas fait depuis un certain temps, mais la cuisine, c'est comme le vélo, ça ne s'oublie pas. Faire l'amour non plus, ça ne s'oublie pas.

Je fais comme si je n'avais pas entendu et il a la décence de prendre un air gêné.

— Et où as-tu appris ?

Il se met à découper des fruits sur le comptoir, en évitant mon regard.

— Bah… Je n'ai pas spécialement appris. Ma mère faisait des tas de petits boulots pour gagner de l'argent. Elle apprenait le tatouage au henné aux voisines, des trucs comme ça... Mon cher papa, lui, était surtout occupé à se procurer sa drogue, et quand il l'avait trouvée il n'était pas vraiment présent non plus, parce que défoncé. Au bout d'un moment, tu comprends, les macaronis au fromage, on s'en lasse.

— Je vois... Je suis désolée... mais je suppose que ça ne change pas grand-chose pour toi.

— Détrompe-toi.

Il pose son couteau et attrape un torchon pour s'essuyer les mains.

— Vois-tu, reprend-il, le seul moyen de ne pas être un pur produit de son environnement, c'est d'être conscient de ce qu'on traîne derrière soi. C'est ta sœur qui m'a appris ça.

— Qu'est-ce que tu veux dire par là ?

— C'est grâce à elle que j'ai obtenu mon diplôme de fin d'études. L'école, ça ne m'a jamais intéressé. Je ne voulais même pas passer mon diplôme de fin de cycle secondaire, mais la conseillère m'a proposé du tutorat avec June et... June a pris la chose à cœur et elle a réussi à me convaincre de me présenter. Elle disait qu'obtenir ce diplôme était le plus beau pied de nez que je pouvais faire à la société.

Il ne peut retenir un petit sourire.

— Elle m'a fait promettre d'arrêter de déconner : plus d'alcool, plus d'herbe, interdiction de sécher, interdiction de me faire remarquer par mon insolence. J'ai accepté de jouer le jeu, parce qu'elle me croyait capable de réussir.

— Eh bien...

Je ne sais pas quoi dire, mais je ne suis pas surprise. Elle était comme ça, ma sœur. C'est pour ça que j'étais fière d'elle. Et aussi que j'avais la sensation de ne pas lui arriver à la cheville.

Je murmure :

— C'est bien de sa part, de t'avoir encouragé. Je suis contente que tu l'aies rencontrée.

Jake lâche son torchon et s'accoude au comptoir, près de moi.

— Ça me fait de la peine qu'elle soit morte, me dit-il.

Il baisse la tête.

— Mais je sais que c'est pas ça qui va te consoler.

Non, ça ne me console pas, mais ça me fait quand même du bien de l'entendre. Je ne sais pas comment le lui dire. Je suis prise brusquement d'un accès de pudeur avec lui, totalement stupide et déplacé — il m'a vue sangloter, il m'a vue nue. Si j'étais comme June, si j'étais une personne altruiste et généreuse, je lui parlerais de moi pour le remercier de m'avoir parlé de lui.

Mais je ne suis pas June. Aussi, je me détourne et fais mine de m'intéresser à ma main, laquelle est toujours sous l'eau.

— J'ai la main gelée, je murmure.

Il tend le bras par-dessus mon épaule et ferme le robinet. Pendant quelques secondes nous demeurons ainsi, son ventre contre mon dos. Sa chaleur m'enveloppe, sa bouche frôle mes cheveux. Je frissonne.

Quand je me retourne vers lui, il est si proche que je dois lever le menton pour le regarder dans les yeux. Il n'a plus ce regard vulnérable d'enfant qui m'a fait fondre quelques minutes plus tôt, quand il me parlait de sa mère. Il me couve avec des yeux brûlants et je ne peux pas m'empêcher de penser que ses baisers aussi étaient brûlants. Et qu'ils me faisaient fondre.

Le silence entre nous se prolonge un peu trop, je me dépêche de le rompre en disant le premier truc qui me passe par la tête :

— Les compilations, c'est bientôt fini.

— C'est-à-dire ? demande-t-il d'un ton surpris.

— Eh bien oui. Avec les progrès de la technique, les CD vont bientôt devenir vintage, non ? Un peu comme les vinyles maintenant. Mes gosses, ils regarderont les CD et ils diront « C'est quoi, ce truc ringard ? » Ils en seront aux iPod de cinquième génération, ou alors ils téléchargeront la musique directement dans leur cerveau — on leur aura implanté des puces intégrées, tu vois. Et moi, je serai une vieille croulante assise dans un coin et je dirai « Quand j'étais jeune, on écoutait des compilations, des CD, le gaz ne coûtait pas vingt dollars le gallon, et oh, ils passaient des clips sur MTV, je vous assure que c'est vrai. » Et eux, ils diront : « Oh ! ça va maman, arrête un peu de radoter. Bon, on va au bar à oxygène, à tout à l'heure. » Et ils partiront dans leurs voitures volantes. Parce qu'on va y venir, à la voiture volante, c'est une question de temps.

Jake me considère d'un œil amusé.

— Tu délires…

— Oui, je sais. Je fais ça quand je suis nerveuse.

— Ou quand tu es soûle.

— Oui, quand je suis soûle aussi, peut-être. Tu le sais mieux que moi.

— Oui, répond-il en riant. Eh bien, sache que pour moi les CD ne seront jamais dépassés. J'aime bien tenir quelque chose entre les mains, tu comprends ? Et faire des compilations, c'est un don. C'est comme raconter une histoire. Il faut que ça coule. On ne peut pas mettre une ballade de Sam Cooke après Black Sabbath, par exemple. Il faut construire un univers, trouver une ambiance, une fin. C'est comme un livre.

Il a raison. C'est exactement ce que j'ai senti en écoutant la compilation de June.

Il prend le pot de mayonnaise et dévisse le couvercle.

— On va à Sausalito aujourd'hui, déclare-t-il. Carmen a appelé Charlie, il est d'accord.

— C'est vrai ?

Il étale doucement un peu de mayonnaise sur ma brûlure et enveloppe ensuite ma main avec du film alimentaire transparent. Sa main s'attarde sur la mienne ; nos bouches sont si proches.

— Evidemment que c'est vrai, si Carmen le dit…, murmure-t-il.

Puis nous nous embrassons.

Ou plutôt nos bouches se rencontrent, sans qu'on s'embrasse vraiment. Un peu comme si on n'osait pas. J'en ai envie, pourtant, et je suis presque sûre qu'il en a envie aussi. Mais si on commence à s'embrasser à tout bout de champ, ça va devenir une habitude. Une *mauvaise* habitude. Et je n'ai pas besoin d'une mauvaise habitude en ce moment. En tout cas pas de celle-là. Tant qu'à faire, je préférerais me ronger les ongles, ou me mettre à fumer comme un pompier. Mieux vaut mourir d'un cancer du poumon que d'être obligée d'éclaircir avec Jake la question de nos sentiments réciproques — ce qui ne manquerait pas de se produire si on s'embrassait trop souvent.

— Il faut que je…

Je m'écarte de lui et désigne d'un geste vague la porte de la cuisine.

Il me fait signe que je peux y aller et je me détourne. Et là, mes yeux se posent sur une boîte à chaussures ouverte sur la table. Je ne l'avais pas vue en entrant tout à l'heure et elle contient mes photos.

— Je les ai mises là-dedans hier soir, explique Jake. Dans la boîte à gants, elles risquaient de s'abîmer.

Il marque un temps de pause, s'essuie les mains, et sourit.

— Tu sais, elles sont bonnes, tes photos.

— Tu trouves ?

Je suis à la fois gênée et ravie. La seule personne qui s'intéresse à mes photos, c'est Laney et... j'adore Laney, mais je n'accorde pas beaucoup d'importance à ses opinions en matière d'art.

— Tu as vraiment du talent, insiste-t-il. Tu as déjà pensé à étudier sérieusement la photo ? Tu pourrais réussir à percer, si tu voulais.

— Je pense au contraire que c'est impossible.

— Pas plus que d'être payée à inventer des noms pour des vernis à ongles, dit-il en souriant.

Plus tard, sous la douche, je repense à ce qu'il m'a dit. Et s'il avait raison ? Si j'étais suffisamment douée pour tenter une carrière de photographe ? J'avoue que ça me plairait. J'ai toujours pensé que ce n'était pas à ma portée, mais rien d'autre ne m'intéresse — et je ne suis pas douée pour grand-chose d'autre non plus. Aussi, plus j'y réfléchis, plus je me dis que Jake n'est pas complètement à côté de la plaque, après tout. Peut-être que je devrais essayer.

Quand je sors enfin de la salle de bains, Carmen et Laney sont attablées dans la cuisine, en train de dévorer le pain perdu. Je viens tout juste de m'asseoir, quand Carmen se lève et vide son café, tout en attrapant son sac. Elle doit filer à son salon de coiffure parce qu'elle a un rendez-vous, elle sera prise toute la journée, mais elle nous a laissé l'adresse de la marina de Sausalito au dos d'une vieille liste de courses, sur la porte du réfrigérateur. Elle nous souhaite bonne chance et ébouriffe les cheveux de Jake avant de sortir.

— Et ils n'étaient plus que trois, chantonne Laney d'un ton solennel.

Nous avons quelques heures à tuer et décidons de dépenser notre énergie à passer une deuxième couche de peinture dans le salon pour faire une surprise à Carmen. Jake et moi, nous prenons un rouleau, Laney s'occupe de choisir la musique.

— J'en ai plus que marre de n'écouter que des vieux, déclare-t-elle.

Elle met un album de Dr Dre, puis s'empare d'un pinceau pour peindre les coins. Elle chante les deux premières chansons sans une erreur, en marquant la mesure de la tête. Nous travaillons sans interruption pendant toute la durée du CD, puis nous prenons une pause sur le canapé, devant la télé, avec un paquet de biscuits. Laney cherche les chaînes qui diffusent de vieux films.

— Je voudrais trouver un film avec Rock Hudson, soupire-t-elle.

— Rock Hudson était homo, je lui rappelle.

— Bon, alors avec William Powell. Ou Bogart. Ou…

— Je vais chercher d'autres biscuits, coupe Jake.

Il se lève brusquement du canapé et sort de la pièce. Je le suis malgré moi du regard, ce qui n'échappe pas à Laney.

— Et moi qui croyais que vous aviez dépassé le stade de la tension sexuelle latente, dit-elle.

Je monte le son de la télévision.

— Il n'y a aucune tension sexuelle entre nous, Laney. J'ai des millions d'autres choses en tête, beaucoup plus importantes que Jacob Tolan.

— Désolée. Je le sais. Mais quand je m'intéresse à tes problèmes avec ton mec, j'en oublie un peu les miens.

— Où tu en es, de ta décision ?

— Je n'ai pas beaucoup avancé, me répond-elle d'un ton dégagé. Dès que j'y pense, c'est la panique, alors j'évite d'y penser et je m'en tiens au déni.

Elle pose sa joue contre mon épaule et soupire.

— C'est horrible.

Je cherche à la rassurer.

— Je te soutiendrai, quoi que tu décides. Prends ton temps pour faire le bon choix.

— Tous les choix sont mauvais, rétorque-t-elle en soupirant. Et pour l'instant, je n'arrive pas à savoir ce que je veux.

— C'est normal. Ce n'est pas une situation facile.

A dire vrai, c'est même une situation tellement difficile

que je n'arrive pas à m'en faire une idée claire. Laney ne dit plus rien. Je devrais la consoler, lui dire que ce n'est pas si grave que ça, mais je ne sais pas mentir. Quant à lui donner un conseil, vraiment, je ne m'en sens pas capable. Je ne sais pas ce que je ferais à sa place.

— La vie est injuste, lâche-t-elle brusquement.

La remarque est digne d'une enfant de cinq ans, mais n'empêche que Laney a raison : la vie est injuste, il faut le dire et le répéter, parce que c'est vrai !

Je lui tapote gentiment le crâne.

— Je suis au courant.

— Avant de vous autoriser à monter à bord, je tiens à mettre les choses au point.

Charlie, notre capitaine, est un type gigantesque, bâti comme un joueur de foot, avec des épaules impressionnantes et un cou de taureau. Il nous a alignés face à lui sur un ponton de bois, comme des soldats, et nous passe en revue avec une expression sévère, les sourcils froncés.

— Ce que vous allez faire est illégal, je pense que vous le savez déjà. Normalement, pour disperser des cendres, il faut un permis. D'après ce que j'ai compris, vous ne pouvez pas en demander un. Alors, voilà comment on va procéder… Je vais vous emmener dans la baie. Quand je jetterai l'ancre, j'irai m'enfermer dans ma cabine et vous en profiterez pour faire ce que vous avez à faire. Moi je ne verrai rien, donc je ne serai au courant de rien. Dès que vous aurez quitté mon bateau, je vous oublierai. Et vous aussi vous m'oublierez. C'est compris ?

Nous échangeons des regards entendus, tout en hochant la tête.

— C'est compris, je certifie.

— Très bien, approuve-t-il. Mesdemoiselles et monsieur, je vous prie de monter à bord.

Le bateau est vieux, mais en bon état. Charlie met le moteur en route et largue les amarres, puis nous prenons le large. Jake se poste sur le pont arrière, je m'installe à l'avant sur un banc, en serrant l'urne contre ma poitrine. Il ne fait pas froid, mais j'ai des frissons. Laney vient s'asseoir près de moi et me prend la main sans un mot.

Chaque fois que le bateau tangue, je pense aux cendres qui sont secouées. J'espère que je ne me suis pas trompée, que c'est bien ce que June aurait voulu.

En tout cas, je me suis donné du mal pour respecter ce que je croyais être ses dernières volontés. Après tout, c'est l'intention qui compte, non ?

Le vent nous fouette de tous les côtés. Jake est venu nous rejoindre et essaye depuis cinq minutes d'allumer une cigarette. Quand c'est fait, il me la tend. Je fais signe que non, je n'en veux pas. J'ai décidé de ne plus fumer. J'en ai fini avec les stupidités qui me servaient uniquement à prouver quelque chose — quoi, on se le demande.

Avec le soleil qui commence à descendre à l'horizon, l'eau prend une teinte bleu sombre. Bientôt nous entrons dans la baie et nous apercevons au loin le Golden Gate, magnifique, grandiose. C'est un endroit idéal pour disperser les cendres de June, à la fois beau et paisible, un peu comme sa carte postale.

Charlie apparaît à l'autre bout du pont et nous crie :

— Je vais jeter l'ancre !

Après quelques crachotements, le moteur s'arrête. Nous n'entendons plus à présent que le bruit des vagues qui clapotent contre la coque.

Fidèle à sa promesse, Charlie disparaît dans sa cabine.

La main de Laney se pose sur le couvercle de l'urne. La mienne se crispe, instinctivement.

Laney cherche mon regard.

— Tu es prête ? me demande-t-elle.

Je ne suis pas sûre d'être prête, mais je fais quand même signe que oui de la tête. Je tiens fermement l'urne, Laney se charge du bouchon, qui est bien serré, mais qui finit par lâcher avec un bruit sec, quand l'air s'échappe.

— Voilà, dit doucement Laney en m'aidant à me lever.

Nous rejoignons Jake qui attend, tourné vers la mer.

— On peut te laisser seule, propose Laney. Viens, Jake.

Je secoue la tête.

— Non. Reste. Je veux que tu sois là.

Je jette un regard en biais vers Jake.

— Restez tous les deux.

Il fronce les sourcils.

— Tu en es sûre ?

— Vous êtes venus jusque-là avec moi, non ?

Je ne veux pas être seule pour disperser les cendres de ma sœur. J'ai besoin de mes deux compagnons de voyage.

Je me tourne vers Laney et lui montre l'urne. Elle comprend aussitôt et plonge sa main à l'intérieur, en se mordillant la lèvre.

— Je suppose qu'il faudrait que je dise quelque chose, murmure-t-elle d'une voix tremblante.

Elle se penche vers l'urne.

— June… Je ne te l'ai jamais dit, mais je t'aimais bien. Je crois que je te considérais un peu comme une sœur, en fait… C'est dommage que tu ne sois plus là… J'espère que tu es heureuse, à présent. Où que tu sois.

Puis elle sort sa main de l'urne et ouvre la paume au-dessus de l'eau. Les cendres tombent, emportées par le vent. Laney essuie une larme et s'écarte de la rambarde.

— Bon, je suppose que c'est mon tour, dit Jake en s'approchant.

Il prend avec précaution une poignée de cendres.

— Dis quelque chose, le presse Laney.

— Euh…

Il tousse, s'éclaircit la gorge, se dandine d'un pied sur l'autre. Finalement, il prend une longue inspiration et se lance :

— June, tu… tu m'as beaucoup aidé. J'espère avoir payé un peu la dette que j'avais envers toi. Tu étais une amie et tu me manques. Tu me manques chaque jour.

Il lâche lentement les cendres et, une fois que c'est fait, il contemple l'océan, tête baissée. Il renifle, comme s'il se retenait de pleurer et se passe les mains plusieurs fois dans les cheveux.

A présent, c'est mon tour. Dans ma main les cendres de June sont granuleuses et ça me surprend. Je sens de minuscules fragments d'os dans la poussière — des fragments de ma sœur qui ont résisté aux flammes.

Je ferme les yeux.

J'aurais tant à lui dire… Je ne trouve pas les mots.

Un souvenir d'enfance me revient. J'avais six ans et on venait de m'offrir des ailes en papier. Je les avais enfilées et j'avais grimpé à un arbre, pour prendre mon envol. Quand j'ai sauté, je suis tombée comme une pierre et je me suis foulé la cheville. June n'avait pas huit ans, mais elle ne s'est pas affolée. Elle m'a tenu la main en attendant que notre mère arrive, alertée par mes cris. Je la revois, me répétant que c'était beau, vraiment, qu'elle avait cru voir un oiseau s'échappant de sa cage.

Sans doute rêvait-elle déjà de s'envoler de la cage dorée dans laquelle elle était emprisonnée.

— Je suis désolée, je murmure. Désolée de ne pas avoir été là pour toi. De ne pas avoir compris. Je te rends ta liberté, June. C'est peu. Mais c'est tout ce que je peux faire.

Je me penche par-dessus la rambarde et déverse le contenu de l'urne dans l'océan. Les cendres se déposent à la surface, comme un nuage. Tandis qu'il se dissipe lentement, je lâche aussi l'urne, qui se remplit peu à peu d'eau et coule à pic. Jake sort un œillet de sa poche de blouson et me le tend. Je le jette à l'eau, il flotte sur les vagues.

Et c'est fini. Il ne reste à présent plus rien de ma sœur.

Sauf…

Seize ans de souvenirs, qui pèsent beaucoup plus que des os et des cendres.

Jake et Laney me tirent doucement en arrière, sur le pont. Laney enfouit son visage dans mon cou, je sens ses larmes sur ma peau. Jake cale son menton contre mon crâne. Ils m'enveloppent si bien que j'ai l'impression que nous ne formons plus qu'un.

Je ne suis pas seule.

Je regarde la mer qui scintille sous un ciel d'une beauté à couper le souffle. Je pense aux oiseaux. A ce que j'ai ressenti juste avant de tomber de l'arbre. A ma sœur qui était forte pour deux quand nous étions enfants. Ensuite, je ne sais pas quand, c'est moi qui suis devenue forte. Jake a raison : je suis forte et je me sens prête à affronter la vie, même s'il faut souffrir. Au cours de ce voyage, j'ai appris que des gens défilaient dans les rues avec l'espoir de changer le monde, j'ai vu le coucher de soleil de Fridgehenge, j'ai découvert les chansons de Tom Waits, j'ai trouvé deux amis merveilleux qui me tiennent la main sous un ciel constellé d'étoiles. Il y a tant de beauté dans le simple fait d'exister. Et la vie réserve tant de surprises.

Je ne veux plus en perdre une miette.

Quand Charlie nous dépose sur le quai, je le remercie chaleureusement.

— N'en parlons pas, petite, me répond-il.

Je n'insiste pas.

Jake veut voir un coucher de soleil sur la mer : nous allons donc sur la plage la plus proche, nous asseoir sur le sable. C'est là que les larmes viennent et que je pleure enfin sur les cendres de June. Et ces pleurs, loin de me désespérer, me font un bien fou. C'est comme si l'on m'ôtait un énorme poids de la poitrine et que je pouvais enfin de nouveau respirer.

— Regarde, déclare soudain Laney.

Elle se lève et court au bord de l'eau pour enchaîner trois roues parfaites.

— Ta-da ! conclut-elle les bras en l'air, en exécutant le salut des gymnastes.

Je souris, en essuyant mes larmes avec mon poing. Comme je frissonne, Jake enlève son blouson et le pose sur mes épaules.

— Merci, je réponds.

Il est encore tiède de sa chaleur et il sent son odeur.

Jake me demande doucement :

— Qu'est-ce que tu veux faire, maintenant ?

Je rassemble mes jambes contre ma poitrine et pose mon menton sur mes genoux, le regard tourné vers l'océan et vers Laney qui exécute maintenant un appui-renversé.

— Rentrer chez moi, je crois. J'espère que ma mère ne va pas me tuer. Et toi ?

— L'Oleo m'attend, répond-il. Je n'ai rien de plus précis pour le moment.

— Et l'université ?

— Quoi, l'université ?

— Tu n'as pas l'intention de t'y inscrire ?

Il éclate de rire, comme si je venais de lui suggérer de rejoindre l'école du cirque.

— Moi ? M'inscrire à l'université ? Euh, non, je ne crois pas.

— Et pourquoi pas ? Tu es intelligent, Jake. Bon, c'est sûr

que tu ne peux pas viser Harvard, mais tu pourrais au moins tenter une université publique.

— Oui, peut-être, coupe-t-il sèchement.

Je comprends à son ton qu'il n'a pas envie de poursuivre cette conversation. Je me déplace pour me caler entre ses jambes, je glisse mes mains dans ses cheveux et je cherche sa bouche. Nous nous embrassons lentement, avec beaucoup de tendresse, sans la hâte désespérée de notre première fois.

Puis je pose ma tête contre sa poitrine et je reste là, sans bouger, à écouter les vagues et son cœur qui bat, en regardant disparaître le soleil à l'horizon.

Nous sommes en vie tous les deux. En vie et pleins de vie. C'est merveilleux. Si beau que j'en ai de nouveau les larmes aux yeux.

Quand nous regagnons Joplin, il fait nuit. Nous n'y voyons rien, mais je n'ai pas peur parce que Jake et Laney me donnent la main.

Sur le trajet, pour une fois, nous n'écoutons pas de musique, rien que le bruit du vent qui s'engouffre par les fenêtres de nos portières.

Cette nuit-là, je dors très longtemps, d'un sommeil profond et réparateur. En me réveillant, je me sens fraîche et dispose. Une lumière aveuglante entre par la fenêtre et Laney n'occupe plus son côté du lit, je suppose donc qu'il doit être assez tard. Je m'étire comme un chat et demeure encore un moment allongée, pour profiter de cette incroyable sensation de bien-être.

Je finis tout de même par me lever. Personne dans le salon, je vais donc dans la cuisine. Je m'attendais à y trouver Jake et Laney, mais c'est Carmen qui tient compagnie à Jake. Ils sont assis autour de la table et parlent à voix basse. En me voyant apparaître sur le seuil, ils se taisent brusquement.

— Désolée, je ne voulais pas vous déranger, dis-je en bâillant. Carmen, vous ne travaillez pas, aujourd'hui ?

— Quelqu'un me remplace, explique-t-elle.

Elle échange avec Jake un regard entendu.

— Je, euh… Je vais dans ma chambre. Je vous laisse, tous les deux.

Elle sort à pas lents de la cuisine et je me tourne vers Jake, en haussant les sourcils.

— Vous êtes bizarre, ce matin. Où est Laney ?

— Dans la salle de bains, en train de se préparer, dit-il.

Il ne sourit pas.

— Oh. On reprend la route aujourd'hui ?

— Pas exactement. Laney et toi, vous prenez l'avion pour le Michigan.

Je crois d'abord que j'ai mal entendu, puis je me rends compte à son expression qu'il est sérieux. J'ai soudain une pierre dans l'estomac.

— Quoi ? Mais pourquoi… ?

— J'ai appelé tes parents ce matin, explique-t-il. Ils ont déjà acheté les billets d'avion. Carmen va vous accompagner à l'aéroport. Vous décollez vers 16 heures.

Cette déclaration me fait l'effet d'un coup de poing dans le ventre. Je le contemple, incrédule, bouche bée. Finalement, je retrouve ma voix.

— Pourquoi ? Pourquoi tu as fait ça ?

Il repousse sa chaise et vient vers moi.

— Il faut que je te parle, dit-il. Tu… tu disais que je cachais quelque chose. C'était vrai.

— De quoi tu parles ?

Il a sur le visage une expression grave et solennelle qui me fait presque peur.

— La dernière fois que j'ai vu June, c'était… c'était la veille de… du drame. Elle m'aidait à réviser mon dernier examen et j'ai emporté par erreur l'un de ses cahiers. Je devais le lui rendre le lendemain, mais…

Sa voix se brise, comme s'il n'avait pas le courage d'aller jusqu'au bout, mais je sais déjà pourquoi il n'a pas pu rendre ce cahier : le lendemain, June était morte.

— Et dans le cahier, j'ai trouvé ça.

Il me met quelque chose dans la main. Je baisse les yeux : c'est une enveloppe cornée sur laquelle mon prénom est tracé d'une belle écriture ronde et soignée.

Celle de June.

— J'aurais dû te la donner le jour des obsèques, reprend-il. J'étais venu pour ça. Mais quand on s'est parlé, dans le jardin, je ne sais pas pourquoi, je n'ai pas osé. Ensuite, j'ai eu des remords. C'est pour ça que je vous ai suivies à l'étage, Laney et toi. Et quand je vous ai entendues parler de la Californie, j'ai décidé de partir avec vous et de te donner la lettre plus tard.

Je caresse en silence mon nom sur le papier blanc. Cette petite enveloppe, si légère, pèse comme du plomb dans ma main.

— Et tu as attendu jusqu'à aujourd'hui…

— J'ai été tenté de t'en parler des millions de fois… Mais… je n'ai jamais pu trouver le moment adéquat.

— Tu n'as pas pu trouver le moment adéquat…

Ma propre voix sonne étrangement à mes oreilles. C'est à peine si je la reconnais.

— C'est n'importe quoi.

Il soupire.

— Je savais que tu serais furieuse.

— Tu savais ? Tu ne sais rien. Tu ne comprends rien.

— Je comprenais June, proteste-t-il.

Il se trompe : lui non plus ne comprenait pas June, sinon elle serait encore là aujourd'hui. Elle est morte parce que personne n'a su la comprendre, pas plus lui qu'un autre.

— Qu'est-ce qui te fait croire que tu la comprenais ?

Je suis au bord de l'hystérie.

— Tu étais amoureux d'elle ? Tu as couché avec elle ?

— Tout ne tourne pas autour du sexe, Harper.

— Ce n'est pas une réponse, ça.

Je le pousse, mais il vacille à peine. Alors je le pousse encore, jusqu'à ce qu'il recule.

Je me mets à hurler :

— Réponds-moi, merde ! Sois honnête, pour une fois dans ta vie !

Je suis folle de rage, je ne me contrôle plus. Quelle sotte j'ai été de croire qu'il était différent ! Dire que je lui ai confié mes secrets. Que je lui ai donné mon corps ! Que j'étais prête à lui donner mon cœur !

— Non ! se défend-il d'un ton véhément. Bien sûr que non. Je te l'ai déjà dit. Il ne s'est rien passé entre nous.

— Mais tu aurais bien voulu, pas vrai ? Est-ce que tu es venu vers moi parce que j'étais la sœur de June ? Jake ?

Il a l'air tellement outré et surpris par ma question que je me prends à douter.

— C'est ce que tu penses ? dit-il lentement. Après tout ce qu'on a vécu…

— Et qu'est-ce que tu voudrais que je pense ? Réponds, Jake. Parce que je me pose vraiment la question.

— Tu ne ressembles en rien à ta sœur, dit-il. Elle comptait beaucoup pour moi, je ne l'ai jamais nié. Mais ce n'est pas parce que tu es la sœur de June que tu m'intéresses. Ce qui me plaît en toi, c'est une foule de petites et de grandes choses. Ta force. Ton obstination. Ton courage. Ta générosité. Ton indépendance d'esprit. Tu sais que tu es une des rares personnes à oser me tenir tête et à me dire mes quatre vérités ? Tu oses me bousculer et ça me fait du bien. Et puis tu aimes Johnny Cash et tu fais des photos incroyables. Tu es une fille intéressante, Harper, c'est pour ça que tu me plais.

Je l'écoute tout en secouant la tête, mais je ne trouve rien à répondre. C'est vraiment comme ça qu'il me voit ?

— Si j'avais cherché quelqu'un pour remplacer June, ce n'est pas toi que j'aurais choisie, ajoute-t-il. A part le fait que je ne t'impressionne pas et que tu ne me considères pas comme un incapable, tu n'as rien en commun avec elle. En plus, je n'ai jamais été amoureux d'elle. On était amis, c'est tout. On était amis parce qu'elle me traitait comme un être humain digne d'intérêt.

Je ricane :

— Oh ! mais c'est incroyable, ça.

— Oui, pour moi, ça l'est ! Tu as Laney et ta famille — même si tu en veux à tes parents parce qu'ils exigent trop de toi. Ils exigent trop, mais au moins tu as de l'importance pour eux. Je donnerais n'importe quoi pour avoir ça. Dans ma vie, personne n'a jamais rien attendu de moi, à part que je fasse des conneries. Sauf June. June a été la première personne à penser que je pouvais devenir quelqu'un de bien. Et j'avais besoin de ça.

— Tu avais besoin de ça ? je crache d'un ton méchant, en l'imitant. Et moi, de quoi j'avais besoin, d'après toi ? Hein ? Tu savais à quel point ça me minait que ma sœur n'ait même pas laissé de message. Tu le savais, tu avais cette lettre, et tu ne m'as rien dit. Tu n'es qu'un lâche. Tu avais peur de me la donner ? Tu as peur d'écrire des chansons. Tu as peur de te bouger pour faire quelque chose de ta vie. Les autres ne t'ont pas assez poussé ? On ne t'a pas tenu la main ? Pauvre petit chéri ! Tu n'as pas honte ? Tout ça, c'est des excuses pour continuer à te comporter comme un lâche.

Je ponctue la dernière phrase en le frappant avec l'enveloppe. A présent, je pleure. Je pleure à chaudes larmes. Je pleure tellement que je ne cherche même pas à essuyer le torrent qui dévale sur mes joues.

Jake fait un pas en avant. Il a les larmes aux yeux. Je l'arrête d'un geste de la main. Je ne veux surtout pas qu'il m'approche. Tout ce que je veux, c'est qu'il me fiche la paix !

— Je te hais !

Je hurle si fort que les mots me griffent la gorge au passage.

— Laisse-moi tranquille, tu entends ? Je te déteste ! Tu n'es qu'une merde !

Il laisse retomber ses bras.

— Je sais que tu me hais.

Non, il ne peut pas savoir à quel point je le hais.

— Je vais te laisser, dit-il d'une voix rauque. Tu trouveras son cahier sur la table. Je… Je suis désolé… Je sais que tu t'en fiches, mais je tiens quand même à ce que tu saches que suis sincèrement désolé.

Il quitte la cuisine. Quelques secondes plus tard j'entends claquer la porte d'entrée. Je reste un long moment sans bouger, à reprendre mes esprits, agrippée à la table pour ne pas tomber. Et quand mes larmes cessent enfin de couler, je reste encore là, à trembler de la tête aux pieds.

Peu m'importe qu'il soit désolé.

Ça ne suffira pas.

Pas cette fois.

16

J'ai eu du mal à me réadapter à la vie à la maison, à la banalité de notre quotidien, aux photos de chiots de ce calendrier que je retrouve tous les matins dans la cuisine et qui me rappelle que la vie continue. Nous sommes maintenant en juillet et ma mère a déjà marqué quelques dates : un rendez-vous chez le médecin, ses réunions du club de tricot, les anniversaires de ses amies. Concernant June, il n'y a plus rien.

Je passe mes journées enfermée dans la maison, à sucer des glaçons et à regarder à la télé des rediffusions de MASH pour tromper mon ennui. Si Laney était là, on s'amuserait à repérer les allusions à l'homosexualité d'Hawkeye et de BJ. Elle me manque beaucoup. Je voudrais aller bronzer avec elle au bord du lac. Ou manger une glace chez Duncan's en pleine nuit. Malheureusement, nous sommes toutes les deux privées de sortie pendant un mois. A notre retour, nos parents ont été soulagés de nous retrouver, mais ça ne les a pas empêchés de sévir.

Mais franchement, à part qu'elle me prive de Laney, ma peine me paraît légère. Enfermée à la maison, ça me va très bien. Puisque je ne peux pas sortir, je ne peux voir personne, et donc je ne peux pas voir Jake, n'est-ce pas ? Lui, je ne suis pas pressée de le recroiser.

Je me fais du souci pour Laney, à cause de son… problème. Je ne sais pas où elle en est et je n'ai aucun moyen de me renseigner parce qu'on m'a confisqué mon téléphone et privée d'accès internet. J'ai réussi à trouver un câble que je branche quand maman sort et j'ai pu échanger un ou deux mails avec Laney. Je lui ai demandé où elle en était, sans préciser, au cas où ses parents surveilleraient son courrier, mais je pense qu'elle a compris à quoi je faisais allusion. Elle m'a répondu que tout allait très bien, ce qui m'a un peu rassurée.

Le moment où elle me manque le plus, c'est quand je vais m'asseoir sur le toit. Je ne fume plus, mais je regarde jouer les enfants des voisins. Ils mangent des glaces et organisent des batailles avec des ballons de baudruche remplis d'eau. Moi aussi je faisais ça quand j'étais petite. Avec June.

Ma mère a repris le travail à temps partiel, le matin. L'après-midi, elle enfile des gants et elle jardine. De temps en temps je l'aide et nous en profitons pour parler. Elle ne me pose pas de questions sur mon équipée en Californie, mais chaque fois que j'y fais allusion je sens qu'elle m'écoute, que ça l'intéresse. Je lui ai raconté l'arche, Fridgehenge, les étoiles du ciel d'Arizona, la mer si bleue de Californie.

Je n'ai pas mentionné Jake. Certaines choses, je préfère les garder pour moi.

Il y a eu du changement pendant mon absence. Tante Helen ne vit plus ici. Elle vient quelquefois dîner, mais elle s'abstient de me faire des remarques ou des sermons. On ne trouve plus dans la maison une seule bouteille d'alcool ; je m'en suis assurée en cherchant dans les cachettes habituelles de maman — comme dans son placard à chaussures ou dans les bouteilles d'eau vitaminée. Maman va mieux. Il lui arrive encore de pleurer, mais elle n'est plus complètement brisée et elle se bat pour surmonter son chagrin.

Il lui arrive d'avoir des accès de tristesse, mais je ne lui en veux pas — j'ai le même problème.

Le jour où elle est arrivée avec des œillets à planter, par exemple, j'ai pleuré sous la douche.

Aujourd'hui, maman arrive avec des marguerites. Les marguerites, au moins, ne me donnent pas envie de pleurer. Elle jardine depuis une heure, je décide de lui apporter un verre de limonade.

— Elles sont belles, non ? me demande-t-elle en prenant le verre que je lui tends. En plus, je trouve qu'elles vont bien avec les magnolias.

Je recule pour mieux admirer les marguerites. Elles sont roses, avec le bout des pétales constellé de blanc.

— On ne peut pas dire que je sois dingue du rose, dis-je. Mais là, j'avoue que oui, c'est une bonne idée.

Je vais m'installer sur les marches du porche. Maman se redresse et époussette du plat de la main son jean plein de terre avant de venir me rejoindre. J'en suis un peu surprise, comme chaque fois qu'elle cherche à se rapprocher de moi. Je ne suis pas encore habituée à cette nouvelle version de ma mère — à la femme qui se montre attentionnée avec sa fille, qui ne pique plus de crises, qui cherche à se reconstruire. Je me rends compte qu'elle est beaucoup plus forte que je ne le croyais.

Je pensais qu'elle ferait un drame en me voyant revenir sans les cendres de June, mais elle n'a rien dit. C'est mon père, plutôt, qui l'a mal pris. Je l'ai entendu en parler avec ma mère, le lendemain de mon retour. Il m'avait invitée au restaurant, pour, paraît-il, passer un moment avec moi. En réalité, il voulait savoir pour l'urne, je crois. Il m'a harcelée de questions à propos de mon voyage. J'ai répondu à tout, mais de manière vague. J'ai bien vu que ça l'agaçait, mais il n'a pas osé s'en plaindre — maman avait dû lui faire la leçon.

Quand il m'a ramenée à la maison, avant de descendre de voiture, il m'a demandé si je me sentais bien. J'ai répondu oui, parce que c'était ce qu'il avait envie d'entendre. Ensuite, il est entré avec moi et je suis montée à l'étage. Lui, il s'est attardé quelques minutes dans l'entrée pour parler avec maman. Je me suis assise sur la dernière marche de l'escalier et j'ai écouté ce qu'ils se disaient — cachée derrière la rambarde, comme une petite fille.

— Je n'arrive pas à croire qu'elle ait osé faire ça, a dit mon père.

Sa voix était vibrante de colère. Pour une fois qu'il abandonnait son indifférence et son calme détaché…

— June était ma fille !

J'ai soudain pris conscience que je l'avais privé à jamais des cendres de sa fille. Jusque-là, je n'avais pas pensé à lui… Je me suis sentie coupable.

— Je sais, lui a répondu maman. Elle était aussi ma fille, je te le rappelle.

Ils sont restés silencieux tous les deux un moment. Ce

chagrin-là, ils l'auront en commun pour le restant de leurs jours, même s'ils ne sont plus ensemble. Personne d'autre qu'eux, pas même moi, ne peut savoir ce qu'ils ressentent. La mort de leur fille, c'est tout ce qu'il leur reste comme lien. C'est affreux.

— J'aurais voulu être prévenu, a-t-il murmuré. Je l'aurais arrêtée. J'aurais dû l'arrêter.

J'ai cru que cette conversation allait dégénérer en dispute, mais maman a simplement répondu :

— C'est fini. Ce qui est fait est fait. Il faut lâcher prise, maintenant. Oublier.

Je lui ai été très reconnaissante de ces paroles.

Je me tourne vers elle. Elle contemple le ciel, une expression nostalgique sur le visage.

— C'est une belle journée, dit-elle.

Je l'observe un long moment sans rien dire, puis je me décide :

— Tu as lu la lettre ? je demande.

Elle se tourne vers moi sans un mot, mais je lis la réponse dans ses yeux. Oui, elle l'a lue.

Moi non. Dans l'avion, j'ai failli, mais je n'ai pas pu me résoudre à ouvrir l'enveloppe. A la place, j'ai feuilleté le cahier de June, un cahier de cours de maths, qui s'arrêtait quelques jours avant sa mort — sans doute parce qu'elle avait déjà pris sa décision. A quoi bon noter des définitions de maths quand on sait qu'on va mourir ?

La lettre, je l'ai confiée à maman en arrivant à la maison. Elle avait posé ses clés de voiture sur le comptoir de la cuisine, j'ai mis l'enveloppe à côté des clés, en murmurant :

— June a écrit ça.

Puis j'ai quitté la pièce. Depuis, nous n'en avons plus reparlé.

La voix de ma mère me ramène au présent.

— Oui, j'ai lu la lettre de June, dit-elle. Et je pense que tu devrais la lire aussi.

— Pourquoi ? Ça ne résoudra rien.

Après avoir dispersé les cendres de June dans la baie de San Francisco, j'ai cru un instant que j'avais trouvé la paix. Mais je sais à présent que ce n'est pas si simple. Rien n'est simple. Je comprends un peu mieux June, je crois, mais ma colère est toujours là. Je lui en veux d'être partie. Je m'en veux de ne pas avoir su l'aider.

Je baisse les yeux vers mes chaussures souillées par la terre noire et grasse du jardin.

— Maman… Est-ce que tu crois que je pardonnerai un jour à June ?

Elle hésite un instant.

— Je ne sais pas, ma chérie. Tu es la seule à pouvoir répondre à cette question, il me semble.

Je lutte contre les larmes qui me montent aux yeux. Mais depuis quand suis-je devenue une fontaine ? J'ai honte.

— Hé…

Maman tend la main et me caresse la joue. Gênée, je tente de détourner le visage, mais elle m'en empêche. Elle m'adresse un sourire attristé.

— Je t'aime, murmure-t-elle avec tendresse. Tu le sais, non ? Je t'aime.

Je lui prends la main. Ça me fait tout drôle, ces démonstrations d'affection, ce n'est pas habituel entre nous. Mais c'est agréable. Je devrais profiter un peu plus de la tendresse maternelle… tant que ça dure.

Ma mère se tourne de nouveau vers le jardin, en inclinant la tête de côté.

— La saison est un peu avancée pour planter. Tu crois que les marguerites vont prendre ?

Je contemple la tache de couleur rose formée par les fleurs.

— Oui, elles vont prendre, je réponds avec un demi-sourire. Je suis sûre qu'elles vont prendre.

Le 4 juillet, maman est invitée avec tante Helen à un barbecue organisé par leur groupe de tricot. Elle me propose de les accompagner, mais je préfère m'installer sur le toit avec un sandwich au thon. Les enfants des voisins jouent avec des cierges magiques. Tout à l'heure, ils iront au bord du lac pour voir le feu d'artifice.

J'ai la lettre avec moi. En me réveillant ce matin, je l'ai trouvée sur ma table de nuit : je suppose que c'est maman qui l'a glissée dans ma chambre pendant que je dormais. Je ne cesse de la tourner et de la retourner dans mes mains, de caresser du bout des doigts ses bords cornés, mais je n'ose pas l'ouvrir. C'est idiot d'avoir peur d'un bout de papier. Je vais la lire, il le faut…

— Salut !

C'est Laney. Elle est entrée dans ma chambre et passe sa tête à la fenêtre pour me regarder. Je cache aussitôt l'enveloppe.

— On ne fait pas des peurs pareilles à quelqu'un qui est perché sur un toit, lui fais-je remarquer. Tu veux ma mort ou quoi ?

— Ce n'est pas si haut que ça, me rétorque Laney. Si tu tombais, tu te casserais peut-être une jambe et quelques côtes, c'est tout.

Elle enjambe la fenêtre et vient me rejoindre.

— Fais-moi une place.

Je me pousse et elle s'installe près de moi. Elle me tend un Popsicle, puis défait l'emballage du sien et se le plante en bouche.

— Que se passe-t-il ? je demande. Tes parents t'ont libérée sur parole ?

Je défais moi aussi le papier de mon Popsicle — c'est un trois parfums, rouge, blanc et bleu, très patriotique !

— Je dirais plutôt que je me suis absentée sans permission. Ils dînent au restaurant de papa, ensuite ils iront voir le feu d'artifice, et après, boire un verre. Ça me laisse quelques heures de liberté.

Elle baisse les yeux vers son Popsicle.

— C'est quel parfum, la zone blanche, d'après toi ? Rouge, c'est cerise, bleu c'est myrtille, mais ils ne disent pas ce qu'est le blanc.

— Citron ? je propose.

Nous dégustons nos glaces en silence, puis je me tourne vers elle et cherche son regard. Pourquoi ne me parle-t-elle pas du sujet qui devrait la préoccuper ?

— Laney ? Comment ça va ? Tu en es où ? Est-ce que tu as…

Elle met du temps à répondre. Puis, finalement, elle hausse les épaules et déclare tranquillement :

— C'est réglé.

— Quoi ? Mais comment ?

— Je l'ai perdu.

Je me fige.

— Tu l'as… perdu ?

— J'ai eu… comme des spasmes et j'ai un peu saigné. J'ai eu peur, tu peux me croire. J'ai filé dans un dispensaire de la Rive-Ouest. Ils m'ont dit que ça arrivait fréquemment et que certaines femmes ne s'en aperçoivent même pas, quand c'est très précoce.

— Oh ! je murmure. Laney, je…

Je n'ose pas dire que je suis désolée. Et encore moins que je suis ravie. Il me semble que je suis surtout soulagée, mais tout de même un peu triste — triste que Laney ait dû vivre ça.

Comme souvent, Laney comprend sans que j'aie besoin de parler.

— Oui, je sais, dit-elle. Bon, en tout cas, c'est arrivé le lendemain de notre retour. Mes parents ne se sont doutés de rien.

Elle reste un long moment silencieuse.

— Mais je me pose des questions… Je me demande si ce n'est pas le karma, une sorte de punition…

Je la regarde, incrédule.

— Une punition ? Une punition pour quoi ?

— Parce que je couche trop facilement. Parce que je n'en voulais pas.

— Arrête de délirer. Comme tu dis si bien, c'est le destin. Cet enfant ne devait pas venir au monde, c'est tout. Ne va pas chercher plus loin.

— Tu crois vraiment ce que tu dis ?

— Je ne sais pas. Mais ce que je crois n'a pas d'importance, non ?

Laney réfléchit, tout en suçant son Popsicle et en observant les enfants qui se poursuivent en brandissant leurs cierges magiques.

Elle me demande soudain :

— Tu as parlé avec Jake ?

Je me doutais bien qu'elle finirait par aborder le sujet, mais la question me noue quand même les tripes.

— Non. Et je n'en ai pas l'intention. Et toi ? Tu lui as parlé ?

— Une fois, avoue-t-elle. Il m'a appelée pour me demander si j'avais besoin d'argent pour… Je lui ai expliqué que ce n'était plus la peine. Et ensuite je lui ai passé un savon pour ce qu'il t'a fait.

Elle marque un temps de pause.

— Je crois que je l'ai traité de raclure de bidet.

Je ne peux pas m'empêcher de rire.

— « Raclure de bidet » ? Tu as trouvé ça où ? Qu'est-ce que c'est, une raclure de bidet ?

— Bah, c'est l'équivalent d'un gros con, doublé d'un salaud.

Laney éclate de rire et ce doit être contagieux, car nous voilà toutes les deux à nous tordre de rire.

Au bout de quelques minutes, quand nous sommes un peu calmées, elle reprend :

— Tu sais, je comprendrais que tu lui en veuilles jusqu'à la fin de tes jours, mais il regrette vraiment et il est très malheureux. Je n'irais pas jusqu'à dire qu'il sanglotait, mais il avait l'air vraiment secoué, je te jure.

Je suis occupée à lécher le Popsicle qui a coulé sur mes doigts, ce qui me permet d'éviter le regard de Laney.

— Tant mieux. Il peut.

— Très bien. J'ai dit ce que j'avais à dire, maintenant je ne m'en mêle plus.

Elle mord dans son Popsicle.

— Dis donc, je voulais te demander... Tu sais ce que tu vas faire des photos du voyage ? Il y en a beaucoup, non ?

— Oui, il y en a beaucoup. Et non, je ne sais pas ce que je vais en faire.

Laney lèche maintenant le bâton de son Popsicle, puis elle déclare, de but en blanc, d'un air rêveur :

— C'est dommage, quand même, qu'on soit privées de feu d'artifice.

Elle a raison. Et elle me donne une idée.

— Attends, je murmure. Il y a peut-être un moyen d'arranger ça.

Nous repassons par la fenêtre et descendons dans la rue. Après avoir acheté pour un dollar pièce deux cierges magiques aux voisins, je remonte chercher la robe noire que je portais pour les obsèques de June et rejoins Laney qui m'a attendue dans le jardin. Quand j'étale la robe dans l'allée, elle me lance un regard inquiet.

— Qu'est-ce que tu fais ? me demande-t-elle.

Elle a déjà compris, je pense, mais je réponds tout de même :

— On va l'avoir, notre feu d'artifice.

J'allume le cierge magique et l'approche du tissu de la robe. Il s'éteint plusieurs fois et je suis obligée de le rallumer, mais finalement la robe prend feu. Laney la regarde brûler, puis part chercher en courant le tuyau d'arrosage.

Rien ne se perd, tout se transforme. Il reste maintenant devant nous un petit tas de cendres. Les cendres de ma robe. Je pense aux cendres de June qui reposent au fond de l'océan.

Laney lâche le tuyau et me dévisage.

— Harper… Tu… Tu tiens le coup ? Tu vas bien ?

Je prends le temps de réfléchir.

— Je vais mieux.

Et c'est en le disant que j'en prends conscience. C'est vrai, je vais mieux. De mieux en mieux.

Je pense encore beaucoup à June, surtout la nuit et le matin en me réveillant. Dans la journée, c'est plus facile, j'arrive à l'oublier — ou à penser à elle sans avoir envie de pleurer ou de donner des coups de poing dans le mur. Il m'arrive même parfois de penser à elle avec tendresse, presque avec joie. Enfin, presque… Je ne serai jamais aussi joyeuse qu'autrefois, mais je m'en accommode. La vie continue. Je continue. Sans June. Vivre sans elle n'est plus un cauchemar.

Pour l'instant, je crois que je ne peux pas en demander plus.

Les photos de notre voyage en Californie sont encore dans la boîte à chaussures de Carmen. Quand je suis rentrée à Grand Lake, je l'ai trouvée dans mon sac et l'ai fourrée sous le lit. Ensuite, j'ai voulu continuer à défaire le sac, mais je suis tombée sur le T-shirt CBGB de Jake, enfoui dans mes affaires. Je ne sais pas comment j'ai pu l'embarquer, mais il était là. Ça m'a fichu un coup au cœur. J'avais envie d'y mettre le feu. Et aussi de m'en faire un doudou pour dormir. Mais je n'ai fait ni l'un ni l'autre, je l'ai remis en place, dans le sac, et j'ai rangé le tout dans mon armoire.

Je sors la boîte à chaussures de dessous le lit, la vide sur le matelas et pioche une photo au hasard. Je tombe sur Jake et Laney se battant en duel avec des bâtons de viande séchée, dans une station-service du fin fond du Texas. Ou de l'Arizona, je ne sais plus très bien.

Qu'est-ce que je vais faire de toutes ces photos ? Je pourrais les mettre dans un album, mais je n'en ai pas sous la main, et de toute façon il faut un format spécial pour les Polaroïd. Je réfléchis aux options possibles, quand mes yeux se posent sur le mur près de mon lit.

Evidemment !

Je vais les mettre sur ce mur blanc et vide, qui attend qu'on le décore, celui que je réservais pour quelque chose de spécial. Les autres sont couverts d'affiches et de photos. Quant à ma porte de placard, elle disparaît sous les papiers verts et orange des heures de colle et des mots de retard que j'ai accumulés au cours des années, témoins de mon insubordination — une idée déco de Laney.

Je suis en train de réfléchir à la manière dont je vais disposer les photos, quand on sonne à la porte. Ma mère est au travail, ça ne peut pas être elle. Il ne reste donc que deux possibilités : tante Helen, qui vient me faire une « bonne surprise », ou Laney, qui a de nouveau réussi à se « libérer ». Je descends l'escalier en croisant les doigts pour que ce soit Laney.

Mais quand j'ouvre la porte… personne. Et pas de voiture en vue. Je crois au début qu'il s'agit d'une blague — les enfants du voisinage, quand ils s'ennuient, ne trouvent rien de mieux à faire que de sonner aux portes —, puis je baisse les yeux et là, je vois…

Un CD posé en plein milieu du paillasson dans un boîtier transparent. Je le ramasse. Quelqu'un a noté au feutre noir sur le disque : « Voyage à la mémoire de June ».

J'emporte le CD dans ma chambre et le pose sur la stéréo, puis me mets à faire les cent pas. Ce disque ne peut venir que de Jake. Je reconnais son style. Personne d'autre que lui n'aurait pu avoir l'idée de déposer un CD sur mon paillasson.

Bien. Je vais l'écouter. Qu'est-ce que je risque ? On verra bien.

Je me rends très vite compte qu'il s'agit d'une compilation des morceaux qui ont jalonné notre voyage. Ça commence par le Bruce Springsteen que Jake a mis le soir où il est venu me chercher. Un peu plus loin je reconnais la chanson des Beatles que j'ai chantée à tue-tête en traversant l'Oklahoma, puis celle des Doors, celle qui passait quand nous…

Une foule de souvenirs me reviennent à la mémoire — la bouche de Jake sur la mienne, son corps en sueur contre le mien.

Seigneur… J'en rougis rien que d'y penser.

C'est injuste. Injuste qu'il ait tout gâché en ne me donnant pas tout de suite cette lettre, injuste que June ait tout gâché en l'écrivant — et en tout premier lieu en mettant fin à ses jours, sans se préoccuper de ceux qu'elle laissait derrière elle. C'est réellement injuste, oui, et je leur en veux terriblement, à tous les deux. Mais ça ne m'empêche pas de les aimer. Ce serait beaucoup plus facile pour moi si je pouvais les haïr, mais je ne peux pas.

C'est un peu comme dans la chanson de Crosby, Still & Nash que Jake fredonnait dans la camionnette. Mon amour pour June et pour Jake est comme une ancre. Je suis liée à eux par des chaînes que rien ne peut briser. Elles m'entravent, mais en même temps elles me rattachent à la vie. C'est douloureux, mais vivre, c'est aussi souffrir, non ? Au moins, je sais maintenant que je ne suis pas de glace. Je souffre, je suis normale.

Quand le silence revient dans la pièce, je crois d'abord que le CD est fini, puis il y a un grésillement, et la voix de Jake sort des haut-parleurs.

« Salut, Harper. Tu ne t'attendais pas à m'entendre, pas vrai ? Tu m'as dit que j'étais trop lâche pour écrire mes propres chansons, tu te souviens ? Tu n'avais pas tout à fait tort mais, quand on me lance un défi, je ne peux pas m'empêcher de le relever… Alors, voilà, j'ai fait de mon mieux. J'espère que ça te plaira. »

Il s'ensuit un petit temps de silence, puis du remue-ménage, comme si Jake changeait de place. J'entends des accords de guitare, puis la voix de Jake.

On a quitté la ville pour fuir vers l'océan
Emportant avec nous les fantômes du passé
On roulait vers la côte, elle avait tant à dire
Elle disait que la vie, ça pouvait pas être pire
Qu'elle aimait pas la tequila
Qu'elle avait le cœur brisé
Que ça f'sait rien, elle tiendrait l'coup

Qu'on était là pour sauver June,
Pour sauver June, oui, sauver June
Elle avait mis des fleurs dans ses longs cheveux bruns
J'pouvais pas la comprendre mais ça me faisait rien
Tout me semblait possible, je voulais tout tenter
C'était ce que je croyais mais je m'étais trompé
Et maintenant je l'ai perdue
Perdu ce qui m'faisait chanter
Perdu ce qui m'faisait rêver
Perdu, trop tard, elle est partie
Et June n'est plus là, n'est plus là
June n'est plus là, non, plus là.

Les paroles sont belles, très simples, touchantes de sincérité. Elles me donnent envie de rire et de pleurer à la fois, mais je ne pleure pas. Je remets la chanson au début et je la réécoute en boucle en accrochant mes photos.

La lettre de June est tracée d'une écriture négligée — du moins comparée à son écriture habituelle —, comme si sa main avait tremblé quand elle écrivait. Je l'imagine, assise, en train de rédiger ce dernier message, la touche finale à la mélodie de sa vie. C'est à cet instant qu'elle a dû fermement arrêter sa décision. Je ne saurai jamais ce qu'elle avait exactement en tête. Ce qui l'a menée jusque-là.

Mais, en lisant cette lettre, j'en saurai peut-être un peu plus.

Harper,

Je n'attends pas de toi que tu comprennes mon geste. Je ne ressens pas non plus le besoin de le justifier, mais je tiens à te dire certaines choses.

Je t'aime, j'aime papa et maman, je sais que vous m'aimez. Vous allez être terriblement malheureux et j'en suis désolée. Surtout, ne vous sentez pas coupable, vous n'êtes responsables de rien.

C'est mieux ainsi, crois-moi. Je ne peux plus continuer, avec cette tristesse et cette angoisse qui m'empêchent de réfléchir. Je suis peut-être folle. Je ne sais pas. C'est possible.

Je devrais peut-être essayer de tenir encore un peu, pour voir si je retrouve le goût de vivre, mais c'est au-dessus de mes forces. Pardon. Je regrette de ne pas pouvoir être aussi forte que toi. Tu es plus jeune que moi, mais tu as déjà compris beaucoup de choses. Pour l'amour, tu avais raison, ça n'existe pas.

Dis à la personne qui me trouvera que je suis désolée. J'ai fait de mon mieux pour disparaître proprement.

Je t'aime.

Pardon

Je t'aime.

June

P.-S. : Depuis que j'ai pris la décision de quitter cette terre, je n'ai plus peur.

17

Vingt-trois minutes : c'est le temps que je mets à me rendre à l'Oleo Strut. Quatorze minutes de bus, six minutes de marche, trois minutes perdues à m'arrêter tous les cinq mètres parce que j'ai envie de rebrousser chemin.

Heureusement, la canicule ne me laisse pas le choix : je suis au bord de l'évanouissement et, si je ne me dépêche pas d'avancer, je vais avoir une insolation.

— Tiens, tiens, une revenante ! s'exclame Eli en me voyant pousser la porte de l'Oleo.

Il est en train de scotcher à l'intérieur de la vitrine un prospectus bleu annonçant la tournée d'un groupe.

— C'est bien toi qui es déjà venue avec la blonde qui se prenait pour miss Détective ?

— Possible, je réponds d'un ton évasif.

Il remue les sourcils — Jake aussi remue les sourcils de cette manière, ça doit être un tic de famille.

— Qu'est-ce qui t'amène, cette fois ? Encore une enquête sur mes clients et leurs achats ?

— Non, pas du tout. Je viens pour voir votre frère. Est-ce qu'il est là ?

— Ah, répond-il.

Il m'énerve, avec son petit sourire entendu — un autre tic de famille, un qui a le don de m'énerver.

Il se fait un peu prier avant de m'informer que Jake est dans la cour du bâtiment et me fait passer par l'arrière-boutique pour m'éviter de faire le tour par l'extérieur. Quand je pousse la porte donnant sur la cour, je surprends Jake accroupi devant sa camionnette, un seau d'eau savonneuse près de lui, un tuyau d'arrosage à la main. Ça me fait chaud au cœur, de voir la silhouette familière de Joplin. C'est idiot. Ce n'est qu'une machine, un assemblage de métal, de boulons et de courroies, mais elle m'a manqué.

Jake porte un jean noir, comme toujours, et un débardeur élimé de couleur gris sombre. Pas de borsalino aujourd'hui. Il n'a pas changé depuis la dernière fois que je l'ai vu, à part qu'il n'a plus un œil au beurre noir.

Je l'observe en silence pendant quelques minutes, puis je lance :

— Joplin a l'air en forme.

L'idée c'était d'engager la conversation en douceur, mais c'est raté. Jake sursaute et se retourne, tuyau en main — ce qui fait qu'il m'arrose copieusement.

— Merde !

Il écarte vivement le tuyau, va fermer le robinet et me considère d'un œil ahuri.

— Merde, je suis vraiment désolé. Je n'ai pas fait exprès…

— Ce n'est rien, je réponds précipitamment.

Je m'essuie le visage d'une main et écarte de mon ventre mon T-shirt trempé.

— J'avais justement besoin d'être un peu rafraîchie…

— Oh…

Il me contemple, bouche bée, comme s'il n'arrivait pas à se décider à parler. Finalement, il s'éclaircit la gorge et déclare :

— Tu veux peut-être monter ? Je te passerai une serviette pour t'essuyer et… je voudrais aussi te montrer quelque chose. Si tu veux bien.

Ce n'était pas comme ça que j'avais imaginé ma première fois dans la chambre de Jake, mais voilà : je suis là, debout, et je trempe son parquet avec l'eau qui goutte de mon T-shirt. La chambre, en revanche, est telle que je me la représentais : des murs couverts du sol au plafond de posters de stars du rock et de groupes punk, de prospectus dédicacés — ceux des concerts auxquels il a assisté — et d'articles de journaux dénonçant des problèmes politiques.

Je suis en train de lire un article à propos de deux garçons qui ont escaladé un gratte-ciel de Manhattan pour attirer l'attention sur le réchauffement planétaire, quand Jake revient avec une serviette de toilette.

— Merci, je réponds, en me tamponnant le visage.

Nous nous regardons un instant, sans dire un mot. Je comprends brusquement qu'il attend que je me décide à parler. Je ne sais pas par où commencer, mais je suppose que ce n'est pas la peine de tourner autour du pot.

— J'ai lu la lettre de June.

— Oh…

Il bat des paupières, visiblement désarçonné par cette brutale entrée en matière.

— Et ça t'a aidée ? me demande-t-il.

— Oui, je réponds. Et non. Elle disait ce que j'avais besoin d'entendre mais, en même temps, elle ne disait rien. Je ne sais pas si tu comprends.

— Oui, je comprends.

Il n'a pas hésité.

L'expression de son visage m'émeut et, tout à coup, je me sens attirée vers lui, d'une façon irrésistible. Je m'avance lentement, le cœur tellement sous pression que je crois qu'il pourrait exploser.

Je murmure :

— Elle me manque beaucoup.

— Je sais.

— Et toi.

— Quoi, moi ?

— Toi. Tu me manques aussi.

Il en reste bouche bée, puis il sourit d'un air triste, et mon ventre se noue, de nostalgie et de désir, de tout ce qui reste en suspens entre nous.

— Tu… Tu me manques aussi, me répond-il.

C'est ce que j'avais envie d'entendre. Pourtant…

— Je t'en veux encore, pour la lettre, j'ajoute.

— Je sais.

— Tant mieux.

Cela m'a coûté un tel effort d'avouer tout haut qu'il me manquait et que je lui en voulais encore que je dois détourner les yeux quelques minutes, le temps de reprendre mes esprits. Puis, de nouveau, je cherche son regard.

— Qu'est-ce que tu voulais me montrer ?

Il se dirige vers la platine posée sur sa commode, l'allume et enclenche le bras. Il tient à la main la pochette du disque de Jimi Hendrix que Seth lui a offert.

— J'avais envie de te le faire écouter, explique-t-il. Ecouter un vinyle d'Hendrix, c'est une expérience que tout le monde devrait faire une fois dans sa vie.

Il s'installe par terre, adossé à son lit et je vais m'asseoir près de lui, si près que nos hanches et nos cuisses se touchent. Ce contact éveille en moi une sensation tiède et humide qui me coupe le souffle.

Nous écoutons dans un silence recueilli. La guitare d'Hendrix paraît vivante sous ses doigts. C'est une musique qui entre en vous et vous consume, une musique qui a le pouvoir de vous transformer, comme celle que j'ai écoutée dans la camionnette de Jake, tout au long de notre voyage.

Je ferme un instant les yeux. Quand je les rouvre, je surprends Jake qui me regarde avec un petit sourire en coin.

— Je suis désolé, dit-il. Je… Je ne m'attendais pas à ce que tu viennes. Je suis content que tu sois là, mais tu m'as vraiment surpris.

— Je n'avais pas l'intention de venir, je réponds. Et puis tu m'as apporté le CD…

Il marque un long temps de pause.

— Et qu'est-ce que tu en as pensé ? me demande-t-il enfin.

— C'était raté.

— Ah bon ?

Il a du mal à cacher sa déception.

— Tu n'as pas aimé ?

— J'ai aimé les morceaux que tu as choisis. Et j'ai adoré ta chanson, tout à la fin. Vraiment. Mais tu m'as dit que la compilation était un art délicat et que la dernière chanson devait conclure… Et c'est ça le problème. Ta chanson n'est pas une conclusion. Donc c'était raté.

Je lui prends la main. Il baisse la tête vers nos doigts entrelacés, puis cherche de nouveau mon regard. Ses yeux sont d'une nuance de vert incroyable, presque irréelle. Je me souviens que ça m'avait frappée la première fois que je l'ai vu dans le jardin, le jour des obsèques de June.

— « Et maintenant je l'ai perdue », je cite. Je ne suis pas d'accord.

— Tu n'es pas d'accord ?

C'est vrai que je lui en veux encore terriblement. Mais je tiens à lui et c'est ça qui compte, non ? C'est peut-être une erreur. Je risque de souffrir. Ou pas. J'aimais June, je l'aime toujours, mais je n'ai plus envie de lui ressembler. Je ne veux pas être seule comme elle et en crever. Je veux croire que la vie vaut la peine d'être vécue, qu'elle vaut la peine qu'on souffre et qu'on prenne des risques.

Ma bouche est tout près de celle de Jake. Dois-je l'embrasser ?

C'est un peu comme quand on est au bord d'une piscine et qu'on hésite à plonger parce qu'on a peur que l'eau soit froide.

Mais tant pis, je retiens mon souffle et je me jette à l'eau.

Remerciements

Je tiens tout d'abord à remercier Diana Fox, mon agent, qui défend si bien mon travail. Merci également à mon éditrice, Natashya Wilson, et à toute l'équipe de Harlequin.

Et merci

A mes tout premiers admirateurs — Lisa Rowe, Joanne Ferlas, Bridget Clark, Gabrielle Rajerison, Ann Finstad, Erin Whipple, Rebekah Ross : merci de votre attitude chaleureuse et positive. A Kim Montelibano Heil : merci de m'avoir donné l'impulsion pour me lancer dans ce roman. A Anna Genoese, dont j'admire l'intelligence et dont l'opinion compte tellement pour moi : merci de ta gentillesse et de ton indulgence. A Olivia Castellanos : merci, car ce livre n'aurait jamais vu le jour sans toi ; merci d'avoir été ma première lectrice ; merci de n'avoir jamais douté que j'irais jusqu'au bout ; merci pour ton amitié.

Merci à Eric Schweinzger, mon professeur d'anglais de cinquième, pour m'avoir encouragée à écrire.

Maman, merci de m'avoir initiée à la musique. Et merci aussi pour tout le reste. Il n'y a pas de mots pour dire tout ce que tu m'as donné. Je t'aime.

CHEZ MOSAÏC

Par ordre alphabétique d'auteur

ANNE BARTON	*Secrets et préjugés*
ANNE BARTON	*Orgueil et volupté*
LAURA CALDWELL	*La coupable parfaite*
LAURA CALDWELL	*Le piège des apparences*
PAMELA CALLOW	*Indéfendable*
PAMELA CALLOW	*Tatouée*
JOSHUA CORIN	*La prière de Galilée*
SYLVIA DAY	*Afterburn/Aftershock*
ANDREA ELLISON	*L'automne meurtrier*
LORI FOSTER	*La peur à fleur de peau*
LORI FOSTER	*Le passé dans la peau*
HEATHER GUDENKAUF	*L'écho des silences*
HEATHER GUDENKAUF	*Le souffle suspendu*
HANNAH HARRINGTON	*Plus loin, plus près*
MEGAN HART	*L'ange qui pleure*
KRISTAN HIGGINS	*L'Amour et tout ce qui va avec*
KRISTAN HIGGINS	*Tout sauf le grand Amour*
KRISTAN HIGGINS	*Trop beau pour être vrai*
KRISTAN HIGGINS	*Amis et RIEN de plus*
KRISTAN HIGGINS	*L'homme idéal... ou presque*
KRISTAN HIGGINS	*Un grand amour peut en cacher un autre*
ELAINE HUSSEY	*La petite fille de la rue Maple*
LISA JACKSON	*Le couvent des ombres*
LISA JACKSON	*Ce que cachent les murs*
LISA JACKSON	*Passé à vif*
LISA JACKSON	*De glace et de ténèbres*
LISA JACKSON	*Linceuls de glace*
LISA JACKSON	*Le secret de Church Island*
PAM JENOFF	*La fille de l'ambassadeur*
ANDREA KANE	*La petite fille qui disparut deux fois*
ANDREA KANE	*Instincts criminels*
ALEX KAVA	*Effroi*
ALEX KAVA	*Au cœur du brasier*

.../...

CHEZ MOSAÏC

Par ordre alphabétique d'auteur

KATIE MCGARRY	*Pas sans lui*
RICK MOFINA	*Zone de contagion*
RICK MOFINA	*Vengeance Road*
JASON MOTT	*Face à eux*
BRENDA NOVAK	*Kidnappée*
BRENDA NOVAK	*Tu seras à moi*
BRENDA NOVAK	*Repose en enfer*
ANNE O'BRIEN	*Le lys et le léopard*
TIFFANY REISZ	*Sans limites*
TIFFANY REISZ	*Sans remords*
TIFFANY REISZ	*Sans détour*
TIFFANY REISZ	*Sans peur*
EMILIE RICHARDS	*Le parfum du thé glacé*
EMILIE RICHARDS	*Le bleu de l'été*
EMILIE RICHARDS	*La saveur du printemps*
NORA ROBERTS	*La fierté des O'Hurley*
NORA ROBERTS	*La saga des O'Hurley*
NORA ROBERTS	*Par une nuit d'hiver*
NORA ROBERTS	*Retour au Maryland*
NORA ROBERTS	*Possession*
NORA ROBERTS	*Coupable innocence*
NORA ROBERTS	*Rêve d'hiver*
NORA ROBERTS	*L'été des amants*
NORA ROBERTS	*Des souvenirs oubliés*
NORA ROBERTS	*Sous les flocons*
ROSEMARY ROGERS	*Une passion russe*
ROSEMARY ROGERS	*La belle du Mississippi*
ROSEMARY ROGERS	*Retour dans le Mississippi*
ROSEMARY ROGERS	*Les nuits de Ceylan*
KAREN ROSE	*Elles étaient jeunes et belles*
KAREN ROSE	*Tout près du tueur*
KAREN ROSE	*Dors bien cette nuit*
KAREN ROSE	*Personne pour t'entendre*
KAREN ROSE	*Pour que tu n'oublies pas*
MAGGIE SHAYNE	*Dans les yeux du tueur*
ERICA SPINDLER	*Les anges de verre*

.../...

CHEZ MOSAÏC

Par ordre alphabétique d'auteur

ANTOINETTE VAN HEUGTEN	*La disparue d'Amsterdam*
SUSAN WIGGS	*Là où la vie nous emporte*
SUSAN WIGGS	*Avec vue sur le lac*
SUSAN WIGGS	*Les héritières de Bella Vista*

La plupart de ces titres sont disponibles en numérique.

Composé et édité par HARLEQUIN

Achevé d'imprimer en Allemagne
par GGP Media GmbH, Pößneck
en avril 2015

Dépôt légal en mai 2015